# 伯爵に拾われた娘

ヘレン・ディクソン 作

杉本ユミ 訳

ハーレクイン・ヒストリカル・スペシャル

東京・ロンドン・トロント・パリ・ニューヨーク・アムステルダム
ハンブルク・ストックホルム・ミラノ・シドニー・マドリッド・ワルシャワ
ブダペスト・リオデジャネイロ・ルクセンブルク・フリブール・ムンバイ

*THE EARL AND THE PICKPOCKET*

*by Helen Dickson*



*Published by Harlequin Japan, a Division of K.K. HarperCollins Japan, 2024*

**ヘレン・ディクソン**

イングランド北東部サウス・ヨークシャーの緑豊かな土地に、30 年以上連れ添う夫と共に住んでいる。自然をこよなく愛し、読書や映画鑑賞、音楽鑑賞が趣味で、とりわけオペラに目がない。時間が経つのも忘れて図書館でリサーチすることもあり、想像と史実の絶妙なバランスが、良質な物語を生み出すと語る。

## 主要登場人物

エロイーズ・マーチャント……男爵令嬢。愛称エドウィナ。
ゴードン・マーチャント……エドウィナの父親。故人。
ヘンリー・マーチャント……エドウィナの叔父で後見人。
アダム・ライクロフト……現タップロー伯爵。画家。
サイラス・クリフォード……アダムの従兄。前タップロー伯爵。故人。
オリヴィア……アダムの従姉。サイラスの妹。
トビー……オリヴィアの息子。
ドリー・ドリンクウォーター……サイラスの元愛人。
バーバラ・モーティマー……ドリーの姪。
ジャック・ピアス……スリの元締め。

# 1

一七七〇年、ロンドン

狭く入り組んだ路地も、立ち並ぶ薄汚いあばら屋もどんよりともやに沈んでいた。ここはセントジャイルズの裏社会――すさんだところだ。狭く、暗く、騒々しく、暴力と死が隣り合わせの場所。空気はよどみ、うだる暑さが重くのしかかる――この街に流れ着いた人生の残骸のような者たちに。盗人（ぬすっと）、人殺し、物乞い、売春婦。ごみをあさり、ぼろをまとう汚れた男女や子供たち。貧困と飢えで老いを早め、ジンだけを救いとして生きている。今やこの非課税酒の大量消費は風土病だ。無理もない。苦痛を和らげ、なくした夢や深まる絶望を忘れさせてくれる完璧な解毒剤なのだから。

アダムはそんな人間たちの吹きだまりを、見覚えのある顔はいないか、ひとりひとり確かめながら歩いていった。後ろの人物には気づかなかった。ぼろぼろの服で、形のなくなった帽子を目深にかぶった少年が、視線を避けるようにすばやく身を隠しながらぴたりとアダムの後ろについていた。

人捜しに気を取られていたせいだろう。突如人がぶつかってきて懐中時計を引っ張られたとき、とっさに反応できなかった。手を胸に当てて時計をすられたことを確かめ、悪態をつく。振り向きざま、逃げていく少年を目にして、すぐにあとを追った。

やがて報酬目当ての若者がふたり、逃げた少年をとらえて近づいてきた。アダムはふたりに一シリングずつ渡すと、幼い盗人の腕をつかみ、わめき声を無視して道の脇に寄った。激しく抵抗する少年の細い腕を強く握りしめていたものの、向こう脛を蹴られ、手がわずかに緩む。

少年はその隙に手を振り払って逃げかけたが、ブーツの長い脚に阻まれてつんのめり、そのまま泥の中に倒れこんだ。一瞬呆然としたが、こみあげる屈辱の涙をぐっと押し戻す。ズボンの尻をつかまれ、泥の中から引っ張りあげられたときには、思いつく限りの悪態をついて身を翻し、ナイフを取りだした。

「血を見るぞ」少年が低くうなり、野生動物のような獰猛な目で相手を睨みつけた。

だがアダムは電光石火のごとく剣を抜いて少年の喉に突きつけ、その目をとらえていた。相手のすばやい動きに少年が一瞬目を奪われる。

「そうはさせない」アダムはじりじりと少年を隅へと追いこんだ。「人まで殺めるんじゃない。さあ、武器をよこせ」アダムは冷静に命じた。「いいか、ゆっくりとだ。これ以上苛立たせるな」

汚い顔が睨んでいた。少年は息を弾ませ、怒りと不安で頬を紅潮させながらも言われたとおりにした。

アダムは横目でナイフをとらえてブーツの爪先で踏むと、剣を鞘に収めた。「よくもこんなものを」険しい目で少年をざっと眺める。「路上で暮らしているわりに頭はよさそうだ。だが捕まりたくなければ、もっと腕を磨くんだな」

アダムは少年の腕にきつく指を食いこませ、ぐっと引き寄せた。そびえる大男を前に少年が顔をしかめる。身を守る術をなくした少年は、さっきよりさらに小さく弱々しく見えた。

「どうした？」アダムは低くうなった。「治安官が怖いか？」

「腕が痛い」少年が責めるように目を細めた。

「また盗んでみろ。今度は腕だけではすまないぞ」アダムはすごんで、手を出した。「時計を返せ」

少年は青緑色の瞳でアダムを睨みつけた。どうにも気持ちが収まらない。この見知らぬ男に捕まったことが腹立たしい。だが、その怒りの大半は捕まった自分に対してだ。胃が痛いほど空腹だった。これだけ上等な時計を売れば、たとえジャックにピンハネされても、どれほど豪勢な食事がとれたことか。

「もう一度言う。時計を返せ」アダムは押し黙ったままの少年を睨んだ。目を光らせると、少年の上着を両手でつかんでサイズの合っていないブーツの爪先が地面から浮くほど持ちあげ、顔を傲慢そうな鼻に近づける。「なんなら治安官を呼ぶか」

少年が青くなって身をよじるのを見て、アダムは満足した。この見知らぬ大男に治安判事の前に引きずりだされ、窃盗罪で投獄される——その屈辱を考えただけでぞっとして、少年はだぶだぶのズボンを探り、盗んだ時計を取りだした。

「こ、これ。ご、ごめんなさい」少年は口ごもりながら、詫(わ)びの言葉をつぶやいた。

アダムは上着から手を離し、やけに小さな少年の手から時計を奪い取った。盗人向きの手だ。しかし、この幼い悪党にはまだ体裁を気遣う健全さがある。その不安が時計を返す気になった大きな要因だろう。

「ごめんなさいでは、すまないだろう」

少年は無言で刃向かうように目を上げた。日焼けした肌に印象的な青い瞳を見つめ返す。長身で、引きしまった体つきだ。いかにも乗馬とフェンシングと狩猟が日常だと言わんばかりの。三角帽子の下の茶色い髪は首の後ろで結んで、肉付きの薄い頬骨と尖(とが)った顎を際立たせている。鼻は鷲鼻(わしばな)。その下に寛大そうだが、今はにこりともしていない唇。

年は若くても二十八歳。自信と意志の強さが表れた顔だ。それと真面目な向学心も。全身から育ちのよさがうかがえる。きびきびとした仕草、身なりや控えめな表情にも品格がある。しかも、魂まで射抜き、奥底に潜ませた秘密すら暴きそうな容赦のない、この目。冷たい恐怖に全身を焼かれ、少年はどうにか目で逃れる術を探ったが、男がそれを封じた。

アダムも同じように少年を吟味し、年はせいぜい十三歳か十四歳かと推測していた。そうなると同情を禁じ得ない。自分とは遠い世界の子供だ。アダムの怒りは収まり、表情を和らげた。小柄な体にだぶだぶの衣類、セントジャイルズの他の子供たちと同様に汚れ、見るからにまともな食事もとっていない。それでも、この子にはどこか気になるものがある。

アダムは興味深く少年を見つめ続け、はっと気づいた。なるほど、教養か。さっき尻をつかんで泥の中から引きあげたときも、多種多様なフランス語で悪態をついていた。

「さて、どうするかな。君はまだ子供だ。治安判事に引き渡すより尻でも叩くほうがふさわしい」

少年の瞳の奥がきらりと光った。「指一本でも触れてみろ。後悔させてやるからな」

赤裸々な脅しを受け、アダムはゆっくりと少年と目が水平になる位置まで身を乗りだした。距離はせいぜい三十センチほど。彼は氷のような冷たく尖った視線を向け、低い声でゆっくりと言った。「口に気をつけろ。挑発はするな。さもないと相応の罰を与えることになる。子供に手荒なまねはしたくない。だが怒りが高じて主義を変えることもあり得る」

少年はただ見つめていた。

アダムは自分の言葉が身にしみたと踏んで、体を起こした。「君は盗みで生計を立てているのか？投獄され、絞首刑の可能性もあるとわかっていて」

おずおずとした小さなうなずきが返答だった。

「飢えるよりましだから」小声でつぶやく。

アダムは唇が綻びそうになるのを堪え、若き悪党に険しい表情を向け続けた。「両親は知っているのか？」十中八九、親が盗みをやらせているのだろうと思いつつ尋ねる。

いまだ反抗的な態度で、少年は冷ややかな明るい目を向け、顎を持ちあげた。「どういうこと？」

アダムは肩をすくめた。懐中時計を鎖に繋ぎ直し、ベストの胸ポケットにしまいながら少年を見つめ続ける。「両親の居所はわかっているのか？」

少年は両手をポケットに深く押しこみ、ぶかぶかのブーツを泥にこすりつけて苛立たしげに目をそらした。「どっちも死んだ」むっとした口調で言う。

「そうか」アダムはさらに理解を深め、少年の胃袋から低い音が聞こえたときには、哀れみすら覚えた。「ちょうど何か食べに行くところだったんだが、一緒にどうだ？　それとも、獲物に食事を奢られるのは自尊心が邪魔をするかな？　そのようすじゃ、このひと月ほどはまともに食べていないだろう」

少年は目に不信感を浮かべながらも口には出さなかった。盗人はいつまでも獲物のそばにはいられない。「施しは受けない。自分のことは自分でやる」

「なるほど。盗むほうがいいか」

「食事の相手にはこだわりがある」

「好きにしろ」アダムは背を向けて歩きだした。

少年は下唇を噛みしめ、その後ろ姿を見送った。みぞおちの痛みが空腹を知らせてくる。最後にものを口に入れたのは何時間も前だ。それも、おいしくもない、固くなったパンとカビの生えたチーズ。空腹が怒りに勝り、食事のチャンスをみすみす逃すことができず、少年は慌てて声をかけた。「待って。ちょっとだけなら」自分に怒りを覚えながら言う。

アダムはそっと頬を緩め、振り返った。「だったらぐずぐずするな」アダムはそばの酒場に向かいながら叱責した。

少年は男の広い背中を睨みつけた。むかつくぐらい調子に乗った男だ。これほど食事に飢えていなければ、テムズ川に飛びこめと言ってやるのに。

ふたりは酔客を無視して酒場の中へと進んだ。薄汚く騒々しい店だ。暖炉と蝋燭と煙草の煙で壁が黒ずんでいる。薄暗い隅の席で食事を注文すると、アダムはテーブル越しに少年を眺めた。背筋を伸ばし、小さな顎を持ちあげて果敢に自制心と闘い、勝利を収めている。ぼろぼろの身なりながら、さながら誇り高き若い王子のようだ。瞳がまるで宝石のごとくきらめいている。少年の屈辱感を思うと、アダムの険しい表情も和らぎ、瞳に温もりが差した。

気の毒でならなかった。ロンドンには同じように汚れた顔で、生気のない目をした子供がたくさんいる。親を知らない子供、養育能力のない親に捨てられた子供。生き延びる術は盗みか物乞い。

アダムは別の少年を思い浮かべた。庶子であっても血縁だ。あの子もまた今頃はぼろぼろの姿で、病や飢えと隣り合わせに生きているかもしれない。慣れ親しんだ贅沢を奪われ、こんなふうに。アダムは改めて目の前の少年を見つめた。こうしてこの子と出会ったのも何かの巡り合わせかもしれない。一時的なことだが、それでも気休めにはなるだろう。

「一緒に食事をするんだ。お互いのことをもう少し知ろうか。僕はアダムだ。君の名は？」

少年はアダムの目を見た。真剣な力強いまなざし。まるで大きくて獰猛な鷹と一緒にいるようで落ち着かない。自分が勝ち目のない小さな鳥か、狙われた鼠みたいに思える。

「なんで？」少年は疑わしげに尋ねた。

アダムの好奇心が増した。眉を吊りあげ、視線を離さずに軽く肩をすくめてみせる。「好奇心だよ。名前ぐらいあるだろう？」ほんの少し皮肉をまじえる。少年が黙りこむと、アダムは彼の抵抗を感じながら、横目で促した。

「エド」少年がしぶしぶつぶやいた。

「エド？　姓は？」

「ただのエドだよ」少年はこれ以上言いたくないと

言わんばかりにはねつけた。

「なるほど。ただのエドか」

エドがそわそわしだして、顔を不快そうに歪めた。帽子を外し、元の色合いもわからない不揃いな短髪をあらわにして頭をかく。

アダムはにやりと笑った。「風呂ぐらい入らないのか？」

「構わないでくれ」エドは苛立たしげに言い返すと、再び帽子をかぶった。「それに風呂は貴族のものだ、僕らには縁がない」アダムに見つめられて落ち着かず、エドは帽子をさらに目深に下ろした。日差しは時として、必要以上のものをさらけだす。

アダムは少年を見つめた。彼は盗人だと自分に言い聞かせながら。それでも今の言葉には感心せずにはいられなかった。「どこに住んでいるんだ、エド？　盗みをしていないときは、だが」

エドの目がきらりと光った。整った顔をわざと傾け、反感を覆い隠す。どうしていちいち詮索する？

「あれこれ訊きすぎ」エドはぴしゃりと言った。

「僕の癖でね。それに君に時計を盗まれたんだ、少しぐらい質問しても罰はあたらないだろう」

アダムの目は笑っていたが、口調は厳しかった。

「へ――部屋はある」

「友達と一緒に？」

「違う。友達は選ぶ」とっさに答えたせいで、それまでの生意気さがいくぶん消えていた。「友達はいらない。人なんて、信用できない。信じるのは自分だけ。そのほうが楽だし、ややこしくない」

「だとしたら、寂しいだろうね」

エドはアダムを見つめた。寂しい？　確かに、想像もしていなかったほど寂しい。けれど寂しさより恐怖のほうが大きい。とらえられることへの。好きで盗みをしているわけじゃない。好きでセントジャイルズにいるわけじゃない。こんなことはやめて、真っ当に暮らしたい。びくびくしながら暮らすのはまっぴらだ。半年前、ロンドンの裏通りに身を潜めたときには、目の前の世界と向き合うしか生きる道はなかった。命を奪いかねない暴君に対しても。

「だが察しはつくよ」アダムは続けた。「その生業（なりわい）だと、他人から守りたいものがあるだろうからね」

　エドが眉をひそめた。「ものなんて関係ない。持っているものなんて何もない」

「自分自身がある」アダムが静かに言った。

「自分自身？」エドはジャックを思い浮かべた。ジャックが自分を所有物だと言ったと知ったら、目の前の男はなんて言うだろう。「考えたこともなかった」

　アダムは真剣なまなざしでエドを見つめた。「君は賢明な子だ。きっと他人の手を借りずともやっていけるだろう。だが、それだけではだめだ。それに、やり方が間違っている。信念というか、自尊心がない。なぜ盗みを働く？　他に生きる道はないのか？」

　エドは重い記憶に目を曇らせ、真剣な目でアダムを見た。「あるよ」やがて静かに言った。「けど、こっちのほうがずっとまし」

「そうか。だが僕の言うこともわかるね？」

　エドが吸い寄せられるようにうなずき、アダムの目に関心が宿った。

「僕だって、信念ぐらいある」エドがつぶやいた。「盗みは好きじゃないし、いつかはやめたいと思っている。やめて、安心できる場所で暮らして、自分のものだって持ちたい。こんな生き方はしたくない。だけど、どうすればいいのか……」

　アダムはその言葉を信じた。深い信念を感じる言葉だった。少なからず苦悩も感じられた。しかも大きく見開いた目の奥に、力も方向も定まらない強い意志が表れている。アダムは自分でも意外なほど優しい感情を覚えた。エドのあまりに素直な言葉に、自信を与えてやりたくなっていた。

「ぐずぐずしてはだめだ」アダムは優しい声で言った。「盗みを生業にしていたら、いずれ縛り首になる。次に捕まったらどうなることか。君はずっとここで暮らしてきたのか？　他の場所に住んだことは？」返事がないので、アダムは問うように眉を吊りあげた。「ひょっとしてフランスとか？」

エドが突如身を硬くした。「どうして？」

「さっき流暢なフランス語で毒づいていた」

エドは目の表情を封じこめた。個人的な話をするのは好きじゃない――よく知らない相手とは特に。「言ったよね、あれこれ訊きすぎ」そう言って目を背けた。

アダムはほほ笑んでゆっくりとうなずいた。どうやらエドには忘れたい過去があるらしい。「悪かった。君の過去に立ち入りすぎたようだ。もう訊かないから落ち着け。ほら、食事が来たようだ」

バターを塗った温かなパンと肉汁の滴るミートパイ、それにリンゴと梨のタルトを目の前にすると、さすがのエドもなりふり構ってはいられなくなったようだった。アダムはのんびりと食事をしながら、腹を空かせた少年ががつがつと貪るようすを楽しげに眺めた。その整った顔立ちを見ていると抑えきれなくなり、ポケットから小さなスケッチブックと木炭を取りだし、スケッチを始める。

食べ物がある程度腹に収まり、体が温もると、エドはペースを落としてゆったりと料理を味わった。腹が満たされたところでポケットからぼろ布を出して口を拭い、ようやく心の調和を取り戻す。そこで初めてアダムがスケッチに没頭していることに気づいた。時折ちらちらと目を向けながら、長く上品な指を巧みに動かし、自分の世界に没頭している。エドは好奇心を覚え、テーブルに身を乗りだした。

「見てもいい？」

「もちろん。ほら、どう思う？」アダムはスケッチの上下を逆にして差しだした。

エドは息をのみ、そこに描かれた自分を見つめた。アダムは特徴を巧みにとらえていた。顔立ちだけでなく、その目の悲しげな表情まで。「こんなふうに見えているの？」エドはスケッチから目を離さずに尋ねた。

「時間があれば、もっとよく描けるんだけどね」

「すごく上手だ。これを仕事にすればいいのに」

「そう言ってくれるなら真剣に考えてみるかな」アダムはいたずらっぽく笑いを含んだ声で言った。

「ぜひ」エドの声には確信がこもっていた。「ひと財産築けるかも。これ、もらっていい？」

「どうぞ」アダムはスケッチブックからその一枚を破り取って手渡した。エドがそれを宝物のごとく大切に上着の奥に抱えるようすに胸がつまる。「食事には満足したかな？」

エドはうなずいた。「ありがとう。感謝してる」

「どういたしまして」

怒りが消えると、心を支えるものは何も残っていなかった。エドはアダムの食い入るような視線に頬を染めた。彼の視線はなぜか心をざわつかせる。盗んだ時計の所有者で、見事な画才を持つこの男性のことをもう少し知りたい。彼はなぜ治安官に引き渡さなかったのだろう？　首を傾げてよく見ると、はっとするほど魅力的な男性だ。

「紳士がどうしてセントジャイルズなんかに？」エドは尋ねた。「散策とも思えないし、散歩でもない」

そこでしかめ面が消えた。思いついた理由に目をきらめかせる。「そうか、お楽しみだ」エドは歯に衣を着せずに続けた。「だけど、ここの売春婦を相手にしたら、梅毒をうつされるのがおちだよ」

アダムは一瞬言葉につまった。「僕が快楽を金で買う人間だと？　とんでもない。相手がいるなら、自分の魅力でつかまえる。そうじゃない」彼はそこで言おうかどうしようか迷うように、いったん黙りこんだあとで告げた。「少年を捜していたんだ」

セントジャイルズで暮らして半年もたてば、とりわけ歪んだ精神構造でなくても、そう聞けば例の不道徳な性癖の持ち主なのかと疑うものだ。

エドの考えていることを察し、アダムは吐き気を覚えた。まさか、そこまで堕落した人間に思われるとは。表情が強ばり、目が氷のようにきらめく。

「少年を慰み者にする趣味はない。捜しているのは親族の少年だ。二カ月前に姿を消してね。どこにいるのか案じているんだ」

「家出？」

「いや、さらわれた」

「で、ここ——セントジャイルズにいると？」

「そう見ている。一組の男女と一緒に最後に目撃されたのがここだ。人を使ってロンドン中を捜したが、それ以降は足取りが途絶えている。だから自分でもたびたび足を運んでいるんだが、残念ながら僕や僕の密偵には入りこめない場所があってね。この辺りに慣れた者でないと——君みたいに」アダムはエドをまじまじと見つめ、静かに告げた。「君なら捜せるかもしれない——目立たずに」

エドの目に警戒の色が浮かんだ。「僕にはやることがあるから。仕事の邪魔になる」

アダムが唇を皮肉っぽく歪めた。「どこまで人の道を外れれば、盗みを仕事と呼べるんだか」

エドは声を大にして叫びたかった。それが生業なんだと。このみすぼらしい下劣な通りが住まいなんだと。盗みをさせているジャックって悪党が仕事を休ませてはくれないのだと。だがエドはただこう言った。「だって、そうなんだから仕方ない」

アダムはエドが路地裏で生き抜くために身につけ

た厳しい教訓を察し、テーブルに身を乗りだした。

「それじゃあ、取引しようか」

アダムの魅力的なかすれ声が、たちまちエドの気持ちをほぐした。「取引？　そんなの、しない」

「まあ、そう返事を急ぐな。こんなことは言いたくないが」アダムは青い瞳を楽しげにきらめかせて、エドの顎をつかんだ。「君は僕の時計を盗んだ。重罪だぞ。しかも一シリング以上の価値の時計となれば、絞首刑にも値する。それを踏まえた上で頼んでいる。手を貸してくれるなら、見逃してもいい」

エドはむっとした目を向けた。「それは脅迫だ」

アダムは眉を吊りあげた。「得するのは君だぞ。それに礼もたっぷり弾む。生き方を変えたいと言っていたじゃないか。その手段を僕が与えよう。君は、ただ目を見開くだけでいい。捜している少年は九歳。華奢(きゃしゃ)で、瞳は茶色、髪は黒、名前はトビーだ」

「そんな子、セントジャイルズにはごまんといる。それに、ここに来たのは二カ月前だって？」エドは苦笑いを浮かべてゆっくりと首を振った。「生き延びていても、見分けはつかなくなっているよ」

アダムの表情が険しくなった。「それはない」

「言いきれる？」

アダムはうなずいた。「生まれつき、右脚が左脚より短くて内側に曲がっていてね。杖(つえ)がなければ歩けない。脚に障害があるんだよ」

エドは内心胸が痛んだが、表情は変えなかった。

「それだって大勢いる。生まれつきの子もいるけど、大半は、物乞いや見世物で不幸を金に変えたいやつらに無理やりそんな体にさせられた子だ」

アダムはポケットから財布を出し、テーブル越しに渡した。「今はこれを取っておいてくれ。五ギニー入っている。四日後にまた来る。そのときはもっと渡すよ」

エドは財布の重みを感じた。五ギニーなんて、ここしばらく目にしたこともない。胸に希望の火がともるが、未来を信じてはいけないことは嫌というほど身にしみている。エドはアダムに疑いの目を向けた。「本当に、ただその子を捜すだけ?」

アダムはうなずいた。「声はかけなくていい。会える場所さえ教えてくれれば、あとはこっちでやる。この条件で引き受けなければ、ばかだぞ」

「僕がお金だけもらって逃げるとは思わないの?」

「ああ、直感でね。君の心意気が気に入った。信じているよ、エド」

涙が出そうになった。こんなことを言われたのは初めてだ。「ありがとう」エドは小声で言った。「信じてもらえるようなことはしていないのに。信じてもらえるような人間じゃないのに」

アダムは笑った。「失望させないでくれよ」

「がんばるよ」

トビーという少年への深い思いを感じ取り、エドは目の前にいる男性の顔を見つめた。髪はふさふさとした茶色。黒っぽい眉とまつげが顔立ちを彩り、顎にかけての輪郭は男らしく力強い。人を引きつける低い声。目の隅の小さな皺がユーモアのある人柄をほのめかしている。自信を感じさせる人だ。傲慢なところもあるけれど、こうして見る限り、残忍さや不誠実さは感じられない。それに間違いなくこれまで出会った誰よりもハンサムだ。アダムという人物が気に入ると、エドの心に後悔がこみあげた。

「盗みを働いたこと、ごめんなさい。トビーって子がここにいるなら一生懸命捜すから」

「ありがとう」アダムはエドを信じた。もしエドが戻ってこないことがあるとすれば、おそらく彼の意思ではないだろう。

酒場を出て、四日後の昼に同じ場所で会う約束を交わすと、アダムはその場に佇み、少年がセントジャイルズの入り組んだ路地に消えるのを見送った。

# 2

エロイーズ・エドウィナ・マーチャントは唾吐き横町に入ってすぐのぼろ屋の扉を押した。中は息もままならないほど悪臭が漂い、窓の汚れで日の光も入らない。エドウィナは扉の奥から聞こえる子供たちの泣き声や、ジンで泥酔した男女の口汚い怒鳴り声に耳を塞ぎ、狭く壊れた階段を手探りで上った。

数カ月前ならこの臭いにも騒音にもぞっとしただろう。けれど今は目を背けることもない。セントジャイルズはどこもかしこも悲惨すぎて、もはや恐怖すら感じなかった。

エドウィナはジャック・ピアスの元で働きだしたときにあてがわれた小さな部屋に入った。ここで他の少年たちと寝起きを共にしたこともあった。だが彼らは姿をくらますか、プラチェット婆さんの元へ行った。プラチェット婆さんはジン浸りの老未亡人で、ジャックに雇われて、彼が通りから拾ってきた幼い子供たちの面倒をみている。そこで子供たちは年かさの少年からスリの手ほどきを受けるのだ。

セントジャイルズに来た頃は、こうした子供たちの境遇に胸を突かれたものだった。誰も彼も助けてあげたくなった。少しでも苦しみを和らげてやりたいと思った。けれどすぐに、こうした感情は自分が生き抜くのに邪魔になるだけだと気づいた。

どうにか磨いた窓から差しこむ日が、わずかな家財道具や壁際の藁の寝床を照らす。エドウィナは帽子を脱ぎ、薄い寝具に横たわって頭を枕に預けた。固くて、みすぼらしい臭いがした。

胸がざわついた。美しいもの、快適さへの渇望がわきあがる。エドウィナは目を閉じ、しばらくぶりに心を解き放って、洗い立ての甘い香りのする白いリネンに横たわっていた頃を思い起こした。メイドが脇に控え、どんな要望も叶えてくれていた頃を。そして瞼を開け、ひび割れた天井を見つめた。肉体的な不快感より、かつての暮らしを思いだすほうが辛かった。切ない悲しみで胸がつまった。父や屋敷のことは、もはやはるかに遠い夢のように思えた。

いつも以上に昔を思いだして辛くなるのはアダムと出会ったせいだろうか。エドウィナは生きるために身につけた精神力で、昔の記憶を頭から振り払った。思い出などなんの役にも立たない。自分を哀れんだところで仕方がない。

ポケットからアダムのくれた財布を取りだし、胸に抱きしめる。五ギニーあれば、ジャックの元を離れられる。母の身内を捜しにフランスへ行ける。本当は最初からそうするはずだったのだ。

盗人なんていうおぞましい行為はどれだけやめたいか。けれど日を追うごとに、借金という形でジャックにがんじがらめにされていった。いっそこのお金のことは内緒にしておく？　でも勇気がない。これまで盗んだ品はすべてジャックに渡してきた。彼がそれを売り、代金から少しだけ分けてくれてきたのだ。不公平極まりない話だけれど、ジャックには逆らえなかった。それに、トビーという少年を捜すなら、ジャックの手助けが必要になる。

ジャックは知恵の回る男だ。おそらく、これまで出会った中で一番だろう。そもそもそんな男とロンドンで出会ったのが、犯罪に手を染めるきっかけだ。ジャック自身は三年前、法に追われてこの町に流れ着いたらしい。セントジャイルズはジャックのような男が新たに足場を築くのにぴったりな場所だった。

ジャックから、ロンドンの裏通りほど身を隠すのに最適な場所はないと言われた。あのときは過去から逃れたい一心で、しかもハートフォードシャーから南下する途中で盗まれたお金を取り戻したくて、その言葉を信じてしまった。当初はこれまでと大きくかけ離れた世界が怖くてたまらなかった。何もかもが違いすぎていた。それでも生き延びるために過去も未来も切り離し、ただ今だけを見つめてきた。

本当は十八歳だけれど、叔父の屋敷を逃げだしてからは少年を装ってきた。元々体つきも華奢で、赤銅色の巻き毛を短く切れば十分なりすませた。フランスに渡る資金が貯まるまでは、とにかく生き延びることが先決だった。

女だということはジャックにも知られていない。盗みの手ほどきはジャックから受けた。技ののみこみが早く、身軽で手先が器用で警戒心も強く、スリに向いていたらしい。嫌々だったが、それは口に出さなかった。

盗品が不足だとジャックは怒った。エドウィナにはそれが怖かった。一度盗品を自分で故買人に売ったのが見つかり、ひどい目に遭ったことがある。あの男の目を欺くのは難しい。この五ギニーも渡すしかない。エドウィナは頬がかっと熱くなるのを感じた。怒りや恥を覚えるといつもこうなるのだ。今感じているのは恥だ。恥ずかしかった、ジャックなんかの言いなりになっている自分が。

ジャックは絶望につけ入り、飴と鞭を使い分けて確実に服従させる。邪悪で危険な男だと言われている。人を殺したこともあるという噂だ。

フリート街の質屋の二階にひとり住まいだが、本当の意味でひとりになることはまずなかった。エドウィナと同じように寄る辺なく彼の元で働いている者は大勢いた。全員ジャックに支配されていた。誰も逆らわなかった。セントジャイルズにはジャックの仲間が大勢いるが、彼ほど目先が利いて、図体も大きく、残忍さを兼ね備えた男はいなかった。

階段から重い足音が聞こえ、エドウィナは身を起こして、かろうじて一本残った貴重な蝋燭(ろうそく)に——残りは鼠(ねずみ)たちの食料になった——火をともし、小さな黄色い炎を見つめた。ドアがばたんと大きな音をたて、ジャックが入ってきた。中背でがっしりした体つきに濃い顔立ちをした男で、くしゃくしゃの黒い山高帽をかぶり、その縁に挿したカラスの羽根が手首からのぞく破れたレース同様にだらりと垂れ下がっている。分厚い肩を押しこめている深緑色の外套(がいとう)はしみだらけで、ずいぶんと古びたものだ。

「ここにいたか」ジャックは椅子を引き寄せて腰を下ろし、脚を伸ばした。太いふくらはぎを包む灰色の靴下も皺(しわ)だらけで汚れている。ジャックはテーブルに帽子をのせると、まばらな茶色い髪を指ですき、ぼさぼさ眉の奥に隠れた黒い目をぎらりと光らせた。

「どこかと思ったぞ。今日はしけた日でな」低い声でうなる。「おまえは他のやつらよりましだといいが。せめて上等な時計か宝石付きの煙草(たばこ)入れ……いや、洒落(しゃれ)た扇子か女物の財布でもいい」

「ううん、今日はそういうのはなくて……レースのハンカチが二枚——それと、お金」

ジャックが首を傾(かし)げ、小さな黒い目で探るように見据えた。動物が獲物を見るときの鋭い仕草だ。

「金、か。いくらだ?」

「五ギニー。それをくれた人の少年捜しを手伝ったらもっとになる」

ジャックの濃い眉の間に皺が刻まれた。「少年?　どんなガキだ?」

「名前はトビーっていって」エドウィナは、アダムから聞いた少年の容姿を話した。

ジャックの目に好奇心が光った。「その男、何者だ?　名前は聞いたか?」

エドウィナは肩をすくめた。「アダム——それしか知らない」

「で、そのガキを見つけたらいくら払うって?」

「言わなかった――たっぷり弾むとしか」

ジャックは思案してから、うなずいた。「じゃあ、訊いて回るか。いい人そうだった」そこでエドウィナは勇気を振り絞った。「これが終わったら出ていくよ、ジャック。最初から言ってただろう――お金ができたらフランスに行って母さんの身内を捜すって」

これが気に障ったらしい。「ずっと俺から逃げる算段を立てていたのか、エド？」大声を轟かせる。

「ほんとのことを言うと、もうやりたくないんだ」エドウィナは勇気が萎える前に急いで言った。

「やりたくないだと？」ジャックは身を起こした。「この俺がわざわざ手ほどきしてやったのにか？」

エドウィナは首を横に振って、恐怖を堪えた。

「よく考えたことだ。恩知らずに聞こえたなら謝る。だけど、やめたいんだ。もう盗みはしたくない」

ジャックは目を細めて見つめた。手下のガキはごまんといる。誰だろうが、刃向かうのは許さねえ。命令どおりに盗ませる。拒めば、そいつのこれまでの罪を訴えて、絞首刑台に送るまでだ。そうすれば証拠提供者に出る褒美の四十ポンドも懐に入る。

エドは優秀だ――これまでで一番。だが、ばかじゃないのがいまいましいところだ。素性はわからないが、それはどうでもいい。肝心なのはスリの腕だ。そろそろ年かさの連中と働かせてみようかと思っていたところだ。どれだけフランスに行くとほざいたところで、こいつを手放すわけにはいかない。

「俺から逃げられると思うな。俺たちは一蓮托生だ」ジャックは財布を握りしめ、テーブルの上で腕を組んだ。「まあ、座れ。がっかりしたぞ、エド。おまえとはわかり合っていると思っていたのに」

エドウィナはテーブル越しに向き合い、これまで見えなかった男の本性に改めて気づかされていた。怖い。今にも襲いかかられそうだ。口調こそ柔らかいが、内面で怒りが煮えたぎっているのがわかる。鼻の穴を広げ、胸を膨らませて、値踏みするように見つめている。エドウィナは震えに気づかれないよう、両手を膝に挟んだ。血の気が引いた。ここで怒鳴りつけられて泣きだしたりしようものなら、この先もジャックに支配される。

エドウィナは深呼吸して、ジャックを見つめ返した。ごつごつした表情の読み取りにくい顔だが、無慈悲さが感じられる。「わかり合っているよ。僕はそれを終わらせたい——それだけだ」

「スリが嫌になったか。恩知らずなやつだ」

「た……頼りにしてきた」

「だがもう違う、か？　そうなのか？」ジャックが目を細め、テーブルに身を乗りだして顔を近づけた。「装身具でも隠し持っているんじゃないだろうな。俺の目をごまかせると思うなよ」

エドウィナは必死に顎を上げた。自尊心がうずいたが、恐怖で腰が引けそうだった。「そんなことはしていない。僕はずっと正直に全部渡してきた」

「俺のところで働きだして、おまえも楽になっただろう。感謝してもらいたいくれえだ。いつだっておまえに目をかけてきた」ジャックが続けた。「おまえには根性も度胸もある。頭もいい。のみこみも早いし、口も堅い。おまえだけには、好きなようにさせてやってきたんだ。俺が目をかけてやらなかったら、今頃どうなっていたことか」

「感謝してるけど、生きるにはもっとお金がいる」

ジャックが睨んで、さらに身を乗りだした。恐ろしい顔だった。息から酸っぱいラム酒の臭いがする。沈黙を低い耳障りな声が満たした。「分け前が不公平だと言ってるのか」

「あなたからの分け前だと食べるものも満足に買えない」エドウィナは彼を責めた。粉々になった人生が地の底に落ちるのだけは食い止めたい。

　ジャックの目に炎が燃えた。「このガキ、ただじゃすまさんぞ」激しく威嚇する。「俺に逆らうとは。おまえらは言われたとおりにやってればいいんだ」

　エドウィナは立ちあがり、声に皮肉をこめた。

「あなたには慈愛も情けもないわけだ」

「慈愛や情けがなんになる？」ジャックの口の端が苛立ちで歪んだ。「下手すりゃ、破滅の元だ」彼は椅子を倒して立ちあがり、思案顔で目を細めた。

「わかった、分け前を増やしてやる」まあ、いい。少し飴をくれてやれば、うるさい犬も黙るだろう。

「もう遅いよ」エドウィナははねつけた。ここまで来たら引き下がれない。「決めたから。これ以上はたくさんだ」

　ジャックが腹立たしげに怒鳴り散らし、そのあまりの罵詈雑言にエドウィナの頬は赤く染まった。言い返したかった。地獄に落ちろと言ってやりたかった。けれど、それを実行するほど愚かじゃない。今は言いたいだけ言わせて、出ていかせよう。そうすれば、今後のことを考えられる。

　ジャックがエドウィナの肩をつかみ、顔を近づけた。「いいか坊主、よく聞け。俺から逃げようとするな。そんなことをしてみろ、見つけだして体中の骨をへし折ってやる」ジャックはエドウィナの手首をつかむと背中に向かって折り曲げ、相手があまりの痛みに悲鳴をあげると毒々しく笑って、力いっぱい突き飛ばした。エドウィナの体がテーブルにぶつかり、椅子に倒れこむ。「こんなものではすまさんからな。覚えておけ」

　ジャックの捨て台詞が苦々しさと共にエドウィナの脳裏にしみこんだ。自分の甘さを思い知らされた気がした。決心一つで前へ進めると、ジャックが黙って送りだしてくれると思っていたなんて。何がこの窮状を招いたのだろう、いつからジャックの所有物に成り下がったのだろう。記憶をたどって気づいた。最初からそうだったのだと。

　これからどうすればいい？　答えは混乱する思考の中にしかなかった。肩書きも銅貨もなく、どこへ行ける？　頼れる相手も、身を寄せられる場所もなく。ジャックの元を離れたら、本当にひとり。

　どっと疲労が押し寄せ、エドウィナはテーブルに腕を重ねて顔を伏せた。「ああ、お父様」小声でつぶやく。「どうしてこの世を去ってしまったの？　どうしてわたしをあんな無情な叔父様に託したりしたの？」

　ゴードン・マーチャントは娘のエドウィナにはよい父親だった。ハンサムで誇り高くて。債権者のタップロー伯爵サイラス・クリフォードに会うために、叔父のヘンリーと一緒にハートフォードシャーにある屋敷オークウッドホールを発つ日の朝、鞍の上からほほ笑んだ姿は今も瞼に焼きついている。その父と背伸びをして別れの抱擁を交わした。一瞬その父の声が蘇り、温もりと安らぎに包まれる。

〝どうかご無事で〟エドウィナは言った。

〝案じるな〟静かな声が、エドウィナの不安をそっと拭った。〝すぐに戻る。何かあれば、ヘンリーを頼りなさい。ちゃんと面倒をみてくれるから〟

　父と言葉を交わしたのは、それが最後だった。

　叔父の馬の鞍に横たえられて戻った父の服は、血で真っ赤に染まっていた。エドウィナの胸が締めつけられた。叔父は、タップローコートに向かう途中、盗賊に襲われたと話した。そして笑顔で言ったのだ。あとは自分に任せておきなさいと。任せてしまった……悪党に。

　叔父はタップロー伯爵と婚姻契約書を交わした。債権を放棄し、持参金なしでエドウィナを妻として迎えるという伯爵の提案に応じたのだ。怒りがこみあげた。叔父に、タップロー伯爵に。こんなことになったのも、彼らのせいだ。許さない。絶対に。

サイラス・クリフォードの姿が瞼に浮かんだ。十七歳の娘にとって、五十歳の彼は老人と同じだった。痩せて、血管が浮きでていて、白髪頭で、どこか体の具合が悪いというわけでもないのに、なんとなく動きがぎこちない。何から何まで不愉快だった。たまたまオークウッドホールのそばまで馬を走らせたときに出くわして、目を留められてしまったのだ。

そのあと彼がすぐに父を訪れたのを覚えている。まるで品評会の牛を品定めするような目で、こちらの顔や体をじろじろと眺めてきた。シューと音をたてて息を吸い、まるで蛇のようだった。父との用事を終えて、彼が帰ったときには安堵したものだ。

だが、そのあと父はやけに落ち着かず、苛々するようになった。理由は今も謎だ。父が亡くなり、叔父のヘンリーが後見人になると、もしかすると父は叔父に殺されたのかもしれないと思うようになった。叔父は態度がおかしかった。目を合わそうともせず、父が亡くなったときのようすも話したがらなかった。叔父への疑惑は膨らみ、やがて確信に至った。

父が生きていたらどう思っただろう？ 弟の誠意を疑ったことなどなかったはずだ。ヘンリーは父を欺いた。信頼を踏みにじったのだ。その嘘の代償は、逃げだすことで支払わせた。

不安と悲しみと失意で、涙がこみあげた。「お父様、どうしてわたしを遺して逝ってしまったの？」

孤独な子供の心からの叫びだった。けれど悲しみはいつか尽きる。ジャックたちに潰されるわけにはいかなかった。アダムの食事は腹を満たすだけでなく、決意の後押しにもなった。必要なのは、ジャックから遠く離れる勇気だ。セントジャイルズのこんなごみためで、惨めに希望もなく負け犬として死んでいくために、叔父から逃れたわけじゃない。

負けたくない。まだ若い。体力もあるし、生き延びてもっといい未来をつかみ取る力もある。やるしかない。わたしにだって信念はある。だから自分の手で人生を仕切り直すのだ。

ジャックなんてもうたくさん。サイラス・クリフォードも。ヘンリー叔父様も。自分の道は自分で切り開く。そのためには、まずお金がいる。トビーを見つけて、アダムから約束の報酬をもらおう。

翌朝、エドウィナは決意を固め、ぼろぼろの部屋からまだ見ぬ未来へと一歩を踏みだした。ジャックに捕まったら、どうなるかはわからない。けれど捕まらない可能性もある。怯むつもりはない。

それから三日、エドウィナはまるで潜伏するために作られたような、セントジャイルズの複雑に入り組んだ路地や空き地を隈なく捜し回った。セントジャイルズは、いわば巨大なジャングルだ。アフリカやインドのジャングルに野生動物がいるように、どこに犯罪者が身を潜めているかわからない。

ジャックと出くわしそうな場所は避けながら、以前なら決して寄りつかなかった家畜小屋通りにも足を踏み入れた。地下の穴蔵、藁敷きの小部屋。通りは馬の糞に蠅がびっしりとたかっていた。エドウィナはすべてを意識から追い払い、目的だけに集中した。スリ仲間や物乞いにも尋ねた。誰もが脚の不自由な少年を見たことがあり、中にはトビーの外見に合う子もいた。だが、どこの誰かはわからなかった。

日が暮れる頃、エドウィナは失意と疲労でふらふらになりながらコヴェントガーデンに行き着いた。どこかの鉄柵の下の壁に寄りかかって腰を下ろす。意志の力だけでどうにか目を開けている状態だ。全身が叩きのめされたようにうずいた。しかも周囲は目を開けていられないほどまぶしかった。

いつも自然とこの騒々しい広場に足が向いた。賭博場でもある低俗な酒場、チョコレートとコーヒーの店、身を持ち崩した女たちの売春宿。果物や野菜の大きな市場と趣と活力を提供する劇場がひしめき合うコヴェントガーデンには、昼夜を問わずあらゆる人々、とりわけ役者や画家や作家たちが引き寄せられていた。今夜もまた人々が刺激を求めて集まっている。たとえその輪の中にいなくても、きらびやかな色彩が情景に引きこんでくれる気がして、エドウィナは人々が笑ったり豪語したり、毒づいたり言い争ったりする声に耳を傾けていた。

観劇客が夜の開演に合わせて、上等な馬車で到着し始めた。エドウィナが羨望のまなざしを向けるなか、まばゆい衣装に身を包んだ男女が馬車から降り立つ。淑女たちは不快なごみの臭いを消そうと香水をしみこませたレースをふんわりと鼻に当てていた。ふくよかで滑らかな胸元は宝石で飾られ、流れるようなスカートが細い腰を際立たせている。紳士たちも同じく華やかだった。銀の留め金がついた革靴、白い絹の長靴下、白っぽい膝丈のズボン(ブリーチズ)、さらにすばらしく仕立てのよいフロックコートと精巧な刺繍(ししゅう)が施されたベスト。そして上流階級の人間は男女を問わず大半が、髪粉をつけたかつらを身につける。彼らは浮き浮きと陽気に語らいながら、馬車を降りて劇場の中へと消えていった。

エドウィナが立ちあがって場所を移ろうとしたとき、ちょうど紳士と淑女をふたりずつ乗せた馬車が劇場前に止まった。目が、紳士のひとりに釘(くぎ)付けになった。彼は先に飛びおり、恭しく手を差しだして親しい友人——ひょっとすると恋人の淑女——が降りるのに手を貸した。コバルトブルーの絹のドレスに身を包んだ魅力的な長身の若い女性だ。黒っぽい髪を見事に結いあげ、滑らかなドレスの身頃にはきらめく宝石が縫いつけられている。

紳士のほうも長身で、目を見張るほど容姿がよかった。膝丈の赤紫色の上着もすばらしいし、首元と手首に重ねられた純白のレースが豊かな黒っぽい髪を際立たせている。どうやらかつらの慣習には従わなかったらしい。彼には地毛のほうが似合うから。そう思うと、突如胸の鼓動が激しくなった。エドウィナは目を見開き、呆然と立ち尽くしていた。アダムだ。間違いない。振り向いてくれさえすれば、もっとはっきり顔が見えるのだけれど。

視線に気づいたのだろうか、彼が振り返り、エドウィナのまなざしを正面からとらえた。ハンサムな顔に、エドウィナには理解できない何かしらの表情がよぎる。数メートル離れた位置からでも、彼の瞳は明るかった。そのとき口の片隅がくっと上がった。見覚えのある、あの笑みだ。甘い切なさが胸に広がり、胸の鼓動が速まった。

いつまでも注意を引きつけていては迷惑だろうと、エドウィナは背を向けた。人混みに紛れて立ち去ろうとしたとき、腕をつかまれて振り向かされた。

低い声を怒りで尖らせ、ジャックがぐっと顔を近づけた。「このくそガキが。このジャック様から逃げだせると思ったのか？」小さな黒い目が燃えている。「言っただろう――どうなるかわかっているな」

恐怖に圧倒され、エドウィナはパニックに陥った。締めつけられた胸から恐怖の声をもらし、予想した一撃に身をすくめる。それが現実となったとき、エドウィナは地面に叩きつけられていた。瞼の裏で火花が散り、世界が回転し、やがて闇に包まれた。

筋向かいからそのようすを目撃したアダムの目に、青い炎が燃えあがった。「先に入っていてくれ」アダムは同行者たちに告げた。「すぐに合流する」そして唖然とする彼らを残し、通りを渡った。

気を失った少年を取り囲んだ群衆が左右に割れてアダムを通した。

「下がれ」アダムは命じた。「息をさせないと」エドウィナのそばにしゃがんで、上半身を抱きあげる。

エドウィナの首がだらりと背後にのけぞり、小さな顔の右側の切り傷から血が滴った。アダムは顔を上げると、青い瞳をきらりと光らせ、この事態の張本人を睨んだ。「愚かなことを。この子が回復しなければ、後悔するのは貴様だぞ」その静かさゆえに、アダムの声は突如鞘を抜いた剣のようだった。

ジャックが背を向けて逃げだし、その巨体からは想像もできない俊敏さで路地裏に姿を消した。

アダムは弱った哀れな体を腕に抱えあげると、群衆の驚きをよそにそのまま広場を横切った。脇の館に意識をなくした少年を抱えて入っていくと、今の今まで歓談したり、あからさまにいちゃついていたりした男女から口々に品のない言葉がわき起こる。

真の紳士として淫らな言動は意に介さず、アダムは断固たる声で使用人に告げた。「ドリンクウォーター夫人を呼んでくれ。すぐにだ」

ちょうどタイミングよく、上品な身なりの中年女性がゆっくりと階段を下りてきた。

「まあ、アダム。そうじゃないかと思いましたわ。こんな騒動を起こす人が他にいるかしら？　でも、お会いできてよかった」彼女は子供の頃からよく知る男性を愛おしげに見つめてから、その目を少年に落とし、心配そうに身を屈めた。「まあ、いったいどういうことですの？」

アダムが緊迫した声で言った。「力を貸してくれ、ドリー。怪我をしていて、手当てが必要なんだ」

「見ればわかりますけど。誰なんです？」

「友人だ」

アダムの顔に深く刻まれた不安と緊張が、ドリーにこの少年は特別な存在なのだと告げていた。「何があったのか話してもらえます？」

「やたらと拳を振り回す、どこかの悪党の仕業だよ」アダムはぐっと奥歯を噛みしめた。

「かわいそうに。二階に運びましょう。すぐにベッドを用意させます」

ドリーに続いて階段を上がり、寝室に入ると、アダムは抱きかかえていた体をベッドに横たえた。喉の強ばりを解かれたエドウィナは低いうめき声をあげて首を左右に振ったが、目は開けなかった。

「誰なんです？」少年の足からぶかぶかでぼろぼろのブーツを脱がせながらドリーが尋ねた。

「セントジャイルズで暮らしているらしい。トビーを捜すために雇ったんだ」

ドリーが目を上げた。「では、まだ何も？」

「ああ。このエドが何かつかんでくれない限り」

「見つかるといいですわね」トビーを見つけることがアダムにとってどれだけ重要なことかは、ドリーにもわかっていた。オリヴィアの息子だ。「それでサイラスは？」ドリーは目を伏せたまま、静かに尋ねた。「彼はどうされています？　ここのところタップローの噂を聞いていませんの。気にしているわけではありませんけど」

アダムはドリーの頭頂部を見つめながら、彼女が家政婦として働いていたタップローコートを離れたわけを思いだし、表情を和らげた。「サイラスは死んだよ、ドリー――ひと月前に」

ドリーはアダムに目を向け、その言葉を咀嚼してうなずいた。アダムは、サイラスの死を悼んではいない。それはこちらも同じだ。たとえサイラス・クリフォードのためならどんなことでもやれるという時期があったとしても。彼に寝室に連れこまれたのは、タップローコートで働きだしてひと月後のことだった。愛されてはいなかった。優しい言葉一つかけられるわけでもなく、ただ乱暴に毎晩抱かれただけ。それでも彼の日常に欠かせない存在となり、苦しいほど愛していたのも事実だ。

「そうですか」ドリーは言った。

「君は過去を切り離して、ただ前を向いて歩いてきた。立派だと思う。楽ではなかっただろうに」

「それはもう。ですけど、わたしは深刻なダメージを受ける前に立ち直れましたから。でもオリヴィアは違った。おかわいそうに。サイラスが結婚することになっていた令嬢はどうなさいました？」

アダムは肩をすくめた。「姿を消したよ」口の端を上げる。「よほどサイラスとの結婚が嫌だったんだろう。十七歳の若い娘が自分と倍以上も年の離れた好色な老人と結婚したがるわけがない。叔父から話を持ちかけられて、すぐに逃げだしたそうだ。それ以来行方不明だって話だ。僕は面識がないが、彼女の勇気には拍手を送るね」

「あなたはどうなんです、アダム？　領地を相続するということは、つまり次のタップロー伯爵ということ。本来なら祝福すべきでしょうけど」

アダムの表情が曇った。「称号に関心はない。ずっとサイラスが結婚して子供をもうけてくれるのを願っていた。僕の仕事に、タップロー伯爵の地位は邪魔だ。よしとしない人間も多いからね」

「いつからアダム・ライクロフトが他人の目を気にするようになったのかしら？」ドリーが言った。

「その点、あなたはわたしと同じ。承認、不承認なんて言葉、わたしの辞書にはないのだけれど」

彼はにやりと笑った。「なんでもお見通しか」

「そのとおり」ドリーは軽く笑った。タップローコートを思いだすと、真っ先に目に浮かぶのが、無邪気な子供たちがあの寂れた庭や閑散とした部屋を駆け回って生気を吹きこむようすだ。「タップローコートは暗くて陰気な屋敷ですけど、何があったにせよ、わたしはあそこが好きなんです。サイラスは何もわかっていなかった。何もわからない人ではありましたけど。あの屋敷に必要なのはそこで暮らす家族、子供たち。考えてみられるべきだわ、アダム」

「考えたよ。だが今の仕事が僕には合っている。もう僕の一部なんだ。そしてこの街が僕の住まいだ」

「ハートフォードシャーはロンドンからほんの数時間のところです。タップローコートに住んで、この街で仕事をするのも可能でしょう。家だって売る必要はありません」

「それはそうだが、ここだと好きに動けるし、誰も僕に命令しない。タップローは気づまりでね。慣習だなんだと行動を制限されて、発想力が失われるんだよ。僕の仕事にはそれが何より肝心なのに」

「伯爵になっても、何も変わらないでしょうに」

「そうだといいんだけどね。あの気づまりな組織に組みこまれるのはごめんだよ。どこへも行けずに、ただ回り続けている歯車の歯になるのは」

ドリーにはわかる気がした。あれだけの悲劇に見舞われたら、皮肉な見方をするようにもなる。

アダムは頑固な髪をもどかしげにかきあげながら、ベッドに横たわる人物を気にしつつ、ベッドと窓との間を勢いよく歩き回った。落ち着かない気分がドリーにも伝わってくるようだった。

「あれからタップローには一度も？」

「ああ。だけど戻るよ。他に選択肢はない。僕が称号を継ぐことはまだ誰にも話していないんだ、ドリー。トビーが嫡出子なら、領地はあの子が継ぐはずだった。その辺の事情は君が誰より知っているだろう。サイラスがオリヴィアの恋人を殺し、身重のオリヴィアをタップローコートから追いだしたんだ」

ドリーはうなずいた。何度も忘れようとしたけれど、忘れられるわけがない。あのとびきりハンサムな男――サイラスの馬の世話係頭ジョセフ・タイクが胸から大量に血を流して倒れ、そばでサイラスが血のついた剣を手にほくそ笑んでいる光景が。あの日からだ、サイラス・クリフォードに息苦しいほどの憎悪を覚えたのは。それで結局屋敷を去った。オリヴィアは心根の優しい控えめな人で、体が丈夫ではなかった。

「ええ。本当に残虐な行為でした」

「本来なら縛り首になるべき罪だ。だがサイラスには築きあげた地位があった。富に権力に影響力、さらには貴族という揺るぎない信用」アダムは苦々しげに鼻を鳴らした。「オリヴィアは自分の死期を悟ったとき、貧しく、他に頼る相手もなく、仕方なくタップローコートに戻って実の兄に息子を託したんだ。サイラスの反応は想像がつくだろう」

「ええ。身勝手で冷酷な人でしたから。節操がなくて、世界中が自分にひれ伏すべきだと思っていた」

「そのうえ……」思いだすアダムの顔が強ばり、青い目が険しくなった。「サイラスはトビーの脚の不具合が気に入らなくてね。オリヴィアが亡くなると屋敷から放りだしたんだそうだ。ごみを捨てるみたいに、通りがかりの旅芸人に連れていかせた」

穏やかな声だった。慎重に整えた穏やかすぎる声。

それでもドリーには、アダムがその奥で怒りをたぎらせているのがわかった。目の前で、赤紫色のベルベットとレースに身を包んだ立派な紳士が幼い頃に戻っていた。辛い目に遭い、サイラスの独裁支配の元で生きることを余儀なくされた少年に。アダムが深呼吸し、手で眉をなぞる。口を開いたとき、彼の声はいまだに穏やかだった。けれどその言葉は氷の彫刻のようだった。

「オリヴィアは亡くなる直前に手紙をくれた。だが僕は国を離れていて、どうすることもできなかった。救えなかったんだよ、ドリー。サイラスには彼がロンドンに来たときに会った。自分がしたことを淡々と、悪びれるようすもなく話した。彼がまだ生きていたら、この手で殺してやりたいくらいだ。とにかく僕はトビーを捜す――オリヴィアのために。何がなんでも見つけだしてみせる」

その確信に満ちた声を、ドリーは信じた。

アダムは後ずさった。ドリーはいつものごとく感心するほど冷静だった。彼女が選んだ職業を見下す者もいるが、アダムは敬意をなくしていない。両親以外で愛した唯一の人間だ。六歳で両親を亡くし、タップローコートのサイラスの元に連れていかれてから、ずっと親鳥のごとく守ってくれたのだ。

ドリーは経営手腕に優れていた。タップローコートからロンドンに来て最初に開いた婦人服店が大成功を収め、感じがよくて陽気なドリーは瞬く間に人気者となっていた。

そこで得た莫大な利益では飽き足らず、しかも金貨の鳴る音が好きだったドリーは、裕福な紳士の友人からの融資を得てコヴェントガーデンに賭博場を開いた。一階は豪華な内装の賭博場で、魅惑的な若い女性たちにテーブルを運営させ、二階には数多くの個室を作って、前出の若い女性だけでなく客を楽しませるのが生業の別の女性たちも、裕福な常連客と床を共にできるようになっている。

そこでアダムは突如劇場に残してきた連れのことを思いだした。ドリーの姪のバーバラは今頃怒り狂っているだろう。「この子の怪我はたぶんたいしたことはないと思う。悪いが、ドリー、この子のことを頼んでもいいかな。実は今夜はバーバラと劇場に行く約束でね。スティーブン・ヒューイットと彼の奥さんと一緒に置いてきてしまった。知ってのとおり、君の姪はかっとなりやすい女性だろう。このまま置き去りにしたら、あとが怖い」

「同情しますわ。バーバラは難しい娘だもの——機嫌のいいときでさえね。さあ、行ってくださいな」

それでもぐずぐずとアダムはベッドの少年に目をやった。「頼んだよ。この子には責任を感じてね。必要なら医者を呼んでやってくれ。朝にはようすを見に来る」

# 3

エドウィナは瞼を開けた。闇が押し寄せてくる。頭痛に顔をしかめながら、おそるおそる顔を動かしてみた。カーテンが引かれている。夜なのだろう。しかもここはベッドだ。マットが柔らかい、まるでかつての自分のベッドみたいに。煙草の煙と女物の香水のうんざりするほど甘い香りが漂っていて、部屋の外から声も聞こえてくる。

両手は上掛けの上にあった。手を下へと潜りこませ、そこで素肌の感覚にぎくりとした。誰かに服を脱がされている。ズボンも何もかも。下着すら外したのは初めてだ。ロンドンに来てからは一度も風呂に入っていない。エドウィナは動揺を堪えて思いを巡らせた。いったい誰に脱がされたの？　いったい何人に裸を見られたの？

突然怒りが燃えあがり、上掛けを抱きしめて身を起こした。逃げなくちゃ。だけど、どうやって？　着るものもないし、ここがどこかもわからない。そのときまたもや頭痛に襲われ、柔らかな枕に頭を戻して目を閉じ、再び眠りに引きこまれた。

柔らかな女性の歌声が意識に入ってきた。目を開けると、そこは朝日に満ちた居心地のいい部屋だった。なじみのある通りの喧噪と、それをかき消すように鳴り響く教会の鐘の音。家のどこかで扉が開閉する音が聞こえ、温かなパンと焼いたベーコンの香りも漂ってくる。

エドウィナは必死に記憶を呼び起こした。そうだ、ジャック。彼に殴りかかられた。それから、たしか誰かに抱きあげられた。でも、それが誰だったのか。

どうしてもその人物の顔が思いだせず、エドウィナは諦めて、とりあえずこの温かく安らかなベッドを楽しむことにした。漂う心地よい香りと女性の歌声に心を委ねる。いったい誰の声だろう。ふいに歌がやみ、その人物が誰かと言葉を交わした。他の声も聞こえてくる。歓声やくすくす笑う声。

どうにか体を起こして後ろにもたれ、上掛けを顎まで引っ張りあげた。ほどなくして若い娘が、鼻歌を奏でながら入ってきた。とび色の豊かな髪を肩になびかせ、紅茶のポット、ベーコンエッグとバター付きのパンが盛られた皿をのせたトレイを手にしている。おいしそうな匂いがエドウィナの食欲をそそった。前日の昼から何も食べていなかったのだ。

娘はエドウィナがベッドに起きあがっているのを見ると立ち止まり、きれいな顔に満面の笑みを浮かべた。「よかった、目が覚めたのね！」声も肌つやと同じくらい澄んでいた。彼女はベッドのエドウィナの前にトレイを置いた。「さあ、食べて。ドリンクウォーター夫人が、あなたは痩せすぎだからうんと食べさせないとって」そして一歩後ずさる。「あたしはハリエット・クラブツリー。よろしくね。気分はどう？」

「いいと思う——服さえ戻してもらえたら」

ハリエットが笑顔のまま首を傾げた。「責めるわけじゃないんだけど、あの服のままじゃどうしても自分のベッドに寝かせたくないって、ドリンクウォーター夫人が」

「ドリンクウォーター夫人？」

「ここの所有者よ」

「ここって、どういうところ？」

ハリエットが答えるまでもなく、そのとき件の女性が衣類を持って入ってきた。客人がベッドに起きあがっているのを見て、頬を緩める。「まあ。わたし、ドリー・ドリンクウォーターよ」女性は名乗った。「よかったわ、やっと目が覚めたのね。ひどく頭を殴られたみたいで、みんな、ずいぶん心配したのよ」体を包むピンク色のドレスと同じように豊かで温かな声だ。五十歳を迎え、ドリー・ドリンクウォーターの顔には相応の皺も刻まれていたが、体つきはいまだに細く、瞳も変わらずきらめいていた。ドリーはドレスを椅子の背にかけ、立ったままエドウィナを見つめた。表向きは平静を保っているけれど、この子は緊張している。それどころか怯えている。「食事をしてお風呂に入ったら、これを着て。あなたの体に合いそうなものがなかなか見つからなくて、ハリエットがざっとサイズをつめてくれたから。もうすぐメイドがお湯を運んでくるわ」

「ありがとう……あの、ベッドも。こんなにぐっすり眠れたのは久々で。本当に感謝します」

「あなたのお名前は？」

「エ……エド」戸惑い、答える声がかすれた。

年かさの女性が品のよい眉を吊りあげた。「あら？ 昨夜、服を脱がせた相手は男の子だったかしら？ アダムはごまかせても、わたしは無理よ」

劇場の外でアダムを見たのを思いだし、エドウィナの仮面が剥がれだした。そうだ、アダムが目撃して、ジャックから救ってくれたなら辻褄が合う。

「アダム？ アダムがここに？」

「ええ。彼もすごく心配していたわ。それで、あなたの本当の名前は？」

「エドウィナ」

「いくつなの？」

「十八歳」

ドリーは率直なまなざしで口調を和らげた。「どうして少年の格好を？ 誰かから逃げているのね？」

「ええ」ジャックはきっと追ってくる。それどころか治安判事に突きだされるかもしれない。

「でも、安心して。ロンドン中を捜しても、このドリーの館ほど安全なところはないから。この館の中は治安官も手を出さない」

「どうして?」

「だって娼館だもん」ハリエットが目をきらめかせて言った。「しかも高級娼館なの。大丈夫よ」ハリエットが生意気にウィンクした。「誰もあなたに無理強いはしないから。それにいざとなったら、紳士のお相手に必要なことは全部教えてあげる」ハリエットはエドウィナの脂ぎった髪と汚れた顔を見て鼻の頭に皺を寄せた。「でも、もうちょっと体に肉をつけて、見た目をなんとかしないとだめかも」

「およしなさい、ハリエット」ドリーがたしなめてから、くすりと笑って言葉の棘を和らげた。「若い娘を困らせせないの」

エドウィナは唖然として、ふたりの顔を順に見比べた。ここは娼館で、この親切な女性は娼館の女主人。「娼婦だなんて!」吐き捨てるように言う。「体を売るのだけは嫌」娼婦になるくらいなら盗人まで身を落とさなかった。それだけは耐えられない。

けれど、そう言葉を発してすぐにエドウィナは悔やんだ。ひどい言い方だ、きっと傷つけた。それは目にも明らかだった。ハリエットは一瞬の間を置いて、唇に苦笑を浮かべた。はしばみ色の瞳を楽しげに輝かせた愛らしい陽気な娘はそんな言葉にもうすっかり慣れていて、怒ることもしなかった。

「そんなひどい言い方はしないで、エドウィナ。人って見た目だけではわからないものよ」

「ほんと。わたしったら、なんてことを……。助けてもらって心の底から感謝しているのに。あなたにもドリンクウォーター夫人にも」エドウィナはつぶやき、出ていくドリンクウォーター夫人にほほ笑んだ。「ごめんなさい、ハリエット。気を悪くさせて」

「いいのよ。あたしはそれで家賃を払っているわけだし、若い女が生きていくのは大変だから。あたしだって、自分の仕事にロマンティックな幻想は抱いてない。侮辱されるのにも慣れちゃった。でもそれが現実だし、あたしは向き合うことにしてる。胸を張って」ハリエットは肩をすくめ、品よくほほ笑んだ。「それしかないでしょ？　さあ、冷める前に朝食を食べちゃって。あたしはお風呂係の娘がどうしているか見てくるから」

　お湯を運んできたメイドは散切り頭のエドウィナに好奇心を抑えきれないようすだったが、それでも何も言わず、石鹸とタオルを置くと部屋を出ていった。ようやくひとりになると、エドウィナはすぐにベッドを出て香りのよい湯に浸かり、その贅沢に息をついた。肌から数カ月分の垢をこすり落とし、ぎとぎとの髪を泡立てた石鹸で洗う。

　きれいになると、エドウィナはようやく体の力を抜いて目を閉じた。体からバラの香りが漂い、あの惨めな悪臭はしない。先はどうなるかわからないし、また逆戻りする可能性もあるけれど、今はこの瞬間を心ゆくまで楽しみたかった。

　アダムがドリーの館を訪れたのは、午前の半ば頃だった。はつらつとした足取りで広い玄関広間を抜け、品よく豪勢な絨毯と調度品で飾られた賭博部屋に入ったところで、ドリーと出くわした。ドリーはこうした施設を運営していながら、いつも規律正しい。今も、地平線から日がのぞきかけた頃にベッドに入ったとは思えないほど生き生きと輝いていた。

　ドリーは口の端を上げ、アダムの身だしなみを感心したように眺めた。鈍黄色の膝丈のズボンに細い茶色のブーツ、銀糸でアイリス模様の刺繍が施されたクリーム色のシルクのベスト、豪華な黄褐色のフロックコート、胸部と袖口にあふれる質のよいレース。

ハンサムで男らしさも感じられ、力強さとさりげない自信が滲んでいる。女たちが気を引こうと殺到するのも無理はない。アダムがこんな館に来るなど、王子が庶民と交わるようなものだ。

それでもまだ昼前、夜の忙しい娘たちの大半は眠っていて、館の中は比較的静かだった。

「エドは？ どんな具合だい？」アダムはきびきびと尋ねながら手袋を外し、白い大きな大理石の階段脇にあるテーブルに三角帽子と共に置いた。

「具合はよさそうですよ。きれいにもなったし」ドリーはアダムに先んじて階段を上りながら答えた。立ち止まり、きらめく瞳で振り返る。「彼女のようすにびっくりされると思うけど」

「彼女？」アダムがぽかんとドリーを見上げた。

「ええ、彼女よ」ドリーは楽しげに繰り返した。「エドは――いいえ、エドウィナと呼ぶべきね――男の子じゃなかったの」

「男じゃなかった？ ばかなことを言わないでくれ、ドリー。頭がどうかしたのか？」

「いいえ」ドリーは鷹揚に笑った。「それは、あなたのほう。すっかり欺されていらしたんだから。いいから、その目で確かめてごらんなさいな」

ドリーはアダムを部屋に通して姿を消した。魅力的な金鳳花色のドレスを着た若い女性が細いウエストで両手を握りしめ、窓辺に佇んでいた。小柄で柳のようにほっそりとして、警戒するようなまなざしを向けている。アダムは信じられないものを見るように、視線を外すことなく歩み寄った。まさか、この愛らしい若い女性があのエドか？ アダムは彼女の顎をつかんで顔を上向かせた。そして紛れもないエドの顔を、ただ驚きの目で見つめた。

「まさか！」まともに声が出なかった。「なぜ気づかなかったんだ？」彼女は確かに女性だ。アダムはその言葉をのみこんだ。彼女の息づかいが伝わってきた。温（ぬく）もりも、自然な香りも。

光り輝く存在を目にしたのは初めてだった。アダムはふんわりとした鮮やかな赤銅色の髪に彩られた、小さな切り傷とこめかみの紫色の痣（あざ）以外は完璧な美しい顔を見つめた。瞳は見覚えのある輝く青緑色――そう、翡翠（ひすい）色だ。アダムの画家としての目にはそう映った。そこには淫らさも奔放さもなく、ただ活気と若い好奇心が入りまじった表情が浮かんでいる。なんて魅力的な女性だ。

エドウィナはアダムの強いまなざしに落ち着きをなくし、深く青い瞳をのぞきこんだ。アダムの眉がかすかに問いかけるように吊りあがる。

「嫌かい？」

エドウィナはそこで二つのことに気づいた。日に焼けたハンサムな顔と深みのある低い声。その二つが合わさって、背筋に奇妙な温もりを走らせる。

「嫌？」ばかみたいに繰り返す。

「こうして見られたら？」

「ううん……そうでもない」

アダムが低い笑い声を響かせた。「やっぱりエドだ。説明してもらおうか、どうして欺した？」アダムは手を離し、一歩後ずさった。

彼の目には探るような、からかうような表情が浮かんでいた。粋で、魅力的な笑顔。きっとこの笑みで多くの女性の心を翻弄してきたのだろう。「欺したわけじゃない。驚かせたみたいだけど」

「率直に言ってね。ずいぶん驚いたよ」

「がっかりした？」

「少しね。もう君をトビー捜しに雇えない」

「どうして？　いつだってエドに戻れるのに」

アダムはその言葉を軽やかに笑い飛ばした。声も柔らかくてかわいらしい。鮮やかな色のドレスのせいか、白い肌が輝いて見えた。良家の令嬢らしい洗練も感じられる――胸を張り、背中を丸めることなくまっすぐ前を向いた、その姿に。

「昨夜、助けてもらったお礼を言わないと。せっかくの夜を台無しにしたんじゃなければいいけど」あの黒っぽい髪の女性とはどういう関係なのだろう。

エドウィナはそんなことを思いながら言った。

「役に立ててよかった」彼は改まった口調で言った。

「しかし、あの悪党がこれで引き下がるかな。なぜあんな変装をしていたのか説明してくれないか？」

「身を守るため。セントジャイルズで女の姿は危険すぎるから」エドウィナはアダムの澄んだ青い瞳を見つめた。「あなたも男ならわかるはず」

「それはね。しかし、君は少年の姿がすっかり板についてて……いや、僕はこっちのほうが好きだが」

そうつぶやくアダムに、エドウィナは頬を染めた。長く少年のふりをしていたので、女性らしく話をするのすら難しかった。そのうえアダムのこの魅力だ。エドウィナは生まれて初めて心ときめく男性に出会い、おかしなくらいどきまぎしていた。

「変装の理由はどうあれ」アダムは、酒場でエドが個人的なことを濁していたことを思いだして続けた。

「詮索するつもりはない。言うならば、僕には関係のないことだ。今考えなければならないのは、君の今後の身の振り方だ。君はいくつになる？」

「十八歳」

「もっと若いと思っていた。それで、君を襲ったのはなんていう男だ？」

「ジャック」

「スリの元締めか。やつは君が女だと知っているのか？」

「そのことは誰も。さっきも言ったように、男の格好をしていたのは、身を守るためだから」

「なるほど。どうしてその男に襲われた？」

「逃げだしたから」

「彼が怖いか？」

「治安官に突きだされるのがね。自分の元から逃げだしたら、監獄に放りこまないと気のすまない男だから。わたしが少年のなりをした女だと知ったところで、喜ぶだけ。きっとそれにつけ入ってくる」

「だったら、盗品を受け取るのも、盗みと同じように重罪だと思いださせてやろう」

「それぐらい向こうもわかっている。でも、そんなことで怯む人間じゃない。あの男は、万引きや押しこみ強盗も裏で操っているの。わたしはスリ止まりだったけれど。自分では絶対に盗品に触れないし、売る前には出所がわからないようにお金で口止めした職人に細工もさせている。そして自分は場所と時間だけを決めて、他の人間に盗品を換金させる」エドウィナはアダムの温かな青い瞳を見上げた。「わたしにはお金も何もない。ジャックに捕まったら、監獄行きは免れない。下手をするとタイバーンで縛り首」

「どうしてそんな男のところに？」アダムは尋ねた。「なぜもっと早く逃げださなかった？」

「できなかった。怖くて。誰もジャックからは逃げだせない」エドウィナの言葉は短かったが、アダムを納得させた。「ジャックに貶められて、わけがわからないまま価値観を破壊されたの。暗い穴に落ちて、もう這いあがれるとも思えなかった。元の生活には戻りたくないし、他に行く場所もないし」エドウィナは肩をすくめた。「でも、あなたがトビーを見つけたら謝礼を出すって。それを頼りに勇気を奮い起こしてジャックの元を離れたの。自分の進む道は自分で決めよう、仕事を見つけてちゃんと生きていこうって思って」

「それなら、ドリーが力になってくれるだろう」アダムはさりげなく言った。

エドウィナはむっとして顎を上げた。「でも娼婦にまで身を落とすつもりはないわ」

怒りに燃える目を見てアダムは笑みを噛み殺した。

「そんなことは勧めていない。誤解だ」

「それに、たとえドリーだって、こんなに魅力のない痩せっぽちは雇えないでしょう。髪だってこんなふうだし」エドウィナは散切り頭に指を這わせた。

腕を組み、鏡台の隅に腰を寄りかけていたアダムが眉を吊りあげ、首を傾げて斜めからじっくりとエドウィナを眺める。清らかな顔だ。大きな瞳、高く滑らかな頬に影を落とす長いまつげ。透明感があって、信じられないほど美しい。女であることに目覚めたばかりの初々しく、どこかはかない美しさに輝いている。ああ、彼女をカンバスに描きたい。だが自分に、いや、誰かに、この完璧な美を描きだすことなどできるのだろうか。アダムは彼女を前に妙に詩的になる自分にそっと頬を緩めた。

「反論してもいいかな。君はたぐいまれな美人だよ。ずば抜けた外見を持っている。髪の色もすてきで、輝かんばかりだ。首の形もすばらしいし、骨格や顔立ちも、特に目に至っては完璧だ」

笑みをたたえて、エドウィナの唇がかすかにひくついた。「かわいいとか美人だとかは言われたことがあるけれど、そんなふうに褒められたのは初めてだわ。骨格とか首とか。喜んでいいのかどうか」

「もちろん褒めているんだよ。見たままを話している。この前渡した五ギニーはどうした？」

「ジャックに渡すしかなくて……」

「ジャックに？　あれは君にあげたんだ、ジャックにじゃない」アダムは声を尖らせて立ちあがった。

「どうしてもごまかせなくて」エドウィナは目を伏せた。「ごめんなさい」

「いや。僕もあの男の凶暴性は目の当たりにした。それでよかったのかもしれない。トビーのことは何か調べてくれたのかな？」

「ええ。でも、脚の不自由な子はそこら中にいるし、その名前の少年に心当たりがあるって人はいなかった。ただひとり、一週間ほど前に脚の不自由な少年を連れた男女を見かけたって女性がいたの。でも彼らはセントジャイルズを出ていったって」

アダムの目が光った。「他には？」

「熊を連れていたらしい」

アダムは一瞬考えこんだ。「男女、なんだね？」

「その子がトビーだと思う？」

「可能性はある」アダムは眉根を寄せ、部屋の中を落ち着きなく歩き始めた。

「その子は何者？　あなたとどういう関係なの？」

「従姉（いとこ）の子でね。彼女は少し前に亡くなった。一度も会ったことはないが、僕には大切な子だ」

「その子の身が心配なの？」

「ああ。しかし、見世物で金が稼げる間は危害が及ぶことはないだろう」アダムは眉間の皺を深めた。

「脚の不自由な少年と熊か」頭の中で姿を思い浮かべる。「なかなかの組み合わせだな。移動手段がなければ、ロンドンを離れるとも思えない。おそらくその男女は市場か縁日で彼らを見世物にするつもりだろう。そこで見つけるしかない」

エドウィナが目を輝かせた。「捜しに行くの？　だったら、わたしも連れていって」熱をこめて頼む。「ふたりのほうが見つけやすいでしょう」

その言葉にアダムははっとし、目を細めてまじまじとエドウィナを見つめた。まさか無理だ。少年なら気は咎（とが）めないが、若い女性となると話が違う。

「だめだ」

彼の整った唇が答えを告げたとき、エドウィナは その拒絶に驚きと屈辱とほんの少し憤りを覚えた。

「どうして？」エドウィナは訴えた。

「そもそも縁日というのは暴力と悪の温床だ。中には盗品の売買が盛んで、犯罪者が集まるものもある。それには君も詳しいかな」彼はそこで皮肉をまじえた。「ジャックと鉢合わせする可能性だけじゃなく、強盗に遭う危険も身の危険もあるんだ」

「強盗や人殺しに遭遇するぞって、わたしを脅しているの？　この半年、彼らの中で暮らしてきたのに？」

「ああ、人目につかない少年としてね。しかし今の君なら五分ともたない。人混みに紛れられない」

エドウィナは怒っていた。顔を上げ、顎を上に向ける。その仕草からも、彼女が誰かに命令されるのをよしとしないのは明らかだった。「わたしは守ってもらうのが嫌なの」目を怒りで輝かせ、唇を強ばらせる。

「僕は口答えされるのが嫌だ」アダムは吐き捨てた。苛立ちながらも、エドウィナの気骨には感心していた。怯まず、目に反発心をきらめかせている。

エドウィナは奥歯を噛みしめて、反論を堪えた。アダムの頑固さには苛々した。表情からもこれまでの柔らかさがすっかり消えている。おまけに口調は相手が従うことを前提とした命令口調そのものだ。

「大酒飲みの男は大半が理性をなくしている。しかも、どこでジャックと鉢合わせするかもわからない。あの男は危険だ。避けるのが賢明だろう」

エドウィナは細い腰に指を食いこませて、挑むようにアダムの苦々しい顔を睨みつけた。「ご心配いただいてありがとう。でも、あなたにわたしの行動に口出しする権利を与えた覚えはないわ。いったい何様のつもり？」

「君の救世主かな」アダムは冷静に返した。「いいから言うことを聞け。これでも君より年上だ。世間のこともわかっている。外は男の世界なんだよ」

「ええ。でもだからって彼らの意思に従わなきゃならないことにはならないわ。わたしはこの身一つでジャック・ピアスに抗って逃げだしたのよ。意志の強さは、あのときと何も変わっていない」

「それでも僕が探ろうとしている場所は、まともな若い女性が行く場所じゃない」

「わたしはまともな若い女性じゃないわ」エドウィナは語気を強めて言い返した。「箱に入れて、砂糖菓子みたいに扱われる必要はないの。自分の面倒は自分でみられるから」

「昨夜みたいに？　君が自分の面倒をみられる人なら、今こうしてここにはいないだろう。君は連れていかない。この話は、ここまでだ」

冷たい声の一撃を受け、エドウィナは怒りで顔から血の気が引いた。「いいわ。だったらわたしは街に戻る。それならいいでしょう」強情なエドウィナは、あえてアダムの怒りを煽った。わずか一メートルほど先にいる彼の青い瞳が光る。口の両脇にもこれまでなかった強硬な皺が浮かびあがった。瞳に浮かぶ冷たい炎は、エドウィナが懐中時計を盗んだときと同じものだ。それに口元の無情さも。以前は窮地を逃れようと必死で気づかなかっただけだろう。

「止めても無駄よ。また少年の姿に戻るから」

「そうすればすぐにジャックに見つかるだろうね。君が言ったとおりに怒っているなら、きっと捜し回っている。いいか、あの変装は永久に忘れるんだ」

「でも、わたしは自分のやりたいようにやるわ」エドウィナは言い返した。

「まったく救いようのない頑固者だ」彼は憤慨して髪をかきあげた。「会うのは二度目だが、会うたびに苛々させられる。君をあの獣から救ったとき、まさかこんな災難に遭うとは思いもしなかった」

「正義の騎士のつもり？　助けてくれなんて頼んでいないのに」エドウィナは言った。

「この、恩知らず」アダムはエドウィナに歩み寄ると、見上げる彼女の顔を見下ろした。怒りで血の気が引き、鼻の周りに白いそばかすが浮きでている。窓から差しこむまばゆい日差しが髪を炎のごとく照らして、小さな気高い顔を光のオーラで包んでいた。しかるべき仕草で手を差しだした。

見つめるうち、彼女のかよわさに胸がつまった。調子に乗って話しすぎたようだ。しかし、こうして彼女を見ていると、別の怒りがこみあげてくる。ジャック・ピアスに対して、そしてこの彼女を犯罪の温床のような街にひとり放りだした者たちに対して。

「きつい言い方をしてすまない。しかし僕が君の窮状を案じて、手を差し伸べたいと思っていることはわかってほしい」アダムは声を和らげた。

彼の唇にかすかな笑みが浮かんでいた。かろうじてわかるほどの笑みだが、エドウィナは胸が熱くなった。優しい思いがこみあげ、争う気持ちはたちまち消えてなくなり、自ら彼に歩み寄っていた。

「わたしこそ、許して。長く頼る相手もいなかったから。誰かに心配してもらうなんて久しぶりで、慣れなくて。ごめんなさい。でも、どうか怒らないで。わたしはあなたとお友達でいたいの」エドウィナは
その仕草にアダムの頬が緩んだ。ゆっくりと笑みを広げながら、エドウィナの手を取る。そして探るようにまじまじと顔をのぞきこみ、その手を唇に近づけると慣習よりは長く唇を押し当てた。

「これで友達だ、エド。いや、エドウィナと呼んでいいかな？」

「どうぞお好きに」

「じゃあ、エドウィナだ。さてと、そうなったら、あとは今後の君のことだ。ここで暮らすのは居心地が悪いと言っていたね。だが少年の服を着て街に戻る話は忘れてほしい。それはなしだ」

「でも、それじゃあ、どうすればいいの？　お金を稼がなきゃ。他にどうやって暮らせと？」

アダムは目を細め、エドウィナの顔を凝視しながら彼女の状況に思いを馳せた。少年エドのことがずっと気にかかっていた。その彼がこうして女性の姿

になって目の前にいる。しかも会ったことがないほど美しい女性に。このまま別れるのは忍びがたい。

関心が膨れあがって常識外れなことを言っていると思いながらも、アダムは驚くような提案を口にしていた。「なんなら、しばらく僕の屋敷に来てもいい」エドウィナがあまりに唖然とした表情を浮かべたので、アダムは言わなければよかったと悔やんだ。けれど、その口の端がわずかに上がるのを見て、今のはただの驚きの表情だったことに気づいた。

「あなたのところに?」エドウィナはつぶやき、藍色にまで深まったアダムの瞳を見つめた。「そこであなたのために働くの?」

「そんなところだ」

「でもわたし……女性の仕事は得意じゃなくて。料理もできないし」

「料理をする必要はない」アダムは内心、彼女の純朴さに首を振った。「すでに他の者がいる。身の回りの世話をする使用人は間に合っているんだ」

「じゃあ、わたしは何をすればいいの?」

「まあ、あれやこれやと」アダムが物憂げで、思わせぶりな笑みを浮かべた。

それを誤解して、エドウィナが真っ赤になった。「具体的に説明して」覚悟を決めたように尋ねる。「もし愛人にってことなら、わたしは男性の所有物になるつもりはないから。自分の足で立ちたいの」

アダムの目が楽しげに光った。指を一本、エドウィナの唇に当てる。「そんなずうずうしい提案をするものか。君が僕の所有物になることはないよ。君に頼みたい仕事は、そう難しいものじゃない」アダムは優しく言った。「君ならきっと楽しめると思う。謝礼もたっぷり弾む。だが覚悟はしておいてくれ、僕は仕事には厳しいからね。近々、しばらくロンドンを離れるが、留守中ももちろん屋敷に滞在してくれて構わない。それじゃあ、僕は少し失礼するよ。

顔を出さなきゃならないところがあってね」

アダムがまたも手を取った。そして、もう一度唇に近づけようとしたところでエドウィナはすっと手を引き、いたずらっぽくほほ笑んで後ずさった。

「不作法だわ。使用人全員の手にキスをする習慣でもあるの？」

「いや」

「それじゃあ、雇い主としてはキスはしないで」エドウィナは眉を吊りあげ、先ほどのアダムと同じ楽しげな顔で見つめた。

アダムは今にも噴きだしそうな顔で、エドウィナの顎の下を軽くつまんだ。「まれに見る強情娘だ」

「わたしは名誉を守っているだけよ」エドウィナは言った。「でもあなたの提案は、上流社会では眉をひそめられるんじゃないかしら」

「僕は慣例にとらわれない男でね。上流社会のことは気にしていない」

エドウィナは首を傾げ、問いかけるような目を向けた。「ごめんなさい、どうしてもドリンクウォーター夫人のことが気になって。ここにはよく？」

アダムはにやりと笑った。「売春宿を訪れる習慣はない。ドリーは以前、僕の親族の屋敷で家政婦をしていてね。辞めてからは、世間の目よりも利益を優先させることにしたらしい」

「ミスター・ドリンクウォーターは？」

「いたよ。何年も前から墓の中だけれどね。そうだ、出がけにドリーに僕たちの決定を知らせておこう」

アダムは扉の前で、エドウィナを振り返った。力強いまなざしにとらえられ、エドウィナは予想もしなかった興奮の身震いを感じた。彼の唇をかすめた小さな笑みが、その反応に気づいたことを示す。

アダムはまるで記憶に刻むように彼女の顔を眺め、小さく満足げにうなずくと、部屋をあとにした。

# 4

アダムの屋敷で彼の仕事をする話は魅力的だった。まるで地平線の彼方にようやく安息の地が見えたよう。平穏――何よりそれがほしかった。ジャックはもうたくさん。ヘンリー叔父様もタップロー伯爵も。

アダムが出ていくやいなや、ハリエットが駆けこんできた。彼女はこれまで知る誰とも違っていて、温かなものを感じずにはいられなかった。

「アダム・ライクロフトと知り合いだって、ほんと?」ハリエットが声を張りあげて、シルクの上掛けのあるベッドの端に腰を下ろした。

「ええ、少しね。仕事を頼まれたの」

「へえ? どんな?」

「頼まれただけで、まだはっきりとは……」

「あの方、ときどきドリンクウォーター夫人に会いに来るのよね。子供の頃からの知り合いだって。この女性たちにすごく人気があるの。美人を見る目は確かだし」

「で、そういう人ばかりを選んで寝るのね」エドウィナは軽く笑った。あの整った顔に精悍とくれば、アダムを嫌がる女性などめったにいないはずだ。

ハリエットは意味ありげにほほ笑むと、背後に肘をついた。「まあね、彼だって聖人じゃないから。でも、たいていは絵を描いているわ。仕事でね」

エドウィナはハリエットを唖然として見つめ、自分もベッドに腰を下ろして向かい合った。「画家なの?」アダムが描いてくれたスケッチを思いだすと、合点がいく。それでも紳士と画家という組み合わせが不可解で、首を振った。「上手なの?」

「よくわからないけど、天才だって言う人もいるわ。

だから彼の絵はすごく高いの。きっとあなたも描かれるんじゃないかしら。座るのよ、たぶん」

「座る？」

「絵のモデルになるってこと。すごいことよ。公爵夫人たちなんて、あの方のために座りたくてうずうずしているんだから。あなたと代われるものなら代わりたい女性がどれだけいるか」

エドウィナはぴんときた。「彼が好きなのね」

「まあ、すてきよね。お金持ちで魅力的で、でもイーゼルの前に立つと、まるで暴君みたいなの。あなたも気をつけてね。いざ絵を描きだすと、時間の感覚がなくなっちゃうから。下手をしたら何時間も同じ格好で座らせられる。わたしも一度座ったけど、一度でたくさん。あんなことをしていたら風邪をひいちゃう」

「風邪？」

「彼は人間、特に女性を描くのが専門なの。裸のモデルになったのもひとりやふたりじゃないわ。念のために言うと、服を脱ぐのは特別料金よ。淑女の方々は絵を描いてもらう間にみんな彼の魅力に陥落しちゃうの。絵が描きあがる頃には、もう首ったけ。画家の選択を誤ったって嘆く殿方も少なくないわ」

「でも、どうしてわたしを描こうだなんて？」

「たぶん、他のモデルとは違うから。だってありふれた顔じゃないもの。きっと挑戦してみたくなったのよ。ひょっとすると」ハリエットが髪を振りあげ、とび色の巻き毛を弾ませた。「あなたの絵が代表作になるかも。そうしたら、あなたも有名人よ」

「それは困るわ。有名にはなりたくないの」叔父のヘンリーが脳裏に浮かんだ。叔父は美術愛好家だ。とりわけ絵画には関心が高く、年月をかけて収集したコレクションは羨望の的になっているほどだ。もしわたしの絵が叔父の目に留まったら、きっと居場所を突き止められる。エドウィナは忍び寄る不安をすばやく払いのけた。「アダムってどういう人？」

「そうねえ」ハリエットは一瞬目を細めて考えた。

「単純な人ではないわね。非情なときもあるし。一度火がつくと手がつけられない。モデルをやったわたしや他の娘たちはみんな、それでひどい目に遭っているわ」

「ご結婚は？」エドウィナの脳裏に、劇場の前で見かけたきれいな黒髪の女性が浮かんだ。

「ううん。アダム・ライクロフトはいちおう独身よ。お楽しみの相手は慎重に選んでいるみたい。未婚で、情熱的で、経験豊富で、セックスと愛を混同しない――後腐れのない女性ね」

「なんだかすごく薄情で自分勝手な人みたい」

「移り気なのは確かかね。誰も本当の彼の姿は知らないんじゃないかしら。ドリンクウォーター夫人以外はね。仕事に関しては完璧主義者で、絶対邪魔を許さない人よ。ところであなた、住む場所はどうするの？」

「アダムが……自分の屋敷に滞在したらどうかと」

その言葉でハリエットが背筋を伸ばした。「まあ――それって初めてよ！　もちろんイエスよね？」

エドウィナはうなずいた。「他に行くところがないの。でなきゃ、また街で泥棒に戻るしかないわ」

ハリエットが目を大きく見開いた。「泥棒？」

「そう。スリをやって暮らしていたの」エドウィナは過去を明かすことに居心地の悪さを覚えたが、なぜか、ハリエットに非難される気はしなかった。

その判断は正しかった。ハリエットが楽しそうに笑ったのだ。「その嘘みたいな話、聞かせて。そうでないと無理やり吐かせるわよ。さあ、最初から」

エドウィナは拒みかけたが、ハリエットの表情を見て諦めた。それどころか急に聞いてほしくなり、ジャックの元で働いていた半年の暮らしぶりをかいつまんで話しだしていた。話し終える頃には、ハリエットは歓喜と驚愕の入りまじった目を向けていた。「驚いた？」

「まあね。ここが売春宿で、あたしも売春婦だと知ったときのあなたほどじゃないけど」ハリエットは忍び笑いをもらした。「あのときはおかしかった」

「あなたはここに住んでいるの？」

「ううん。住んでいる娘もいるけど、あたしはドルリーレーンを外れたところにあるパン屋の上に部屋を借りているの。狭いし、きれいでもないけど、あたしのお城よ。毎晩賭博場の仕事をして、そのあとは……」ハリエットは肩をすくめた。

「ご家族はいるの、ハリエット？」

ハリエットはうなずいた。「川向こうのロザーハイズに。どうして？」

「その……あなたの仕事をご存じなのかなと」

ハリエットは滑らかな額に皺を寄せ、一瞬考えてから答えた。「知らないと思うわ。誇れる仕事じゃないのはわかっているし。父さんが死んでから、母さんひとりでちびたち四人を抱えて大変なの。父さんは造船所で働いていたんだけど、事故で死んじゃって。だから、あたしはできるだけ母さんに渡している。どうやって稼いだかは訊かれたことがないわ」ハリエットは肩をすくめた。「だからって母さんに愛されていないわけじゃない。関係ないのよ」

エドウィナはただ首を振り、ハリエットの手に自分の手を重ねた。「わたしにも関係ないわ、ハリエット」ハリエットの職業は褒められたものではない。それでも、彼女には信頼できる何かがある。売春婦を不道徳だと思う人もいるだろうけれど、残酷で他人に無関心なこの時代に、ハリエットは優しさと親切心を持ち合わせている。これは本当にまれなことだ。「わたし、あなたに出会えてよかったわ」

「ほんと？　あたしもそう思っていたの」ハリエットは率直に告げた。「あなたが出ていくのは残念だわ」落胆のため息をついて立ちあがり、エドウィナのドレスをまじまじと見た。「そのドレスがぴったりよね。あと何枚か、見繕っておくわね。すぐには新しいのを買えないから、それまで着るものがいるでしょ」ハリエットはほほ笑んで、手を差しだした。「あの方が迎えに来る前に、他の娘たちにも会っていって。そろそろ起きだす頃だから」

蒸し暑い午後、エドウィナは提供された美しい服に身を包んで、アダム・ライクロフトの輝く黒い馬車に乗りこんだ。馬車を引くのは二頭の鹿毛の馬で、御者は赤と金の制服に身を包んでいる。エドウィナはいまだ夢心地で、豪華なふかふかの椅子に寄りかかった。まさか、ハンサムな見知らぬ男性とこんな立派な馬車でロンドンの街を走ることになるなんて。自分の屋敷に滞在しろというアダムの申し出を受けたのは無謀じゃなかったかしら？

御者が馬を鞭打ち、馬車はくねくねとした通りをゆっくりと進んだ。コヴェントガーデンは昔から芸術家に人気が高く、広場沿いにも屋敷が並んでいる。だから馬車がメイフェアに向かって北上し、アダムから屋敷があるのはグローブナー・エステイトだと聞いたときには、エドウィナはいい意味で驚いた。

誰も気づかなかったが、ドリーの館の筋向かいに男が立っていた。ジャック・ピアスだ。エドウィナを襲ったあと、ロンドンの裏通りに消える直前、かろうじてアダムが意識をなくしたエドをドリーの館に運びこむのを目撃していたのだ。ジャックはこのまま逃がしてなるものかと館に引き返し、自分の邪魔をした男の身元を探って驚いた。トビーという少年捜しをエドに依頼した、アダム・ライクロフトだったのだ。先ほどそのライクロフトが馬車で現れたときには運が回ってきたと思った。だがエドと出てくるとばかり思っていたライクロフトが若い娘を連れて立ち去るのを見て、ジャックは肩を落とした。

アダムはエドウィナの向かいに腰を下ろし、長い脚を足首で交差させ、彼女がこうして向かいに座ることになった不思議な縁に思いを馳せた。さて、この魅力的な女性を家に招き入れて、これからどうなるか。心和む、穏やかな相手ではない。そうなるつもりもなさそうだ。今も自己満足や欺瞞で自分を連れだすなら許さないと言わんばかりの、自信と強い自己認識を全身に滲ませている。だがアダムは気づかなかったが、そのとき彼の食い入るような視線を受けて、エドウィナの自信はいくぶん衰退していた。

アダムの姿を盗み見て、落ち着いた外見の奥に抑制された力が潜んでいるのはどことなくわかった。ただ、この穏やかな紳士がどんなふうにハリエットの言う横暴な芸術家に変貌するのか、それがわからない。物乞いや泥棒以外の人間と接触するのは久しぶりで、こうしてアダムとふたりきりになると、そわそわしてどうしていいのかわからなくなった。

「それで、エドウィナ」アダムが切りだした。「これからしてもらう仕事のことは、ハリエットや他の娘たちから聞いたかな?」

エドウィナはアダムが、持ち前の優美さでさらに快適な体勢に座り直すのを見守った。率直な視線を送る。「少しだけ。本当にわたしの絵を描くの!?」

「もちろん」アダムは静かに答えて目を向けた。

「どうしてなのか、わからないわ」

アダムの眉が茶化すように青い目の上で吊りあがった。「僕にはわかっている」

エドウィナは頬を赤らめ、話題を変えた。「他にはどんな絵を――というか、描くのは人物だけ?」

「いや。風景や、想像力をかき立てるものはなんでも。だが本業は人物画だな。依頼者の気まぐれや好みに合わせる必要があるけれどね」

「そうすると、依頼した方以外には興味がわかないものにならない？」

「そうなんだ。運悪く、僕の依頼者の大半は顔の絵が好きでね。屋敷を家族の肖像画で埋め尽くしている。画家が工夫する余地はほとんどない。こういう絵はほとんど市場に出ない。誰も他人の家族の肖像画なんて買わないだろう」

「わかるわ。それで、あなたは上手なの？」

「それは観る側に訊くべきだね」

アダムは唇に不可解な笑みを浮かべ、考えるような目でエドウィナを見つめていた。強くて落ち着いていて、世離れした雰囲気を醸しだしながらも、その存在で周囲の空気を支配している。声も豊かで耳当たりがいい。この人に欠点などありそうにない。その自信たっぷりな表情に、彼女は欠点探しを諦め、首を傾げて言った。「なんだか満足そうね」

「当然だろう。最高に魅力的なモデルを手に入れたんだから。少年のふりがあまりにうまかったから、これほど魅力的な女性だったとはまだ信じきれない。描くのが楽しみだよ、エドウィナ……？」

アダムの探るようなまなざしを、エドウィナは正面から受け止めた。「ただのエドウィナよ」それ以上はさすがに気が咎めた。姓を打ち明ける心の準備はできていないし、かといってまた嘘をつくには彼を好きになりすぎている。良心が許さない。「絵を描くだけなら、それ以上知る必要もないでしょう」

澄んだ青い瞳が表情もなく思案した。そしてエドウィナにこれ以上打ち明ける意思がないと悟ると、ゆっくりとうなずいた。「僕にだって知られたくない秘密はある。君が名を明かしたくないなら、その意思を尊重しよう」

「感謝するわ」エドウィナはそう言いながら、その彼の秘密が気になった。「ご家族はいらっしゃるの？」好奇心を抑えきれずに尋ねる。

アダムの表情が身構えるものになった。これまでも感情はすべて鉄の意志で押しこめてきた。方針を変更するつもりはない。「両親は子供の頃に亡くした。他に身内はいない」

「わたしったら、ごめんなさい」

「いいんだ。気楽なものだよ」アダムはぶっきらぼうに言い返すと顔を背けた。

エドウィナはアダムを見つめた。非情だったり、支配的だったり、無鉄砲だったりするのは彼の本当の姿でない気がする。両親共に早く亡くした拠り所のなさ。それが琴線に触れ、エドウィナには彼の孤独が身にしみて感じられた。

「どうしてわたしを屋敷に招いてくれたの？　ハリエットによると、他のモデルにはそこまでの申し出はしなかったって」

「他のモデルには住まいがあったからね。それにこれは保険だ。絵が描きあがっていない段階で君に姿を消されては困る。もちろん君の世間体もあるのはわかっている。一般的に認められることではないからね。激怒して迎えに来る親族がいないといいが」

「世間体なんて今さら手遅れよ。とっくにずたずただわ。そうしたのは自分自身」彼女は静かに告げた。

青い瞳がエドウィナの目をとらえて温かくほほ笑んだ。「スリになる前の生活のことを思いだしたりしないかい？」

「そんなことをしていたら生きていけないわ。わたしはもうロンドンに来る前の小娘じゃないもの。古い慣習にがんじがらめになっていた娘はもういない。いるのは自分の人生を自分で切り開くひとりの女だけ。安心して、アダム。怒り狂ってあなたの屋敷に押しかけてくる身内はいないから」一瞬間を置いて、エドウィナは尋ねた。「ハリエットから、あなたはすごく才能があるって聞いたけど」

「心配？」

「そうじゃないの。前にもらったスケッチもすごく上手だった。まだ持っているのよ」エドウィナはそばの、ブロケード織りにビーズをちりばめたバッグを叩いた。ドリンクウォーター夫人のところの女性にもらったものだ。「ずっと持ち歩いているわ」

「おやおや。あんな走り書きみたいなものを。また別のを描いてあげよう。もっといいものを」

「それでもこれは大事にするわ。どん底に落ちたときのことを思いだして、また同じようにならないようにするために」エドウィナはアダムの目をまっすぐ見つめた。「モデル代はいくらいただけるの？」

アダムは考えた。取引においては、常に隙のない交渉人と見なされてきた。相手に手の内を明かして足元を見られるわけにはいかない。だが相手がエドウィナなら話は別だ。「君の要望は？」アダムは続けた。「僕がどれだけ君を描きたいかは伝えたとおりだ。異議を唱える立場にない」

エドウィナは半ば当惑して言葉につまった。まさか判断を自分に委ねられるとは思わなかったのだ。

「話し合いしだいかしら」女性らしい理屈で言う。

「妥当な意見だ」

「お金は、わたしにとって大きな問題なの。絵が完成するまであなたの家で食べさせてもらうなら、その分は予定から差し引いてもらって構わないわ。でも、フランスに渡るだけの費用は手にしたいの」

「いいよ」アダムは即答する一方で、彼女がフランスにこだわる理由が気になった。「実に寛大な申し出だ。喜んで払うよ。絵が完成したら、地球の裏側にも軽く行ける金額を提供しよう」

表情からアダムの称賛を感じ取り、エドウィナは小さくほほ笑んだ。「ありがとう。でも、そんなに遠くまで行けなくていいの。目的地はフランスよ。がんばっていいモデルになるわ。創作の邪魔をしないように静かにしているから」

アダムは笑った。「交渉が成立したら心変わりはだめだよ。今の合意内容を書面に残すか、証人を立てておくかい？　それとも、君の変装を考慮してこは握手で紳士協定といくか？」

アダムの目にいたずらっぽい光がきらめくのを見て、エドウィナの笑みが大きく広がった。差しだされた手を握りしめる。「紳士協定でいいわ。信じられる気がするし。他のモデルの方には会えるの？」

「いや。画家にとってモデルは一度にひとりだ」

「でも、あなたに肖像画を依頼する方々は？」

「待ってもらうさ。創作意欲をかき立てられる、はるかに興味深い対象を見つけたからね」アダムは柔らかく滑らかな声でつぶやいた。

彼の瞳の優しさが驚くほど胸に響き、その彼と一緒にいることが急に怖くなって、エドウィナの心は震えた。「じ……自分を興味深いなんて思ったこともなかったわ」エドウィナは口ごもりながら言った。「きれいだと思ったこともないし。わたしみたいなのは一般的な美人とは違うかなと思って」

「それには反論しないよ。僕にも君はひどく個性的に映る。だが幸運なことに、君にはその個性を消そうとしたり、愚弄したりせずにただ認めるだけの思慮がある。僕の描く君を観る人にもそれを感じ取ってもらえたらと思う」エドウィナがその言葉に喜んだのを見て、アダムはにやっと笑った。「いいかい。仕事で座っているときは、そんなふうに落ち着きをなくさないでくれ」

アダムに優しくたしなめられ、エドウィナは膝の上で手をそわそわと動かした。

「仕事は朝から開始する。それも早朝だ」

その横柄な口調が癪に障り、エドウィナはアダムを睨んだ。「できれば、みんなの言うところの気難しい怪物に変身しないで」

アダムが黒い眉を吊りあげた。「みんな?」

「ハリエットよ」エドウィナは認めた。「彼女から聞いたの。あなたには気性が荒いところがあると」

「いつもながらおしゃべりな娘だ」アダムはくすりと笑った。「怪物になると困るかな?」

エドウィナは肩をすくめた。「そうでもないわ。わたしだって、気難しくなることはあるもの」

「強情で生意気で、そのうえ意地っ張り――それは間違いない。厄介さを考えれば、これまでのモデルたち全員を合わせても君には敵わない」

「あなたがそうさせるからよ」

「確かに、僕には気難しいところがあるのは認めるよ。だが僕に関する噂は信じちゃいけない。実際には」アダムのハンサムな顔がわずかに綻ぶ。「愉快なところもある。素直なところもね」

エドウィナは口の端をかすかに皮肉っぽく上げた。彼の声が肌をくすぐる心地よさと、吸いこまれそうな瞳は必死に頭から追いだして。「わかったわ。あなたの性格に関しての判断は保留にしておく」

「これでもまだ保留か。君が慣習にとらわれない、予測不可能な気質のスリだってことを忘れていた」

「気質? わたしの気質に問題はないわ」

「そうかな? かなり短気だ」アダムはそこでついに笑みを堪えきれずに破顔した。

「それでもわたしを描きたいのよね。チャレンジャーね」エドウィナは冗談半分で言い返した。

「ああ、やり遂げてみせるとも」

アダムの笑い声で、エドウィナの気分は不思議なほど軽くなった。いったん話を切ろうと、通りに目をやる。自ずと笑みがこみあげた。これからアダムと過ごす時間がこれまでに経験がないほど刺激的なものになるとわかったから。

馬車は郊外へと向かっていた。通りは広く直線的になり、並ぶ屋敷も白い柱のそびえる広く優雅な邸宅に変わっている。やがて馬車が、飾り気のない造りの玄関を持つ、大きな三階建ての建物の前で止まった。突如エドウィナはこれから始まる新たな暮らしを思って怯んだ。この建物――かつて慣れ親しんでいた昔を彷彿とさせる屋敷に足を踏み入れたら、どうなるのだろう。

「ここ……ここがあなたの住まい？」

「そう、僕の屋敷だ。気に入ったかい？」

「わ……わたしもここに住むの？」

アダムの唇が楽しげにひくついた。「まあ、そうなる――君さえよければね。行こう、ハリソン夫人に紹介する」それでもまだエドウィナはしりごみしていた。アダムは無言で彼女の顔を見つめた。顔色が冴えない。鼻の上に金色のそばかすが浮きでている。日差しが短い赤銅色の巻き毛を照らし、緑色の大きな瞳が影を帯びている。エドウィナの不安が伝わってくるようだ。「緊張している顔だね」

「ごめんなさい。でも、どうしようもなくて」

アダムはさりげなく眉を吊りあげた。「気を失いそうかい？」茶化し気味に尋ねる。

エドウィナが元気のない目を向けた。「気を失ったりしないわ」

アダムはふっとほほ笑んだ。「それならいい。緊張することはないよ。ハリソン夫人はここの家政婦だ。さあ、行こう。彼女に冷たい飲み物を用意しておくように頼んでおいた。部屋の支度もできているはずだ。明日、僕のアトリエを見せる」

「アトリエ？」その気取った言葉が気になったが、胃はすぐには解けないほど固く縮んでいた。

「僕の仕事場だよ」

屋敷に入ると、ハリソン夫人が迎えてくれた。朗らかな雰囲気の小柄な女性だ。襟元とキャップのレースだけが白く、あとは黒一色でまとめている。皺の多い丸顔から、薄い灰色の瞳が見つめていた。

「こちらがお客様ですか？」

「そうだ、ハリソン夫人。支度は整っているね？」

「もちろんでございます」

「エドウィナです」エドウィナは言った。

「あら。でも、そんなふうにお呼びするわけにはいきませんわ。失礼に当たります」

「いいんです。他のみなさんもそう呼んでくださいい」

「言うとおりにしてやってくれ、ハリソン夫人」アダムは皮肉っぽく言った。「エドウィナには、姓を言いたくない理由があるらしい」

ハリソン夫人は反論の意思を無言で示しながらも引き下がった。屋敷に身元もよくわからない女性を住まわせ、弟子たちに急いで休暇を出すなど常識外れにもほどがあると訴えたとき、少年のようにほほ笑む主人から、今度の客は常識ではかれない相手だと聞かされていたのだ。ハリソン夫人はこうして本人を目の当たりにして、主人の言葉に納得していた。

それにしても、この髪はいったいどうしたのかしら？　ハリソン夫人は温かな目でエドウィナを眺めた。これまでの絵のモデルとはまるで違う。背丈も自分と変わらないくらい小柄な、少女――いえ、違うわね。ハリソン夫人はその目をのぞきこんで思った。その目には誇り高さと知性、さらには年月を経て彼女を成熟させた苦悩が宿っている。ハリソン夫人は主人の笑みの温もりにも目の隅で気づいていた。この若い女性に向けるうっとりとしたまなざしにも。しかも、いつになく体の距離が近いことにも。

「エドウィナを部屋に案内して、着替えさせてやってくれ。いや、夕食の前に風呂に入るほうがいいかな」アダムはエドウィナに言った。「ハリソン夫人が必要なものはすべて用意してくれるから」

「わかりました」ハリソン夫人はエドウィナの小さなかばんを下僕から受け取ると、陽気な笑みを向けた。「さあ、こちらへ。馬車に揺られていらしたんですもの、まずはお風呂を用意しますね。この暑さでは、お疲れになったでしょう？」

「ええ。お風呂はうれしいわ」エドウィナは自分の幸運が信じられなかった。かつては空気と同じくらい当然だったこの喜びから六カ月も遠ざかっていたのに、今度は一日に二度も許されるなんて。

「あいにく、僕は出かける用があってね。君との夕食には間に合わないかもしれない」立ち去りかけたエドウィナにアダムが言った。「間に合わなければ、次に会うのは明日の朝アトリエでだ。七時ちょうど。早すぎるかな？」彼は半ば反論を期待して尋ねた。

　だが、エドウィナは魅力的な笑みを返した。「最近慣れた非社交的な時間を考えると、七時でも全然構わないわ」

　アダムはエドウィナが白い石の階段を上がるのを見送ってから、玄関に引き返した。

## 5

翌朝ラベンダー色のドレスで部屋を出たエドウィナの、屋敷に対する第一印象は風通しのよさと明るさだった。薄い灰色と白の繊細な色使いで統一され、品のよさと居心地のよさが絶妙に組み合わさっている。床も絨毯（じゅうたん）敷きではなく、美しくて趣味のよい家具が並び、この地区にある他の屋敷同様に、あらゆる使用人が揃（そろ）っていた。通りから入る馬車道の両側には厩舎（きゅうしゃ）や馬車小屋がずらりと並び、大勢の馬の世話係や御者たちの姿も見える。屋敷の中はハリソン夫人と無口な使用人たちで切り盛りされていた。

　食堂でひとり、たっぷりと朝食をとったあと、下僕に案内されてエドウィナは最上階にあるアトリエへと向かった。片側に扉の並んだ長い廊下を渡り、突き当たりの扉を押し開けて立ち止まる。目の前の長い部屋に思いもしない光景が広がっていた。そしてその奥でアダムが筆を洗っていた。

艶やかな焦げ茶色の髪を額にかけた彼は以前とまるで違って見えた。足元は黒いフォーマルな靴、たくましいふくらはぎを白い絹の長靴下で包み、その上に黒い膝丈（ブリーチズ）のズボン。ゆったりとしたシャツの白い生地には青とオレンジの絵の具のしみがついていて、その裾はズボンに無造作にたくしこまれ、袖はたくましい二の腕があらわになるまでまくりあげられている。エドウィナに気づくとアダムはすぐに手を止めて歩み寄り、部屋の中へと促して扉を閉めた。

「起こしに行かなきゃならないと思っていたよ」

「遅刻なんてしたら、あなたを喜ばせるだけだと思って。よかった、その楽しみをあなたから奪えて」エドウィナが甘い声で答えた。「時計を確認すれば、まだ五分前だとわかるはずよ」

「君が言うならそうなんだろう」アダムはエドウィナの輝く顔から視線を離さなかった。「ようこそ、我がアトリエへ。好きに見てくれて構わないよ。慣れるのも大事だからね」エドウィナが小さな鼻に皺（しわ）を寄せるのを見て、アダムはにやりと笑った。

「なんの臭い？」

「テレビン油と絵の具だ。気になるかい？」

「ええ。でも、そのうち慣れる気がするわ」

「二日もすれば、気にならなくなる」

アダムが筆洗いに戻ると、エドウィナは部屋の中をゆっくりと見て回った。庭に面した側は一面が窓になっていて、天窓から日が差しこんでいる。テーブルの上には汚れたぼろ布やスケッチブック、絵の具の壺（つぼ）、筆や希釈剤の瓶がある。天井が傾斜した、広く日当たりのいい部屋だ。しかも床から天井までびっしりとさまざまな絵が飾られている。きらめく宝石と豪華なドレスに身を包んだ貴婦人、ペットを含めた家族、風景、乗馬姿。エドウィナは驚きに我を忘れた。我が目を疑うほど美しい絵の数々だった。

ふと画架の上の絵に目を奪われ、エドウィナは歩み寄ると、金色の髪と輝く青い瞳を持つ魅力的な女性を食い入るように見つめた。唇に挑発とも無邪気とも思える笑みが浮かんでいる。色彩も何もかもが生き生きとしていて、今にも絵から飛びでてきそうだ。アダムは手を止めてテーブルの端に腰かけると、腕を組み、足を前後に揺らしながら、そんなエドウィナを興味深げに眺めた。

「わたしを描くのにどれくらいかかるの？」エドウィナは絵から目も離さずに尋ねた。

「数週間、いや、数カ月かな。状況しだいだが」

「そんなに長く？　わたしもこんなふうに描いてもらえるの？」

「いや、君の絵はもっとよくなる」

「信じられないわ。だってこの女性、すごくきれい。どなたなの？」

「レディ・アナベル・リプリーだ。ご主人は政府の主だった立場にある」

エドウィナはおそるおそる絵の中の顔に触れてみた。油の滑らかな感触。この肖像画はただよく描けているだけじゃなく、人物の繊細さが如実に描きだされている。「目の前にある美を、ここまでうまく鮮やかに記録できれば充足感があるでしょうね」

「褒めてもらってうれしいよ」アダムは言った。「そう、確かに達成感はある」

「芸術のことはよく知らないけど、それでもわかるわ。あなたは間違いなく芸術家で、天才よ」

「いや。才能はあってそれなりに成功しているが、天才には当てはまらない。僕は持ちうる能力で、絵を描いているだけだ。天才の仕事じゃない」

エドウィナはその言葉の意外さにアダムに目を向

けた。まるで違う人のようだ。その口調に引き寄せられ、彼をもっと深く知りたくなった。「それじゃあ、天才の仕事ってどういうものなの？」

「うまくは言えないが、見れば匂いや感触でわかる。一つ言えるのは、僕は天才ではないってことだ」

エドウィナはもう一度若い女性の絵に目をやったが、やはり彼の言葉には賛同できかねた。「自分を厳しく判断しすぎじゃないかしら。絵はどこで習ったの？」彼に目を向ける。「アカデミーで？」

「ああ。子供の頃から画家になりたくてね。セントマーティンズレーンの学校に入った。二年前王立アカデミーに合併されるまでは、そこがロンドンで最も大きな美術学校だったんだ。ジョシュア・レノルズもゲインズバラもそこで働いていた」

「そのあと自分のアトリエを開いたの？」

「いや、すぐには。肖像画家としてひとり立ちする前に、技術と文化的教養を高めたいとヨーロッパ大陸に渡ったんだ。パリで著名な所蔵品を訪ねてから、古典文化の源であるイタリアに行った」

「芸術家はみんなそうするの？」

アダムはうなずいた。「海外で過ごす時間には相応の収穫があるからね。イタリアの偉大な芸術にこの目で触れ、じっくり鑑賞したかどうかで、そのあとの作品が大きく違ってくる。他に芸術作品の真偽や、善し悪しを学ぶ方法はないだろう？」

エドウィナは眉をひそめ、その言葉を熟考した。「そうかもしれない。考えたこともなかったけれど。あなたの作品はどこで買えるの？」

「展示会や競売場でね。これから描く君の絵は王立アカデミーで展示するつもりだ。実は、この屋敷にも商売用の小さなギャラリーがあってね。描き終えた肖像画や絵画の一部を展示している」

エドウィナは好奇心で顔を輝かせながら歩み寄った。「見てもいい？」

「もちろん。だが今はだめだ。あとでなら、いくらでも見てくれていい」

「肖像画はいつもここで描くの？」

「いや、貴族階級の後援者の場合は、別の設備の整った部屋を使う」アダムは軽い口調で言った。「日頃の住まいと変わりない部屋のほうが彼らもくつろげて、いい作品ができるからね。ここロンドンにも画家は掃いて捨てるほどいる。競合相手に見劣りしないアトリエを持つのも重要なことなんだよ」

そうなると、どうしても彼をからかいたくなる。エドウィナは軽く口の端を上げ、彼の目を見つめた。

「つまりこういうこと？　あなたには、清く正しいモデル用の部屋と卑しいモデル用の部屋がある。教えて、アダム。わたしはどちらの部類に入るの？」

アダムのハンサムな顔に突如としてすばらしく物憂げな笑みがよぎった。これまでのモデルたちにはすっかりおなじみの笑みでも、エドウィナにとっては息を奪われるものだった。「いや」アダムはエドウィナの華奢な体にゆったりと視線を這わせたあと、その目を柔らかな口元にとどまらせた。「君はどちらでもない。それに、いいかいエドウィナ、人格の卑しさで言えば、豊かな貴族階級も身分の低い者たちに負けていない」

「卑しいモデルと清く正しい貴族階級のモデルを一緒に描いたりしないの？」

「まずないね」アダムは豊かな声で笑った。「その点は区別している。さらに著名な依頼人用の部屋は、その友人たちも同伴できるように誂えてある」

「そんなことをして気が散らない？」

「いや。談笑しながら描くのもいい息抜きだ。依頼人とその同伴者もだが、この屋敷には僕の友人知人が集まることも多くてね。だがハリソン夫人にこれからは誰も通さないように言っておいた。僕に会うには、前もって約束を取りつけるしかない」

「そんな」エドウィナはわざとらしく怯えてみせた。「あなた、わたしをひとり占めする気なの？」

アダムが楽しげにほほ笑んだ。「そうだ。異例だが、今回は絵が仕上がるまで君を誰にも紹介するつもりはない。誰がモデルかを謎にしておいて、とことん話題性を持たせたほうが絵の価値も高まる」

「でもそうしたら、あなたの愛人だと噂されてしまう。そんなふうに名前が汚されるのは困るわ」

アダムが緩やかにほほ笑んだ。「心配はいらないと言いたいところだが、悪評は覚悟してくれ」

エドウィナはアダムを睨みつけた。「ひどい。思いやりのない人ね。他にもまだわたしが知らなくちゃならないことがあるんじゃないの？」

「ああ、それなら話しておこう。僕にはふたり若い弟子がいて、これまで熱心に指導してきたんだが、いい機会だからふたりには無期限の休暇を出した」

エドウィナは彼の強い目の光に身震いを覚えた。これから描く絵が、どれだけ彼にとって重要なものかがわかってきたのだ。体はゆったりとくつろいでいるのに、内に秘めたエネルギーと情熱が伝わってくる。画家としての地道で立派な人生の陰にいったい何があるのだろう。本当の彼を知る人はいるのだろうか。エドウィナはそんな思いにかられた。「それで、わたしをどこで描くの？」

「ここだ。僕が最も快適な場所だからね」

「どんなポーズで？　座って、それとも立って？」

「今のところは座ってもらう」

「今のところは？」

「今日は、まだ本格的には描き始めない。まずはデッサンからだ。それは他のモデルでも同じだよ」

エドウィナは眉を吊りあげてほほ笑んだ。「芸術家には、とかくよくない噂があるわ、アダム。ひょっとしてあなたもモデルの誰かと……？」

彼はいったん驚いたように眉を上げてから、その問いをはねつけた。「君には関係ない」それからテーブルから腰を離して大きな袖付き椅子に歩み寄り、それを部屋の中央に据えた。「さあ、座るんだ」

その青い瞳で威嚇されれば怯んでもよさそうなものだが、エドウィナは生意気にも笑ってみせた。

「ええ、あなたがモデル全員と寝ていても関係ないわ。わたしさえ例外なら」

アダムは乱暴にエドウィナの腕をつかむと、椅子に座らせた。緩やかな笑みはとうに皮肉な表情の奥に押しこめられていた。椅子の袖に両腕を突いて身を乗りだし、視線でエドウィナを封じこめて、柔らかいながらも強い声で告げる。

「それなら警告しておこう。僕を刺激しないように気をつけるんだ」さらに顔をすぐそばまで近づけ、不敵な笑みを浮かべる。「もちろん、警告を無視して刺激してもいいんだよ。それならそれで僕は役割を果たすまでだ。しかし、素人相手に楽しめるかな。

当然、男性経験はあるんだろうね、エドウィナ?」

「そんなふしだらなこと」エドウィナはつぶやいた。

彼の近さと男らしい香りで頭がいっぱいになった。強いまなざしに焦がされて全身が熱い。「わたしはそんな女じゃないの」

「それじゃ、あとで警告しなかったと文句は言わないでくれ。僕は結婚など考えてもいない」

「情事のほうがいいってこと?」

「洗練された情事では、お互いに事を深刻にとらえないのが決まりだ」

「そのほうがあなたらしいわね。でも、あなたが妻を求めていないのと同じように、わたしも夫は求めていないの。わたしが求めているのは自由と自立よ。夫がいたら、望めそうにないでしょう」

「少なくとも、その点は意見が一致したな。だが気をつけろ、エドウィナ。君はまだ十八歳だ。僕の知人の女性たちとは比べものにならないほど幼い。僕は君より年上で、人生経験もある」アダムの瞳の色が濃くなった。「君がゲームを仕掛けるのは危険だ。この意味は、わかるね？」

　エドウィナはうなずいた。「ええ」

　アダムは一瞬彼女に目を奪われた。澄みきった瞳とそれを縁取る濃く滑らかなまつげ。口元も愛らしく表情豊かで、思わず唇を寄せたくなる。アダムは感情にのみこまれる前に体を起こすと、エドウィナの輝く赤銅色の髪をくしゃくしゃと撫(な)でてから、離れてスケッチブックを手に取った。そして何事もなかったように絵を描き始めた。表現したいエドウィナのイメージ――心にひらめいたものを頭から消え去る前に形にしていく。

　エドウィナとて、六カ月前なら紳士に情事の話題を持ちだすなど考えられないことだった。けれど、それはジャック・ピアスと出会い、セントジャイルズの他の悪党たちと共に過ごす前の話だ。

　突如エドウィナはいたずらな気分にとらわれた。またもアダムを刺激したくなって、長い指ですばやく木炭を紙に滑らせている彼に目を向け、笑みを輝かせる。「画家もそうだけど、画家のモデルっていうのもなかなかいいものね」

　エドウィナは自分の言葉を裏付けるようにゆったりと椅子に体を預け、脚を折り曲げた。楽なものだ。天窓から差しこむ日差しを浴びて、こうして座っているだけなのだから。満ち足りて吐息がもれた。日差しは暖かいし、カンバスに向かう長身の男性という目の保養もある。

　アダムはその皮肉に反応しなかったが、心は動揺していた。エドウィナの瞳をよぎる無数の表情に気を取られないよう、ひたすら角度や陰影を炭でとらえ続けたが、それでも目の前の魅力的な女性が無邪気な少女であることには驚愕(きょうがく)した。昨日までは十三歳の少年だとばかり思っていた相手が、二十四時間後には刺激的としか思えない小生意気さで挑発してくるのだ。なんと魅力的なことか。大胆で、すれていなくて、しかも体が熱くなるほど美しい。

エドウィナの新たな姿を目にした瞬間から、理性がかすみ、心を奪われて何も考えられなくなった。彼女の美しさは他の女性たちとは異なるものだ。画家としての情熱で、この美しさを、この顔立ちとそこに表れる内面を描きだしたいと強く思った。だがそれと同時に下腹部も硬く張りつめた。

なぜエドウィナにここまでそそられるのかはわからない。だが彼女がほしかった。彼女の温もりがほしかった。この腕に、ベッドに。絵が完成するまで触れずにいられたら、まさに奇跡だ。

二日後、アダムは本格的な制作に取りかかった。早朝にエドウィナがアトリエへ入ると、彼はすでに大量のスケッチをめくっていた。テーブルではコーヒーが湯気を立てている。エドウィナが近づくと目を上げ、いつものそっけない口調で言った。

「おはよう。よく眠れたかな？」

「とても」エドウィナは言った。

「食事もすんだか？」

「ええ」

「よし。今日は長い一日になる」アダムは一刻も早く取りかかろうと、熱いコーヒーをがぶりと飲んだ。

「どこでポーズを取ればいいかしら？」エドウィナは部屋の中を見回した。

「ソファ――いや待て」長椅子に向かいかけたエドウィナをアダムが大声で止めた。

「え、何？」

「そのドレス」アダムがラベンダー色のドレスに眉を曇らせた。「それはだめだ。僕が別のものを用意した。こちらのほうが髪や瞳の色に映える」

アダムはモデルが着用する衣装を保管している隅

の大きな戸棚に近づくと、中から柔らかな薄紙に包まれたドレスを取りだした。見事な乳白色のサテンのドレスだ。生地にも深い光沢がある。

「これを着てくれ」

ドレスの美しさにエドウィナは息をのんだ。「なんてきれいなの」やっとの思いで声を出す。「うっかり汚さないといいけど。サイズは合うかしら?」体に合わせてみて尋ねる。

「そのはずだ。ドリーに君のサイズで作らせた」

エドウィナはアダムをまじまじと見つめた。「こんなにすぐにドレスを作らせられるものなの?」

「ああ。着替えはその間仕切りの奥で。急いでくれ。早く仕事に取りかかりたいんだ」

エドウィナは命令どおり大急ぎで仕切りの奥に行くと、アダムの容赦ない視線のことは考えないようにしてドレスを脱ぎ、新しい豪華なドレスを頭から滑らせた。サイズは驚くほど完璧だった。五分袖で胸元は大きく開き、腰は細く締まっていて、スカートの部分はきらきらとした襞(ひだ)が幾重にも重なって広がっている。けれど、自分ではどうしても背中の小さなホックを留めることができなかった。

彼が焦(じ)れて声をかけた。「そろそろいいか?」

「背中のホックが留められなくて」

「わかった。手を貸そう」

アダムが仕切りの脇から現れたので、エドウィナはどきりとした。慌てて抵抗しようとしたが、問答無用とばかりに、アダムに背中を向けさせられた。

「驚いただろう」アダムは小さなホックを留め始めた。その手際のよさからすると、女性のドレスのホックを留めるのは初めてではなさそうだ。「だが心配はいらない。ここは僕たちふたりきりだ。さあ、これでいい。長椅子に座って」

アダムはエドウィナをお気に入りの小道具の一つに座らせると、斜めに寄りかからせてポーズを取らせ、腕と脚の位置を調整した。エドウィナの腕をそっと肘掛けにかけさせ、顔の向きを変えさせる。その目に欲望はなく、ただ絵の対象に向けた芸術家の目だ。それがエドウィナを安堵させた。

細々と調整してようやく納得がいくと、アダムは後ずさった。エドウィナの姿や顔や髪をうっとりと眺める。まるで見事な細工を施された一枚のレースのようだ。つやつやとした短い巻き毛が無数の色合いの光を放ち、しみ一つない象牙色の肌がほんのりと赤みを帯びている。体は柳のように細く、蜘蛛の糸のように繊細ではかなげだ。頬はこけ、澄んだ翡翠色の大きな瞳は悲しげだが、それがアダムにはいっそう美しくさえ思える。胸がつまり、その思いの丈をぶつけるようにアダムは大きなカンバスに向かって描き始めた――ただ夢中になって。

こうして一つの日常ができあがった。アダムは毎日仕事前にハイドパークで馬を走らせ、日中の大半はアトリエで過ごし、そのあとはエドウィナを解放して、自分は広範囲な友人知人との交流を深めた。セントマーティンズレーンにあるコーヒーハウス〈オールドスローター〉に顔を出すことが多かった。そこで芸術家や作家たちと交流し、会話が弾むと早朝まで議論を交わすこともたびたびだった。

大都市のまるで蜘蛛の巣のような路地裏でトビーを捜すのは根気のいる作業だ。絵を描くには光が乏しい日には、アダムは何時間もトビーを捜し歩いたが、それが実を結ぶこともなく、ただ苛立ちが募るだけだった。

エドウィナへの関心と生い立ちへの好奇心も強まる一方だった。きちんと教育を受けているのは、アダムの蔵書から持ちだして読む本からも明らかだった。それに屋敷の環境に感動しているようすも萎縮するようすもなかった。

大量の使用人にもまったく動じていなかった。常に正しく彼らの名を呼んでいた。何よりその立ち居ふるまい、品のよさ、気高さは、身にしみついているものとしか思えなかった。

　エドウィナはアダムの蔵書から借りた本を読み、美しい庭を散策するのが楽しくてたまらなかった。新たに見つけた自由がうれしくて、セントジャイルズとは遠くかけ離れた世界にすぐに順応していた。コヴェントガーデンでアダムと一緒にいた、あの美しい女性のことが心に引っかかっていたけれど、尋ねないほうがいいのは本能的にわかっていた。

　絵のモデルなど楽な仕事だと思っていたのが間違いだったことにはすぐに気づいた。何時間も体を動かさずにいるのは過酷としか言いようがない。背中は痛むし、首も痛むし、途中で筋肉をほぐそうものなら叱責が飛ぶ。たまに不平をもらせば同情もしてくれるし、労(ねぎら)ってもくれるけれど、大半は仕事に集中していてこっちの苦痛など知らん顔で、注意を引こうとしようものなら一喝されるか、怖い顔で睨みつけられるのがおちだった。

　アダムには好奇心をそそられた。不思議な人だ。魅力的な大人の男性だけれど、ちょっと風変わりで、エキゾティックで、しかも旅慣れている。冒険好きな少年のような部分と印象的な熱い部分がある。しかも、あらゆる文化の最高峰を吸収していて、それを自分の知力と才覚で別の形に表現し直している。それでもエドウィナは、彼には人目を避けて隠し続けている闇の部分があることに気づいていた。

　続けざまに嫌な夢を見て、それを振り払おうとそっと屋敷を抜けだした早朝、アダムが公園で馬を走らせているのを見たことがあった。力強い走りだった。一見楽しんでいるようにも見えた。けれど楽しんでいるわけではない気がした。別の何かに突き動かされているような感じだった。冷たい灰色の夜明けに、気性の荒そうな黒い跳ね馬。エドウィナはアダムの姿が見えなくなるまで見つめていた。身を屈(かが)めて馬と一つになり、力強く風を切る姿を。

　仕事に関してのアダムは厳しかった。気分もころころとよく変わった。忍耐を絵に描いたように優しくて思慮深いときもあれば、少年のように活気に満ちるときもある。かと思えば悪魔のようなときもある。エドウィナはソファから、彼の眉が下がったり、頬が強(こわ)ばったり、目の色が険しくなったりする瞬間を読み取れるようになった。どれも嵐の前触れだ。

　仕事がうまくいかないとアダムは機嫌が悪くなって八つ当たりした。エドウィナも負けずに言い返すことが多かった。アダム・ライクロフトはアトリエの外では魅力的な紳士でも、絵筆を持ち、画架の前にいるときは、ハリエットの言ったとおり、まさに暴君だったのだ。

## 6

本格的にモデルを始めて三週間後のある午後、エドウィナは一時間近くじっとしたあと、どうしようもなくなって首をさすった。

「じっとして」アダムがぶっきらぼうに言った。

「首が痛いの」エドウィナは訴えた。

　アダムは無視した。「顎をちょっと上げて」エドウィナが大きく上げると、アダムがきつい口調でたしなめた。「ちょっとだ」

　エドウィナは彼のしかめ面を睨(にら)みつけ、言われたとおりにした。そして、間を置いて切りだした。

「飲み物でもあればうれしいんだけど」

　アダムは無視して、緑の絵の具をパレットで筆になじませた。

「ハリソン夫人が食料棚にレモネードを冷やしてくれているの」

「うるさい」彼がそう言うと、エドウィナが顔をしかめた。「しかめ面をするな。顔が台無しになる」

「ハリエットの言っていたとおりだわ」エドウィナはささやきに近い声でつぶやいた。

アダムが耳をそばだてた。「ハリエット？　ハリエットがどうした？」

「あなたは暴君だって言ったの」

「君の意見は？　君だって意見ぐらいあるだろう」

「彼女の言うとおりだと思うわ。しかも気難しい。芸術家ってみんなこうなの？」エドウィナは尋ねた。

「さあ、どうかな」

「あの、芸術家――特に肖像画家は、ある程度楽しく会話できたほうがいいんじゃないかしら。紳士の証だし、顧客から愛想をつかされずにすむわ」


アダムは一瞬天を仰いだ。冷静を保つための助けを求めるように。我慢にも限界がある。勇敢さは男には長所でも、女の場合はそうはいかない。ちょうど描いていた黒い線が斜めに傾いた。「くそ」

「しみでもつけたの？」エドウィナが芸術家気取りで言った。

「ああ」アダムは怒って絵筆をテーブルに放り投げた。「君がいつかもぞもぞしたり不平を言ったりすると用心しておくべきだった」

「でも今のは、わたしのせいじゃないわ」エドウィナは小さな足を床に下ろし、爪先をくるくると回した。「不注意だったのは、あなたでしょう」

「ああ、悪いのは僕だ」アダムは吐き捨てた。「君を礼儀正しい上品な淑女だと思うとはね」

エドウィナが首をのけぞらせ、ドレスの肩を直した。「お褒めいただいて光栄だけれど、わたしは自分を〝淑女〟だなんて公言したことはないから。

〝礼儀正しい上品な〟は、そのとおりだけれど」

アダムは指で前髪をかきあげながらエドウィナを睨みつけると、ぶつぶつとつぶやきながら床を踏みならすようにして扉に歩み寄った。扉を開けて下僕を呼びつけ、ハリソン夫人のレモネードを持ってくるように言いつける。そして画架の前に戻ると布を手に取り、手に着いた絵の具をこすり始めた。

エドウィナはその小休止を利用してソファを離れ、強ばった体を伸ばし始めた。アダムはそんな彼女を横目で見て手を止めた。しだいに心に落ち着きが戻る。いつもながら彼女を眺めるのは楽しかった。豪華な乳白色のドレス姿の彼女は実にいい目の保養だ。若さと美しさと内なるエネルギーをあふれさせながらも、すばらしく自然でさりげない。髪は、まるで光に洗われて、豊かな色合いがしみこんだように虹色に輝いている。

このところの彼女の言動はまさに若い女性としか思えないものだった。だが、始めて出会ったときのぼろをまとった子供の姿は今も目に焼きついている。アダムは、かつては少年と受け取っていた顔立ちをじっくりと眺めた。今はどう見ても整った、繊細な女性の顔だ。ここで暮らし、十分な栄養と休息を得た三週間で、あの飢えに取りつかれた粗野な外観は消えた。全体的に肉がつき、頬も丸みを帯びている。

エドウィナを描くのは楽しかった。だが彼女については、いまだ何もわからないままだ。ポーズを取りながらどこか遠い目をすることもあった。まるで見えない何かを見ているような目を。それだけではない。彼女には何か人には言えないことがある。初めて会ったときもそう思った。いったいあの遠い目の奥には何があるのだろう。知りたい。それはトラの尻尾をとらえるようなものだろうか、いや、絶滅危惧種の野生動物を飼うようなものか。

エドウィナがアダムの熱い視線に気づいて無意識

に頬を染め、小さく疲れた笑みを返した。

「すまない、エドウィナ」アダムは官能的な唇に苦笑を浮かべて歩み寄った。「ハリエットの言うとおり、僕は暴君だ。要求が多すぎる」

「そうでもないわ」アダムの緊張が和らいだことにほっとして、エドウィナはつぶやいた。「わたしがただ疲れているだけ」

「それじゃあ、絵がほぼ完成していると聞いたら喜んでくれるかな」

彼女の顔が明るくなった。「見てもいい？」

「まだだめだ。もう少し我慢してくれ」

「満足のいくものになったの？」

「ああ、完成すればね」

「これまでの作品も満足のいくものばかり？」

「残念ながら違う。だが、これはかなりの自信作だ。この仕事が終わったら、君はどうする？」

「フランスに行くわ。数カ月前にもそのつもりだったの。でもお金を盗まれて、ジャックに会った」

「そうか、そんなに僕の元を離れたいのか」アダムはエドウィナの頬にそっと手を触れた。

低く魅惑的な声だった。咎めるような響きと揺るぎない表情。それがエドウィナの心を震わせた。しかも深く青い瞳に官能的な表情まで浮かんでいる。エドウィナはこれまで感じたことのない気持ちを覚えた。もっとそばで刺激を感じたい。体が高揚して、理性ではどうにもならなかった。目の前の男性しか意識に入らなかった。

「そうじゃないの」エドウィナはつぶやいた。動揺して、頬が赤らむ。「フランスに行きたいだけ。ここにわたしの未来はないもの。フランスには身内がいるの――捜しだせればだけど」

アダムは眉を曇らせた。「フランスに身内が？」

「ええ、たぶん」エドウィナはぎこちなく答えた。

「たぶん？」アダムが繰り返した。

「母がリヨン出身で、そこに身内がいるのはわかっているの。そこから捜し始めるつもり」

「見つからなかったらどうする？」

「そのときはどこかに身を落ち着けるわ」腹をくくった揺るぎない口調だった。

「いささか無謀すぎないか」考えるほどに苛立ちが募り、アダムはきつく咎めた。「若い女性がひとりで見知らぬ国に行って、いるかいないかもわからない身内を捜すなど、どうかしている」

「なんとかなるわ。言葉は話せるし」アダムの言うとおりだとわかってはいたが、もう決めたことだ。

「ああ、母国語並みにね」アダムは冷淡に告げた。

「あなたには無謀に思えるかもしれないけれど、わたしにははるかにましな選択肢だから」

「僕にできることはないのか？　その若さでここまでの警戒心を強めるんだから、よほどのことがあったのだろうと思う。君は殻に閉じこもって、身を守ることだけに必死になっている。いったい何をそこまで恐れている？」アダムが語気を強めた。「ひょっとして逃れたい相手は、ジャック・ピアスだけじゃないんじゃないのか？」

エドウィナは震えながらほほ笑んだ。「いいえ」だが、その目は心を閉ざしている。

アダムは口調を和らげて言った。「君がひどく傷ついているのは察しがつく。その痛みで心を封じこめて、二度と傷つかないように身を守っているのも」アダムはそこで身を硬くするエドウィナに目をやった。「君らしくないぞ、そんなふうに殻に閉じこもるのは。どうして逃げる？　何があった？」

「あなたに話すつもりはないわ」

アダムは頑なな彼女の横顔を見て重い吐息をついた。その緑色の瞳に冷ややかな軽蔑が浮かんでいるのはわかった。エドウィナのような相手は初めてだ。なんと強情なことか。「救いようのない頑固者だな、君は。君の苦境を察して、僕が心配していることがわからないのか？　ジャック・ピアスのこともある。君には救いの手が必要だ」

「ありがとう、アダム。でもわたしに責任を感じる必要はないの。わたしは大丈夫。セントジャイルズを生き抜いたんだもの。たいていのことは平気よ」

「初めて会った日は僕もそう思った。だが今はどうかな」アダムはエドウィナをじっと見つめた。

家族について訊いたことが悔やまれてならなかった。エドウィナはまたも身構えて、口が重くなっている。いつもこうだ。当初はプライバシーだからと尊重もしたのだが。フランスに身内がいる――わかったのはそれだけ。それでもエドウィナは居心地が悪そうにしている。こうなると、これ以上は追及できない。しかし、ここで完全に諦めるつもりはない。時間をかけて説得するまでだ。

「ジャック・ピアスに見つかるのは不安かい？」

「ええ。きっと捜していると思うから」

「それじゃあ、もうしばらく手助けさせてくれないか。僕はしばらく街を離れる。おそらく、ひと月ほどになるだろう。戻るまでこの屋敷にいてほしい」

「ありがとう。あなたのおかげでセントジャイルズの悲惨な暮らしから抜けだせたんだもの。恩に着るわ。言葉では言い表せないほど感謝しているの」

「恩に着る必要などない。君に恩があるのは僕のほうだ。じゃあ、戻るまで屋敷にいてくれるね？」

そのときちょうど、下僕がレモネードの入った水差しとグラスを二つ盆にのせて入ってきた。それをテーブルに置き、あとはエドウィナに任せて出ていく。エドウィナは手が塞がったことにほっとして、冷たい液体をグラスに注ぎ、一つをアダムに手渡した。そして自分の分を飲みながら目をそらし、思いを巡らせた。アダムへの思いから、絵が完成したらすぐに屋敷を出るのが正しい行動なのはわかっていた。けれど、いざ彼と離れ離れになったら、どれだけ喪失感に襲われるかは察しがつく。

ソファからアダムが全身全霊を傾けて――彼曰く、それが納得のいく作品を創造する唯一の方法らしい――描くのを見るうち、エドウィナは彼の表情に詳しくなっていた。乱れた黒っぽい巻き毛が額にかかるようすも、眉が吊りあがったときの傾きも、青い目の暗く力強いまなざしも。目が合ったとき、引きしまった唇がかすかに綻んで、全身が熱くなることもあった。

アダムとの時間に幸せを感じすぎているのはわかっている。セントジャイルズの悲惨な数カ月の反動だろう。アダムの提案に同意するのは簡単だった。でも、そうなれば彼に恋をするのは目に見えている。愚かな恋。拒絶されたら、打ちのめされる。

それでも今は、彼の留守中この屋敷にとどまれない理由はどこにも見当たらない。

エドウィナは空のグラスを置くと振り返り、もう一度アダムと向き合った。彼は窓辺に寄りかかり、エドウィナの品のよい完璧な顔を眺めていた。「ありがとう。この屋敷であなたの帰りを待つわ。でも、わたしの絵が王立アカデミーに展示される前にはフランスに発つから」

「おや？　せっかくロンドン中の注目の的になれるのに？」アダムは軽くからかった。「人々が君の肖像画を手に入れようと大騒ぎし、フリート街の文士たちは記事を書こうと躍起になるのに」

エドウィナは怯えた目を向けた。「本当に？」

「そうでなきゃ、成功とは言えない」アダムはくすりと笑った。「すでに君はゴシップ連中の注目の的だよ。連中は僕の最新のミューズは誰かと嗅ぎ回っている。そのうち君が三つ頭の熊じゃないことを見せてやろう」

「騒がれるのは嫌だわ。有名になりたくないの」

「誰かに気づかれて、捜しに来られたら困るから。そうだろう、エドウィナ」

アダムがまじまじと見つめていた。「ええ」エドウィナは突如ほほ笑んで、重い空気を振り払った。「こんなことなら、エドとして描いてもらうんだったわ。薄汚い少年なら気づかれずにすむのに」エドウィナは頭を軽くのけぞらせ、いたずらっぽく笑った。「でも、このアトリエにあるのは妙齢の女性の絵ばかりでしょう。中には肌もあらわな女性もいるわ。スリでかろうじて生き延びている子供の絵なんかには興味がないんじゃないかと思って」

エドウィナが誇り高く正面から見つめていた。こうした笑い声を聞くと、改めて彼女が自由で活気ある女性であることを思い知らされる。アダムは唇の端を上げた。くつろいでいた背筋を伸ばし、空のグラスを置いて画架の前に戻る。「生意気な娘だ。さあソファに戻るんだ。絵を仕上げる」

画家仲間や世間が傑作――自分でも最高傑作だと思う――と認めるであろう絵がついに完成した。アダムはエドウィナの手を取り、できあがった作品の前に連れていくと、美しい女性のドレスを脱がすように覆っていた布を外した。エドウィナはそこに描かれた自分の姿を見つめ、一瞬声をなくした。豪華な乳白色のドレスに身を包んだ若い女性がそこにいる。ハート形の顔を包む短い髪がまるで燃えあがる炎のように生き生きと輝いている。高い頬骨、鳥が驚いて羽を広げたような眉。

その絵の静寂と透明感は圧巻だった。光が観る者を描かれている人物に集中させる。神秘的な作品だ。ゆったりとソファに寄りかかる女性がまるで光を発しているように見える。透明感と、簡素な構図が際立たせる静寂さと、悲しげなまなざしがもたらす親密さ。それでいて顔は驚くほどエネルギーにあふれている。強い感情を発しながらも、そこに性的なものはない。間違いなく、すばらしい絵だ。

「感想を聞かせてくれ」アダムは、絵でなくエドウィナの表情を見つめてつぶやいた。

「こ……これがわたし？」エドウィナは強く心を揺さぶられ、目を離すこともできなかった。「わたしはこんなふうに見えるの？」

「ああ、僕にはこう見える」

「でも、悲しそう……それにきれい」

「ああ。実物どおりだ」アダムはエドウィナの若々しい顔にほほ笑んだ。「悲しそうなのも、確かだ。理由はわからないけれどね。それに、きれいなのも。僕は見たままに描いた。君はうっとりするほどきれいだよ。これほど美しい女性を描かせてもらえて、名誉に思っている」

思いがけず涙がこみあげ、エドウィナはアダムを見上げた。深く説得力のある声に真実みがあふれている。温かなまなざしにも。「こんなにすてきな言葉をかけてもらったのは初めてよ。ありがとう」エドウィナは我を忘れ、彼の首に抱きついた。

アダムが背中に腕を回す。「どういたしまして」そう言って、甘い香りの髪に唇を寄せる。エドウィナの率直さと純真さに心が震えていた。毎日何時間もそばにいながら触れられない拷問のような数週間を経て、ついに彼女をこの腕に抱けたのだ。

自分の無意識な行動に気づいて恥じらい、エドウィナは罪悪感から身を引こうとしてアダムが手を離してくれないことに戸惑った。それどころか彼は背中に回した腕に力をこめ、ますます強く抱き寄せる。アダムの視線が重い瞼の奥から柔らかな唇に落ち、そのまま物欲しげにとどまった。

「離れるな」彼は苦しげにつぶやいた。「このままでいてくれ」

目と目が合う。アダムは動かなかった。エドウィナは喜びと期待が入り乱れるなか、彼がキスをしたがっていることに、自分にもキスを返してもらいたがっていることに気づいた。うっとりするような青い瞳に胸ときめく誘惑が浮かんでいる。

キスの経験もなく、恥じらいながら唇を受け入れたが、その瞬間思いがけず全身が熱くなった。後頭部を抱える彼の指が首筋をくすぐり、もう片方の手が体をぴたりと沿わせるように背筋をなぞる。頭の片隅ですぐに離れろと命じる声が聞こえた。けれどもっと深いところで、アダムの情熱にふさわしくない反応をするなとうっとりする声も聞こえていた。

アダムのキスは深くて果てしなく、体の芯まで揺さぶるものだった。彼の唇が狂おしい優しさでエドウィナの唇をなだめ、手慣れた執拗さで煽り、味わい、誘導して、さらには舌が柔らかな温もりをまさぐる。つぼみがいっきに花開いたように官能の渦に溺れ、エドウィナは甘い吐息をもらした。

アダムの唇がいったん唇を離れ、エドウィナがあえぐ間に柔らかな首筋をとらえてから、再び唇へと戻った。エドウィナはアダムの硬い胸に手を滑らせ、白いシャツ越しに温もりを味わい、やがて首筋に腕を回して引きしまった体にしがみついた。またも喉の奥から声がもれる。エドウィナのその声がなぜかアダムの理性に響いた。

荒々しいキスで我を失いかけていることにはっとし、アダムは正気を取り戻した。エドウィナの細い腰まで両手を下ろし、顔を上げて幼さの残る愛らしい顔を見つめる。彼女にここまでの欲望と情熱をかき立てられたことが信じられない。こんなキスは生まれて初めてだ。

アダムの腕の中でエドウィナはいまだ息を切らしながら、けぶる瞳に当惑のまなざしを向けた。

「君はすてきだ」アダムはかすれた声でつぶやいた。

「だが、どうやら驚かせてしまったらしい」

ええ、確かに。でもエドウィナにはそれより自分の反応のほうが衝撃だった。「どうかしているわ」気分が落ち着かない。「わたしたちがこんなことをするなんて」

アダムは自分の感情がここまで達していたことに改めて気づかされていた。エドウィナに関心を抱いている自覚はあった。だが心は寄せるなと強く自分に言い聞かせていたのだ。数々の美女と関係を持ってきたが、今この腕に抱いている女性ほど強く求めた相手はいなかった。だから抑制するしかないのだ。他の女性たちのように欲望のはけ口にして捨てることはできない。そんな相手ではないのだ。ずっとひとりの女性に定めるのを避けてきた。まだ心の準備も整っていない。しかもエドウィナに関しては素性もほとんどわからない。今本格的な関係になるのは彼女のためにならない可能性もある。

「本当はドリーの館で初めて君に――エドではなく、愛らしい娘の君に会ったときからこうしたかった。だが、そう、君の言うとおりだ。どうかしている」

アダムが指の背でそっとエドウィナの頬に触れる。

エドウィナは一瞬続きを始めるつもりなのかと思ったが、彼はただこう告げた。

「間違っている」

エドウィナはいたたまれずに目を背けた。ここまで当惑した男性を見るのは初めてだ。

「こんなつもりはなかった」アダムは続けた。「今は快感に溺れたが、このまま突き進むことはできない。君をベッドに連れこんだら、大事に思ってきたものが、友情が台無しになる」声は切迫していたが、その顔は無表情で瞳は用心深かった。「あってはならないことだ。しかも今は、明日にでも別れを言わなければならないときだ」

切なさと戸惑いで呆然（ぼうぜん）としながら、エドウィナが視線を戻した。美しい瞳が目の奥を探るように見つめている。その顔に苦悩が浮かぶのがアダムにはわかった。緑色の瞳が涙で潤んでいる。

エドウィナは指で顎を包むように彼の顔に触れ、震える声で言った。「明日？」

「ああ」アダムは腕を硬くし、そっと彼女の体を押しやった。

そのきっぱりとした口調から反論は無駄と知りつつ、それでも彼女は試みた。「どうしても？」ロンドンを離れるほど大切な用件って何？ 思わずそう口から出かかったが、結局思いとどまった。どうあれ、あとに残される空しさに変わりはない。

アダムは毅然とした声で言った。「どうしてもだ。これ以上辛くさせないでくれ」

これ以上辛いことなんてない。「行かな――」

アダムがエドウィナの口に指を当てて、言葉を遮った。「よすんだ」

エドウィナはぐっと唾をのみ、視線を下げて彼の胸を見つめた。「寂しくなるわ」

アダムはエドウィナの顔を指で上向かせた。ここで彼女と離れるほど辛いことはない。だが行くしかないのだ。エドウィナの瞳に浮かぶ悲嘆に、アダムは胸が張り裂けそうだった。エドウィナもアダムの瞳を探ったが、彼の瞳は慎重に閉ざされていた。

「すぐに戻る」アダムは言った。「いくらか金も渡しておくし、馬車は好きに使っていい。僕が戻るまでフランスには行かないと約束してくれるね？」

「ええ。約束するわ」

翌朝エドウィナが広間に下りていくと、アダムの荷物が大型馬車に運びこまれているところだった。エドウィナはその場でアダムが階段を下りてくるのを待ち、玄関ドアまで同行した。

アダムは黒いズボンにフロックコート、それに胸元に純白のレースの襞飾りをのぞかせた落ち着いた服装だった。髪も、V字型に波打つ髪が眉にかかっているものの、首の後ろで細く黒いリボンでまとめている。表情は硬く、口元もどこか強ばっていて、瞳はまったくの無表情だ。

共に馬車に近づいたところで、アダムは足を止めてじっと彼女を見つめた。「残念だよ、エドウィナ。出かけるのは気が進まないが、仕方がない」

「わたしも残念だわ」エドウィナの声は穏やかだった。「いってらっしゃい、アダム」

「何かあれば、ハリソン夫人が連絡方法を知っているから。それじゃあ、エドウィナ」アダムは浮かない顔で、苦しげにエドウィナの美しい顔を食い入るように見つめてから背を向けて馬車に乗りこんだ。

エドウィナは馬車が走り去るのを見送った。胸が引き裂かれそうだった。そして彼の一刻も早い帰宅を願った。

# 7

明けても暮れてもポーズを取り続けた日々が終わり、屋敷の静寂にほっとするものも感じたが、それでもエドウィナはアダムがひどく恋しかった。

彼女は時間を埋めるためにたくさん本を読み、ハイドパークに散歩に出かけた。さらには、これまで経験したことのないことをしようと買い物にも行った。自分の衣類を買うのは楽しかった。モデル代としてアダムが弾んでくれた賃金で、フランス渡航用のドレスを数着購入した。

午前中ストランドでたっぷりと買い物をし、その荷物に囲まれていたので、そのとき一台の馬車がそばに止まったことにエドウィナは気づかなかった。

しかもその馬車に乗っていた人物が、彼女の乗る瀟洒なミッドナイトブルーの馬車がアダム・ライクロフトのものだと気づいて目を向けてきたことにも。その黒っぽい髪の人物は不愉快そうに鼻の穴を広げ、エドウィナの馬車がストランドを走り去るのを見送ったあと、御者に家に向かうように命じた。

暖かな日が続き、のどかさが退屈になりかけた午後、エドウィナは思いきってコヴェントガーデンに足を伸ばしてみた。ハリエットにも会いたいし、ドリンクウォーター夫人にも改めてお礼を言いたいとなると、たとえ評判のよくない場所でもドリーの館に行くしかない。思いきって足を踏み入れると、その女主人本人に温かく出迎えられ、たちまち親しげな顔の集団にも囲まれた。

ドリーの館の女たちは興味深かった。この館に足を踏み入れるのは不安でも、彼女たちに嫌悪感はまるで感じなかった。暴力的な父親やアルコール中毒の恋人など、人生の試練に耐えてきた女たちもいた。苦々しさや怒りを感じているかと思いきや、みんな驚くほど陽気に運命を受け入れ、ドリーの館で働いてどん底から這いあがれたことを幸運ととらえていた。ドリーも彼女たちを大切に扱っていた。客の誰かが暴力の兆しを見せようものなら、手下の男が放りだし、二度と戻ってくることはなかった。

ハリエットはエドウィナの姿に驚きを隠せず、その変化が信じられないようすで凝視していたが、やがてはしばみ色の瞳をきらりと光らせ、愛らしい口元に歓喜の笑みを浮かべた。「エドウィナ！」

「びっくりした？」エドウィナは明るく言った。「もちろんよ。ここでまた会えるなんて思っていなかったし——それにこの姿だもの。ちょっと太った？　でも、よかったわ。痩せすぎだったもの」

「だって毎日食事ができるんだもの」

「だけど、まさかあの汚い子供がこんな絶世の美女に変身するとはね」

「大げさね」エドウィナは上機嫌で笑った。

「大げさじゃないわよ。身のこなしも品のよさも貴族そのもの」ハリエットは熱く語って、いたずらっぽくほほ笑んだ。「それじゃあ」新たな友人の腕を取り、ふんわりとジャスミンの香りで包みこむ。

「三十分ほどあるから、お茶にしましょうか」

「そう言ってくれないかと思っていたの」

「早く聞かせて。アダム・ライクロフトとの仕事はどんな具合？　彼の最新のミューズは絶世の美女だっていう噂よ。その女性が誰か、賭けをする人もいるくらい。でもアダムは絶対口を割らないの。そのせいで好奇心がかき立てられて大変なんだから」

エドウィナは笑った。「うれしいわ、みんなの好奇心がもうすぐ満たされて」

ハリエットに壁は薄い青と白、絨毯は濃いめの青と金色の感じのいい部屋に案内され、中に足を踏み入れようとした際、黒っぽい髪の若い女性が階段を下りてエドウィナたちのいるほうに近づいてきた。

艶めかしい色気に満ちた長身の女性だ。傲慢なまでに鼻をつんと上げ、通り過ぎざま、エドウィナの視線に気づく。目と目が合い、互いにはっとした表情を浮かべ、エドウィナは一歩後ずさった。相手の目が敵意に満ちている。女性は嫌悪と腹立たしさをあらわにしてエドウィナを睨みつけ、無言のまま通り過ぎると、外で待ち構えていた馬車に乗りこんだ。むっとするほど甘ったるい香水の香りだけを残して。

「今のは誰？」テーブルを挟んでハリエットと向かい合うと、エドウィナは尋ねた。

ハリエットは品のよいティーカップ二客に紅茶を注いで、片方を差しだした。「バーバラ・モーティマー——ドリンクウォーター夫人の姪御さんよ」ハリエットはエドウィナにちらりと目を向けた。「念のために言うと、彼女はここの娘じゃないから。チエルシーでお母さんと暮らしていて、ここへはときどき叔母さんに会いに来るだけ」

「あの夜——ほら、アダムがわたしをここへ運んでくれた夜、彼女は彼と劇場にいたわ。付き合っているの？」エドウィナはドリンクウォーター夫人の姪に好ましくない印象を抱いていたので尋ねた。

「あのミス傲慢はそう思いたいみたい」ハリエットの顔にはバーバラ・モーティマーへの嫌悪感がありありと表れていた。「一度モデルになってからずっと彼に熱をあげているわ。でもアダムのほうはドリンクウォーター夫人に気をつかって、連れだしているだけ」ハリエットはそう請け合うと椅子の背に寄りかかって紅茶をすすった。「彼女のことはいいから、あなたの話を聞かせて。仕事は大変だった？」

「毎日何時間もソファに座り続けるのを大変と呼ぶなら、そうね、そのとおりだわ」とはいえ、頭からバーバラ・モーティマーのことを追いだすのは難しかった。エドウィナは紅茶をひと口飲むと身を乗りだし、テーブルの銀の鉢からバラの香りを嗅いだ。

「終わったの——絵のほうは？」

エドウィナはうなずいた。

「それで？」ハリエットはじっと見つめて促した。

「満足のいく出来みたいよ」

「お披露目はいつ、どこで？」

「たぶん数週間もすればアダムが戻ってくるから、そのあとね。王立アカデミーで発表したいみたい」

「すごいじゃない！」ハリエットは歓声をあげた。「そうしたらあなたは有名人よ。わかっている？」

「あまり実感はないけれど」エドウィナはアダムの出発以来、初めてくつろいだ気分になっていた。「それに、その頃にはもうここにいないだろうし」

「ちょっと、どこへ行くつもりなの？」

「フランスよ。そこに身内がいるから」エドウィナは、ハリエットがアダムのようにあれこれ尋ねてこないことを願いながら、おずおずと伝えた。「アダムが戻ったらすぐにロンドンを発つつもり」

「そのフランスの身内とは親しいの？」

「いいえ、会ったこともないわ。でもわたしはフランスに行くしかないの。絵が公表されたらなおさら。不安よ。ここにとどまるほうがいいんじゃないかと思うときもあるわ。でも、行くしかないのよ」

　ハリエットがまっすぐ訝しげな表情を向けた。

「何から逃げているの、エドウィナ？　セントジャイルズであなたを支配していたっていう悪党だけじゃないわよね？　他にも何かあるんだわ」

「ええ」エドウィナは静かに認めた。「わたしにとってはジャックよりはるかに危険な人物がね」

　エドウィナの過去にハリエットは好奇心を煽られた。それでも他人の私生活を詮索するタイプではないので、尋ねる気はさらさらなかった。だからエドウィナが自ら話しだしたときには、ただただ驚いた。

「わたしは結婚を迫った人から逃げてきたの。権力があって、冷酷で、大嫌いな人から。それに理由があって叔父からも。やっとの思いで逃げたの。今さら見つかりたくない。叔父は美術品に目がなくて、ロンドンの展示会にもたびたび足を運んでいたわ。王立アカデミーにわたしの絵が展示されたら、いずれ叔父の目に留まるはず。だから、その前にできるだけ遠くに行っていたいの」

「なるほど」ハリエットは突如考えこむように言った。「その叔父さんってのが、あなたの後見人？」

「ええ」

「ジャック・ピアスより危険っていうなら、よほど残酷な男なんでしょうよ。だけどフランスはちょっと遠いわよね。そこの親戚が親切ならいいけど。でもあたしは結局、ただうまくいくのを祈るだけ」

「ありがとう」

「それで」ハリエットがカップを置き、あえて会話に明るい空気を吹きこんだ。「アダムとはどんな感じ？　あの純金並みの魅力で誘惑してきた？」そう言って、エドウィナの反応を食い入るように見守る。

エドウィナは頬が熱くなるのを感じた。「すてきだと思う」ためらいながら正直に告げた。「彼をそう思わない人なんている？」

「そう？」ハリエットが声をあげて笑った。「で、すてきだと思うのは男性として？　画家として？　ロンドン塔とかセントポール寺院がすてきだというのと同じに聞こえるけど」

「そんなことはないわ。確かに外見も立派だけれど……」エドウィナはそこで、彼を描写するのに最適な言葉を探したが、見合う言葉が見つからず、結局吐息をついて続けた。「枠にはまらないところがあって、そこも魅力的だし、あれだけ卓越した人なのに思いやりもあって、いつも親切で」

「そうだと思った」ハリエットは目を輝かせた。

「あたしだって、アダムがすてきなのはわかってる。もちろん短気で、頑固で、おまけにモデルに口うるさいわよ。それでも女はみんな、彼がベッドでどんなふうなのかを知りたくなるし、おまけにいつか裸で横たわる自分を描いてほしいと夢見ちゃう」

エドウィナは落ち着いた笑みを返した。「あなたも、そうなのね？」

「ええ、好きよ。だってギリシア神話の神様みたいじゃない。で、アダムは？　あなたをどう思っているの？」

「魅力を感じてくれていると思う。でもそれだけ」

突然の声のかすれが、ハリエットの視線を引き寄せた。声は何かしら強い苦悩をほのめかしていた。

「彼は仕事を何より愛しているの」ハリエットの視線に応えて、エドウィナは続けた。「そういう人を愛するのって難しいわね」

ハリエットの目が大きく見開いた。「愛？　やだ、よして。愛なんて激しくて、疲れるだけ。今だってあなたを内側から蝕んでいるでしょ。わたしは二度とごめんだわ。せいぜい〝好き〟止まりね」

自分の何気ないひと言がハリエットの感情の壁に穴を空けたことにエドウィナは気づいた。瞳に悲しみが浮かんでいる。「誰かは知らないけれど、あなたはその人を深く愛していたのね」

ハリエットはうなずくと、唾をのんで喉の強ばりをほぐした。「そうね……。でも、その男に路上で客を取らされて、熱病から覚めたわ」

「なんてひどい男」

ハリエットは肩をすくめた。「自分勝手で、節操がなくて、行き当たりばったりなの。それしか稼ぐ方法を知らないのよ。あたしはここで働くようになって縁が切れたけど、あいつは今も無防備な若い娘を欺しているんじゃないかしら。ハンサムな顔で。あたしはもうごめんだわ。どれだけ傷ついたか。あの男のことは許せない」ハリエットは静かに告げた。

エドウィナは手を伸ばし、ハリエットの手を固く握りしめた。ハリエットが感謝の笑みを浮かべる。

エドウィナは自分で思う以上に今の話に胸を揺さぶられていた。ふたりが黙りこんでしばらくした頃、メイドがお茶のトレイを下げにやってきた。

それを機にエドウィナは立ちあがった。「わたしはこれで失礼するわ、ハリエット。あなたもすることがあるでしょうし」

「会いに来てくれてありがとう、エドウィナ」また一瞬悲しみがよぎったあと、ハリエットはいつもの彼女に戻った。扉まで見送る。「黙ってフランス人に行ったりしないでよ。わかった?」

エドウィナはほほ笑んで、ハリエットを強く抱きしめた。「ええ。約束するわ。さようなら、ハリエット」エドウィナは御者に支えられて馬車に乗りこみ、手を振って別れた。

エドウィナが庭でバラを摘んでいると、ハリソン夫人が来客を知らせにやってきた。ミス・バーバラ・モーティマーという名の女性だという。エドウィナは驚きの目で年配の家政婦を見つめた。

「アダムを訪ねて来られたんじゃないの？」

「先ほど公園で見かけた女性にお会いしたいと」

「そう」どうやら散歩に出たときに見られたらしい。エドウィナはバーバラ・モーティマーに捜しだされたことに不安を覚えた。「彼女はどこに？」

「一階の居間にお通ししましたけど」

「いいわ。会ったほうがよさそうね。ノーラにお茶の用意をお願いしてくれる？」

エドウィナは膨らむ不安を抑えこみながら、家の中に戻った。ドリンクウォーター夫人の姪が、いったいなんの用だろう。エドウィナは玄関広間のテーブルにバラの籠を置き、一つ深呼吸して居間に向かった。ミス・モーティマーは大きな布張りの椅子に浅く腰を下ろし、大きな目をひたすら扉に向けていた。そしてエドウィナが部屋に入るとすぐに立ちあがり、きつい一瞥(いちべつ)をくれた。

自分の美貌への自信にあふれ、見事な絹のドレスを隙なく着こなしたバーバラ・モーティマーと向かい合うと、エドウィナの心は沈んだ。それでも冷静な態度で歩み寄る。「お待たせしてごめんなさい、ミス・モーティマー。どうぞおかけになって」エドウィナは椅子を示した。「わたしがエドウィナです」

エドウィナは突き刺すような視線に怯(ひる)むことなく、落ち着いた仕草でソファに腰かけた。

バーバラも再び向かいの椅子に座った。向き合う女の顔に動揺が浮かぶのを待っていたのだが、期待は外れた。腹の虫が治まらなかった。新参者のくせに、この屋敷の女主人みたいにふるまうなんて、どういうつもり？　アダムとはひと月以上も会えていなかった。新しい作品に取りかかりだしてから、屋敷から来客を締めだしていたのも知っている。謎の女性。噂が噂を呼び、いろんな憶測が飛び交っていた。ストランドでアダムの馬車に乗った女性を見かけたとき、これが噂の女性に違いないと思った。そして叔母のところでその相手に偶然出くわしたとき、アダムを友人や、さらには自分から引き離したのがどんな女なのか直接確かめようと決めたのだった。

バーバラは率直に切りだした。「アダムの新しいモデルについて、街でいろんな噂が飛び交っているものだから、この目で確かめに来たの。間違いではなかったわ。あなたが今のモデルね？」

エドウィナは背筋を伸ばしたまま、来訪者の声のかすれは無視してほほ笑んだ。「モデルだった、です。絵は仕上がったので」そこで眉を吊りあげる。「ご満足いただけました？」

バーバラは硬い笑みを浮かべ、譲歩したようにうなずいた。「ええ、予想外だったけれど。どこにでもいる方とは違ったわ。ほんと、すごくきれい」

「うれしい」エドウィナは思いがけない賛辞に驚いた。「わたしも褒め返したほうがいいかしら」

バーバラはただ冷ややかにうなずいた。「昨日ドリーの館でお見かけしたわね」斜に構えて、目を向ける。「あそこで働いているの？」

エドウィナの笑みがかすかに皮肉を帯びた。「いえ、ただドリンクウォーター夫人にお礼を言いに立ち寄っただけ。お友達にも会いたかったし」

バーバラが言葉につまった。てっきりここにいるのは高級売春婦だと思っていたのだ。エドウィナの返事に、バーバラも攻撃の手を緩めざるを得なかった。小娘ながら気品があって、自信に満ちた態度に失望すら覚える。いったいどういう素性の女？　ひょっとして愛人？　なぜアダムはこの娘を隠すの？

今の今までバーバラにはアダムを勝ち取る自信が

あった。自分と競り合う女はいないと。けれど今、久しく感じたことがないほどの不安にかられていた。立場の危うさを思い知らされていた。チェルシーに戻る前に叔母のところに寄って情報を集めよう。何かしら知っている者がいるに違いない。

「アダムのお友達?」エドウィナはやんわりと尋ねた。ハリエットからふたりのことは聞いていたが、それは明らかにしないのが礼儀だ。

「友達以上の関係なのは誰でも知っているわ」バーバラはうぬぼれた笑みを浮かべた。アダムを勝ち取るためならどんなことでもやる。「彼のことは誰よりも知っているの。だから彼が屋敷に隠している女性に会いたかった」バーバラは意味ありげに言った。「あなたも今では彼をよくご存じでしょうけど」

エドウィナは顔を強ばらせたが、それでも声は丁重さを崩さなかった。「ええ。一日の大半をふたりきりで過ごしていましたから。たぶん、しばらくあなたともお会いになっていなかったかと」

「ええ」バーバラの声は悲しげで、無言の憤りに満ちていた。それでも、ここで真意を吐きださないだけの思慮は備えていた。

「それで抗議にいらしたの?」

その瞬間、敵意が空中に火花を散らせた。エドウィナは落ち着いた翡翠色の瞳でバーバラの敵意に満ちた黒っぽい瞳を見つめた。抑えこまれた怒りがひしひしと伝わってきた。

それでもバーバラの声は冷静そのものだった。

「アダムが誰も屋敷に入れないと聞いて、心配になっただけ。もちろん仕事にのめりこむ人なのは知っているわ。邪魔が入るのを嫌がる人なのも」

「ええ。ずっと静かなものでした——ハリソン夫人と使用人たちだけで」

穏やかで悪気なく言った言葉だったが、それでもバーバラは苛立った。口元を引きしめ、顔を強ばらせる。「アダムのような男性は妻が必要なのよ。使用人ではなく。彼がロンドンに戻ったら、そう進言するわ。彼にどんな女性がふさわしいかはわかっている。きっと正しい相手を選ぶでしょう」

エドウィナは悪意ある視線をむっとしながらも正面から受け止めた。「そう祈ります、彼のために。あれだけ才能があって魅力的な人が間違った女性を妻にして、命を縮めるのは見たくないもの」

「わたしの言葉を誤解しないで」

「していません」エドウィナはぴしゃりと返した。バーバラの瞳に茶色い嵐が荒れ狂った。「用心することね。わたしはずっとアダムを求めてきたの。必ず手に入れるわ」

「そうですね」エドウィナはバーバラの脅しにみすみす乗りたくなくて、そう言った。「そこまで決意されているなら、きっとうまくいくでしょう」

「あなたは彼と何かしらのお約束を?」

「いいえ」エドウィナは威厳を持って答えた。「ご安心を。わたしたちは純粋な仕事上の関係です。アダムがお留守の間滞在させていただいているだけ。彼が戻られたら、わたしはここを出る予定です」

それで納得したのか表情を緩め、バーバラは笑みすら浮かべて立ちあがった。「わかり合えてよかったわ。あなたが傷つくのは嫌だもの」

エドウィナも立ちあがった。「思いやりのある方ね。感動したわ」扉が開いて、ノーラがお茶を運んできた。エドウィナはメイドにほほ笑んだ。「ありがとう、ノーラ。それはそこに置いて、ミス・モーティマーをお見送りして。もうお帰りなの」エドウィナは来客に眉を吊りあげてみせた。

バーバラはエドウィナのにこやかな拒絶に、はらわたが煮えくり返りながらも玄関広間に向かった。

ひとりになると張りつめていたものが崩れ落ち、エドウィナはソファに座ってバーバラの言葉を思い返した。まさか自分が恋敵と見なされるなんて。アダムがあなたに関心を向けているのが気に入らない――彼女はそう言いに来たのだ。ミス・モーティマーがどれだけアダムに夢中でも、報われるとは思いがたい。でも今はそんなことに関わる余裕はない。これまで以上に人目につかないようにしなければ。もう二度と会えないかもしれないと思うと、アダムのそばを離れるのは辛いけれど。

でも今はハンサムな救世主に気を取られている場合じゃない。油断は禁物。彼に気を取られて目的を忘れるわけにはいかない。アダムの元を離れると考えただけで喪失感に襲われたが、フランスでの平穏を想像するとそれも少しは和らいだ。

バーバラがドリーの館を出たとき、通りはいつになく閑散としていた。そのせいか、向かいの物陰からようすをうかがう胡散臭げな男の姿が目を引いた。

渋る叔母からエドウィナに関して、通りで襲われたところをアダムが見つけてドリーの館に連れてきたこと以外何も聞きだせず、バーバラは憤りと失望を覚えていた。しかも帰り際に館の女にそれとなく探りを入れたところ、最初は男の子のなりで汚らしかったと聞いて、ますます好奇心は膨らんだ。

向かいからようすをうかがう男の姿には見覚えがあった。だが以前は館の女の誰かを待っているのだろうと思ったのだ。けれどよく見ると、だらしない格好の大柄な男で、縁にカラスの羽根を差したくたびれた黒い帽子を被っている。叔母が自分のところの女に近づくのをよしとするタイプではない。好奇心にかられ、バーバラは通りを渡って男に近づいた。その男の名がジャック・ピアスで、エドという名の少年を捜していることはすぐにわかった。

コヴェントガーデンをあとにする頃には、ジャックは怒りで口がからからになり、むかついていた。エドは思っていた以上のやつだった。女だっただと？　よくもコケにしてくれたもんだ。そう簡単に逃がすもんか。フリート街に向かいながら、ジャックは頭を冷やして考えた。画家のところに身を隠しているわけか。アダム・ライクロフトだと？

話しかけてきた女の言葉を信じるなら、おそらくトビーという名のガキ捜しにエドを雇ったのと同じ男だ。コヴェントガーデンであいつを張り倒したとき、割って入ったのもその男。名のある連中の情報には耳を澄ましてきた。アダム・ライクロフトの名にも聞き覚えがある。有名な画家だ。ジャックの野心が研ぎ澄まされた。もっと情報を集めたほうがよさそうだ。例のガキがまだ見つかっていないなら、居所を突き止められるかもしれん。

顔に残忍な笑みが浮かんだ。ことによったら、おもしろくなるぞ。ジャックは抜け目なく冷静に頭を働かせた。いずれトビーは交渉に役立つかもしれん。

タップローコート。アダムは馬にまたがったまま、丘にそびえ立つ巨大で古くさい建造物を眺めた。陰気な壁や曇った縦仕切り窓は遠目から見ても、冷たくよそよそしい。ここが我が家か。母が父と結婚してデヴォンシャーに移り住むまで育った屋敷。そしてアダム自身は、愛する両親を屋敷の火事で亡くし、六歳でここに来た。

憎悪しかない。暮らしたいとも思わない。ここでの記憶に耐えられるはずがない。アダムは身を震わせ、記憶を頭から振り払った。ここと距離を置くしか、頭に住み着いた悪魔に対抗する術はなかった。

両親を悲劇的な形で亡くした衝撃は、アダムに拭いきれない傷を残した。父との間には特別な絆があったのだ。二十歳も年の離れたサイラスにはそれが理解できなかった。孤独で悲しみに暮れる子供に、タップローの静まり返った陰気な屋敷が快適なはずもなかった。しかもサイラスに疎まれて、ここでの暮らしは悲惨だった。

これだけの年月を経ても、サイラスがどんな人間かは忘れられない――全身から漂う放蕩者の臭い、子供のアダムに向けてきた敵意、サディスティックなまでの残虐さ。いとこの暴力に耐えるのにどれだけの忍耐力が必要だったことか。酔っては殴られ、逆らえば何日も暗い部屋に閉じこめられ、態度が悪いと難癖をつけられては罰を与えられた。

いとこへの嫌悪感とその彼に引きだされた恐怖心はすさまじかった。最初は全神経で彼を恐れていた。いとこが近づくたびに身が縮んだ。だが暴力を受けるにつれ、恐怖を見せまいとする思いは強まった。助けを求める相手はいなかった。主人を恐れる使用人たちはアダムをかばって罰が自分に向くのを嫌がり、目を覆い、耳を塞いでいた。

サイラスの十歳の妹オリヴィアは、兄の顔色をうかがいながらもアダムと仲良くしてくれたが、救いの手を差し伸べてくれたのはドリーだった。サイラスに逆らえたのは彼女だけだった。最初はアダムも戸惑ったものの、そのうちドリーの仕事がタップローコートの家政婦の域を出たものだとわかるようになった。夜は、いとこのベッドを温めているのだと。

成長し、背丈がサイラスより大きくなると虐待はやんだが、それでも敵意は残っていた。寄宿学校に行くことになったときにはひざまずいて神に感謝したほどだ。そして、そこで絵に情熱を傾けることを学んだ。さらには本心を覆い隠すことも。私生活に立ち入られるのが嫌で心の交流は遠ざけてきた。心の奥底をのぞかれないように強力な壁を築き、感情を封じこめてきたのだ。それでも完全に消すことはできなかった。心の痛みと同じように。

アダムがタップローコートに来て四週間がたとう

としていた。経理を確認し、土地の運営に慣れるために管財人と共に領地を馬で回って小作人たちとも顔を合わせた。あともう少しでロンドンへ戻れる。エドウィナの元へ。ああ、どれだけ彼女が恋しいか。数週間、毎日顔を合わせていたのに突如会えなくなり、まるで体の一部がもぎ取られたようだった。彼女会いたさに自分でもおかしなほどタップローコートでの仕事に邁進してきたのだ。

ふと苦笑が浮かんだ。これではのぼせあがった青二才だ。だがエドウィナの温もりに思いがけない反応を引きだされていた。これまで感じたことのない不思議な解放感があった。セントジャイルズで汚い少年に財布をすられてからずっと。現実が遠ざかり、目の前にぼんやりと魅惑的な少女の姿が浮かぶ。

「エドウィナ」彼女が自分の元を去ろうとしていることを思いだし、アダムの口から苦悩の声がもれた。全身全霊で彼女を思い浮かべ、今何をしているかを想像してみる。目を閉じると、ゆっくりと瞼に顔の輪郭が浮かんだ。自分の顔と変わらないほど身近に感じるその顔。あのときのキスを何度思い返したことか。彼女の甘さは今でもしっかりと思いだせる。

早く用件を終わらせて彼女の元へ戻ろう。しびれを切らしてフランスへ渡らず、約束どおり待っていてくれるといいが。エドウィナへの感情はいまだによくわからなかった。愛とは考えられない。衝動だろうか？　絵を描き終え、彼女を残して発ったときは強い薬物依存から抜けだしたようだった。いずれ断たなければならない薬物から。だが認めよう、今なお依存は続いている。

アダムは馬の向きを変え、六キロ半先のオークウッドホールへ向かった。そこでサー・ヘンリー・マーチャントと会うのだ。ふと、彼の姪が屋敷に戻ったかどうかが気になった。戻っていないとすると、彼女はどうなっただろう。皮肉なものだ。ヘンリー・マーチャントにも自分にも跡形もなく姿を消した若い身内がいる。これほど捜しているというのに。

ヘンリー・マーチャントとは未払いの貸付金について話し合う予定だった。ヘンリーの兄のゴードン・マーチャントが財政難に陥り、破産法で領地を没取され、残りの人生を債務者刑務所で過ごさなければならない窮地に直面して、サイラスを頼ったらしかった。サイラスはゴードンに三万ポンドを貸し、私生活でも仕事上でもケチだった彼らしく、ずいぶんと高い金利で十八カ月の返済期間を設けていた。

ゴードン・マーチャントが不可解な死を遂げたとき、サイラスは亡くなった男性の娘で、自分がかねてから目をつけていたエロイーズが妻になるなら、負債の件は忘れてもいいと申しでた。令嬢の後見人のヘンリーは即座に同意したが、残念ながらエロイーズ本人はそうはいかず、双方からの圧力に耐えかねて逃げだした。

返済期限は過ぎたが、契約書に明記された金額は支払われておらず、ヘンリー・マーチャントに会ってその件を話し合うのがアダムの義務となった。この件を早期に解決するには寛容な態度を見せるしかないだろう。管財人の話だと、マーチャントは裕福ではない。だが、彼はかなりの芸術作品を数多く所蔵している。財産の剥奪は免れないが、サイラスと違って彼を屋敷から追いだすつもりはない。

オークウッドホールでサイラスの本性をさらに思い知らされ、アダムは怒りに震えた。犯罪者同然の男だとは思っていたが、やはり爵位と権力で法の適用を受けていないだけだったか。アダムはヘンリー・マーチャントから明かされた話に内心怒り狂いながら、手綱を握りしめた。サイラスがまだ生きていたら、この手で絞首刑台に引きずりだし、輪縄をあの価値のない首にかけてやるところだ。

# 8

エドウィナが公園での散歩から戻ると、顔を輝かせたハリソン夫人が駆け寄って、アダムが戻ったことを知らせた。心がいっきに浮き立つ。聞かなくてもアダムのいる場所はわかっている。エドウィナは帽子を脱いでハリソン夫人に抱きつくと、大急ぎで階段を駆けのぼった。アトリエの扉をそっと押し開ける。アダムが気づいていないのを知って、そのまま切なくてたまらなくなるまで彼の姿を眺めた。

アダムが覆いを外した画架の前に立ち、考えこむようにエドウィナの絵を見つめていた。気配に気づいたのか、ようやく振り返る。お互い、目が合う前から魔法のように相手の存在に気づいていた。急いだせいで頬がまだ熱い。エドウィナは瞳を輝かせて、彼の言葉を待った。

アダムは鉄の意志で感情を封じこめ、ひたすらエドウィナを見つめた。青いドレス、きらきらと輝く赤みがかったブロンドの髪。髪は美しい顔立ちを包みこむように整えられ、それが大きな瞳と優しげな口元を際立たせ、少し大人っぽい洗練された雰囲気をもたらしている。アダムはたまらなくなり、その姿を絵と重ねるように眺めた。まるで見知らぬ美しい女性が戸口に立っているようだった。

「おいで、エドウィナ。いつまでそこにいる?」

エドウィナは無言で彼に腕を預け、部屋の奥まで進んだ。近くで見ると、アダムは疲れた顔をしていた。皺がわずかに深まり、日差しを浴びたのだろうか、顔色も茶色い。それでも相変わらず長身でハンサムだ。きりりとした男らしい顔立ちに胸の鼓動が速まる。自分がつい見とれていたことに気づいて、エドウィナは頬を染めて顔を伏せた。だめ、アダム・ライクロフトが魅力的すぎて落ち着かない。

「会いたかった」アダムが顎の先に手を当ててエドウィナを上向かせた。

「本当？」

「ああ。フランスに行くのはやめる気になったかい？」

　エドウィナは首を横に振った。アダムは一見穏やかそうだったが、エドウィナには緊張が感じられた。出かけていたところと関係があるのかもしれない。

「そこまで決意が固いなら、ぐずぐずしてはいられないな」アダムは慎重に言葉を選んだ。「僕の話を聞いてほしい、エドウィナ。君がいなくなるのは僕には耐えがたいことだ。行かないでくれないか」

　エドウィナはぴくりともせず、ただ呆然とした顔でアダムを見つめていた。「いきなりすぎて……」

「わかっている。だが耐えられないんだ。君がたったひとりで僕の手の届かないところへ行くと思うと、それだけで苦しくてたまらなくなる」

「でも」エドウィナはつぶやいた。アダムの目に以前は見られなかった欲望が浮かんでいた。

「いてほしい、ここに」

「ここに、このまま、あなたと？」

「そうだ」

「それは、愛人としてってこと？」そう切りだしながら、エドウィナは自分が発した言葉に怯んだ。

「そうだ、エドウィナ」アダムが真剣な顔で言った。

「君はもう僕にとって大きな存在なんだ。それがこの数週間で身にしみた。気を悪くしたかい？」

　エドウィナはただ首を横に振った。自分が彼との間に何を期待していたかはわからなかったが、これでないのは明らかだった。アダムが私生活と自由をどれだけ重んじているかはわかっているつもりだし、結婚を申しこまれるとも思ってはいなかった。なのにどうして心がこんなに沈むのだろう？　エドウィナは懇願するように、喉に手を当てて後ずさった。

「無理は言わないで。わたしは行かなくちゃならないの。どうしても」

「なぜだ？」アダムが声を荒らげ、両手を彼女の肩に置いて強いまなざしで見つめた。「一生逃げ続けるわけにはいかないんだぞ。いったいどんな理由で、ロンドンを離れて見知らぬ国に行くというんだ」アダムはエドウィナが不安を募らせて目を見開くのを見て、重い吐息をついて声を和らげた。「お母さんの故郷でも、君の居場所はないかもしれない」

「わたしはもう自分の居場所もわからないの。お願い、やめて。行かなきゃならない理由は話したでしょう。わたしがここに残ったら、どうなるか」アダムの視線があまりに強烈で彼女は胸がどきどきした。

「それがなんだというんだ？　エドウィナ！　まだわからないのか。言っているだろう、僕は君がほしいんだ。ここに残ってくれと言うのは、先の長い道のりの第一段階にすぎない。君が同じ気持ちなのは言わなくてもわかっている」

「思いこみよ」

「いや、瞳を見ればわかる。キスでも感じた。初めて会ったときからなぜか君のことは守りたいと感じた。久しく誰も触れなかった琴線に触れたんだ。これまでは女性と付き合っても、心は麻痺（まひ）したままだった。だが君は違う。君のことを考えるだけで、どうすればいいのかわからなくなる。この四週間、君に会えずにどれだけ辛（つら）かったか。一刻も早く戻りたくて、二倍の速度で用をすませた。これまでどんな女性にもこんな思いは抱いたことがない。君は特別だ。失いたくないんだ。しかも君は僕のミューズだ。まだまだ描きたい。君がいないと、僕はもうどうしようもない」

訴えかけるアダムの目は、エドウィナの自制心が受け止められる範囲を超えていた。「でも、いずれ飽きて捨てられるわ、他の人たちみたいに。新しい相手ができればね。そうしたら、わたしはどうするの？」エドウィナはぼそりと言った。

　アダムが肩から手を離し、目に怒りを燃やした。

「君はそういう相手じゃない。片時も離れたくない強い欲求もあるが、それだけじゃないんだ。言葉で表すのは難しいな。愛なんて言葉は使いたくないし、意味のない決まり文句で惑わしたくもない。君はそれ以上の人だ。だがこれだけは言える、君といるときほど心が満たされたことはない。正直に言ってくれ、君は僕のそばを離れたいのか？」

　エドウィナはアダムの美しい顔立ちを、その青い瞳に浮かぶ誓いを眺めながら、決意がぐらつくのを感じた。敗北しそうになり、打ち消すように首を横に振る。瞳が苦悩で陰った。「わたしには身を守る術がないわ。あるのはあなたの誠意だけ。わたしはきっとすぐにあなたに恋をしてしまう。でも、それって愚かなことにならないかしら？」

　アダムは身構えた表情で彼女を見つめた。「君の名誉は守るつもりだ。僕が望んでいることが常識外れなのもわかっている。僕たちはどちらも世間のしきたりには縛られていない。自由で、係累もなく、そして引かれ合っている。これまでどおり君の個人的な事情には立ち入らない。その自由な関係が苦しくなったときは、君に結婚を申しこむ。そういう関係のほうが、互いに得られるものが多いと思う」

　アダムの提案に、エドウィナは混乱して言葉をなくした。アダムは身動き一つせず、ただ謎めいた目で反応を見守っている。結婚という言葉でエドウィナの脳裏にバーバラ・モーティマーが浮かんだ。他の女性の話を持ちだすのは気が引けたが、アダムの元にとどまるのなら、ふたりの本当の関係はきちんとわかっておきたかった。

「ミス・モーティマーとのことは？」エドウィナは尋ねた。「あなたの留守中に訪ねてきて、優先権を主張していかれたけれど」

アダムは鼻を鳴らし、無表情な目で見つめた。「バーバラ・モーティマーの望みを、僕は受け入れられない。知ってのとおり、彼女はドリーの姪だ。だから劇場や舞踏会に同伴したことはある。だが、それだけだ。それ以上の関係をほのめかしたこともない。僕が関心があるのは君だけだ。彼女の話はもういい」アダムは冷ややかに言った。「さっきの僕の提案を真剣に考えてくれるね？」

エドウィナはうなずいた。「でも、わたしたちがお互いを何も知らないってことは気にならない？」

「ああ、気にならない。お互いを求めている。それで十分だ」

「でも、わたしの絵が王立アカデミーに飾られたあとのことは？　目に留まりたくなかった相手にモデルだと知られて、捜しに来られたら？　ジャックのことじゃない――」エドウィナは声の苦悩を隠しきれず、言葉を切った。

「不安なら、絵を公表するのはよそう。僕には君のほうが大事だ。絵はこの屋敷に飾ればいい。そうでなければ、どこか他のところに」

エドウィナはその返事に心を揺さぶられた。「だめよ。そんなことはさせられない。あなたにとって意味のある絵なのはわかっているもの」

「だったら絵を公表するときは、君を国外か、他の屋敷に隠すことにしよう」

エドウィナは目を丸くした。「他にも屋敷が？」

アダムはうなずいた。「大きな屋敷がね」

「そう」エドウィナは笑みを向けた。「でも大きな屋敷の奥で、こっそり生涯を終えるのも嫌だわ」

「だったら、こそこそせずに、君を傷つけようとする相手と渡り合うしかない。そろそろ過去は忘れて人生を楽しむんだよ、エドウィナ」

「そうはいっても」エドウィナは彼の唇を見つめた。それが自分の唇に触れると思うだけで全身が熱くなる。「あなたと深い仲になるなんて、わたしはきっと救いようのない大ばか者ね」

「同感だ」アダムは身を屈め、首筋にキスをした。

「それに、あなたはどうしようもなく悪い男だわ」

焼けつくようなキスにエドウィナの声がかすれた。

「それにも同感だ」アダムは低くつぶやき、エドウィナの肌の甘い香りを吸いこんだ。

「でもどうするの……?」

アダムは顔を上げ、けぶるような目を向けた。

「どうするって?」

エドウィナが頬を染めた。「赤ちゃんができたら」

アダムが狼のごとく笑みを浮かべた。「そのときは嫌でも結婚してもらう。このかわいい頭に渦巻く自由と自立の夢はきっぱり捨ててね」

どきりとして、エドウィナはほほ笑んだ。「ええ、そうするわ。教えて、アダム。わたしがモデルをしていたときから、誘惑するつもりだった?」

「ああ。礼儀は崩さなかったが、ほしかった」

エドウィナは温かなまなざしを向け、指の腹でそっとアダムの頬に触れた。「わたしは考えてもいなかった」

視線を合わせたまま、アダムはわずかに顔の向きを変えてエドウィナの手のひらにキスをした。「だからどうにか口説き落とさなきゃと思った。僕の押しの強さを見せてやろうとね」

目の前の可憐なエドウィナを、アダムはひたすら見つめ続けた。そしてついに抑えきれなくなり、ソファへと促した。体が触れ合えば、言葉にできないことも成し遂げられるかもしれない。そんな下心を抱いて強く抱きしめる。自然な形で柔らかな濡れた唇に唇を寄せ、エドウィナがそれを進んで受け入れたとき、アダムは勝利を確信した。

　エドウィナは体にこみあげる思いがけない興奮に、小さくうめき声をあげた。夢中でキスを返しながら、彼の首に腕を巻きつけ、自らの柔らかな丸みを帯びた体が彼にどんな影響を与えるか意識することなくすがりつく。アダムの硬い胸は張りつめていて、燃えるように熱かった。アダムのキスが要求を増してさらに淫らになり、エドウィナは不安と奔放な欲望で身を震わせた。アダムは片方の柔らかな胸を手で包み、その頂が硬くなっているのを感じた。やがて唇をいったんこめかみから喉の窪みへと移し、再び荒々しく唇を求めたときには、腕の中の女性をもっと味わいたくてたまらなくなっていた。

　アダムはゆっくりと顔を上げ、燃える瞳でエドウィナの顔を見つめた。欲望で頬は赤く、瞳は光沢を放っている。「なんてきれいなんだ」

「あなたも」エドウィナは彼に触れられた胸が欲望でうずくのを感じた。

　アダムはほほ笑んだ。「男はきれいじゃない」からかおうとしたが、エドウィナの高揚した若い体にかき立てられて声が低くかすれた。

「いいえ、きれい」エドウィナは情熱でけぶるまなざしを彼の顔に向け続けた。ふっと横目でほほ笑む。「強くて優しい、そんなあなたがわたしを真剣に求めてくれているなんて信じられないくらい」

　アダムはエドウィナの顎をとらえて、軽く上向かせた。「僕は二十九歳の男だ、自分が求めているものはわかっている」滑らかな短い髪を指ですくようにして両手で顔を包み、再度唇を重ねると、強く激しい欲望が全身を駆け抜けた。

　エドウィナは、制御不能な官能にとらわれたも同然だった。頭がくらくらするなか彼の舌が侵入し、柔らかな内部を占拠して、何も考えられなくなるまで欲望を煽り立てる。

「どこにもいかないでくれ、エドウィナ」アダムは唇を合わせたままつぶやいた。温かな彼の息が頬をくすぐる。「そばにいてくれ」

エドウィナは遠ざかっていた思考を必死に取り戻そうとした。わずかに体を離し、胸毛がのぞくシャツの胸元を見つめる。そしておずおずと目を上げると彼の顔を探り、瞳をのぞきこんだ。熱いものが見えた。揺るぎなく、燃える希望が。そこでエドウィナははっきりと自覚した。彼のこの唇とこの手とこの体以上に自分の求めるものはないと。大切なのはこの人だけ。この人が求めてくれていることだけだと。その瞬間フランスを始め、望んでいたことすべてが意識から遠ざかった。

「ええ、いるわ」そう言ったとたん、幸せの予感が痛いほど全身に広がった。

アダムが軽くキスをした。「ありがとう。僕たちは婚約するわけでも、結婚をするわけでもない。それは今後しだいだ。どうなるか見ていこう」

アダムに抱き寄せられ、エドウィナは彼の胸に頭を預けた。本当にこれでよかったの?

エドウィナは迷いを振り払いたくて、彼を見上げた。「確認しておきたいことがあるの、アダム。あとで悔やまないために」

「なんだい?」アダムがかしこまった顔で応じ、不安を映しだした美しい顔を見つめた。

「浮気はしないと約束してくれる?」そのことを想像しただけで、エドウィナは気が滅入った。「だって、あなたは女性を引き寄せるから。そしてみんな、愛してしまう」

一瞬アダムはぽかんと見つめたが、やがて抱き寄せる腕に力をこめ、輝く頭のてっぺんにキスをした。「勝手に寄ってくるものはどうしようもない」アダムは軽く冗談を飛ばしたが、内心では自分の忠誠がエドウィナにとって大切な問題なのはわかっていた。

浮気をすれば、彼女が深く傷つくことも。アダムは真剣な顔で言った。「自分もそうなったから？」

エドウィナはほほ笑んだ。「ええ。あなたがその魅力を全開にしたら、どんな女性も体に火がついて拒めなくなる。ここまで有名なプレイボーイなんだもの、その習性は一生治らないかもしれない。でも、わたしはだめ」エドウィナの声が真剣さを帯びた。「それは受け入れられない。ここにとどまるなら、他の人との関係はよして。あなたが不誠実なことをしたら、終わりにする。それで構わない？」

エドウィナのすばらしい瞳を見つめ、アダムはきわめて真剣に告げた。「もちろんだ。君がいるのに他の女性をほしがる男などいない」

「ありがとう。これで落ち着いたわ」エドウィナは重い空気を振り払うように軽やかに笑うと、手を差しだした。アダムがその手を温かく握りしめる。

「行きましょう。階段のほうからおいしそうな匂いがしている。そろそろ夕食の時間だわ。二時間ほど公園で散歩したせいで、食欲がわいちゃって」

アダムは狼のごとくにやりと笑って、二重の意味のこもった言葉を返した。「僕もだよ。食事のあとは祝いの儀式といこう」

エドウィナはどんな儀式かを察して、笑みを返した。「ええ、名案だわ」

その夜アダムは、窓からあふれる月明かりが大蓋付きのベッドを銀色に包み、エドウィナの肌を純白に輝かせるなか、胸を躍らせて彼女を腕に抱いて柔らかなベッドに横たえた。

「なんてきれいだ」言葉が長い吐息のようにもれた。気が咎めて一瞬怯んだものの、瞳を情熱でいぶらせたエドウィナが堪えきれないように甘く柔らかな唇を寄せてくる状況で、抗える男などいない。

アダムはエドウィナの隣で肘をつき、彼女を見つめた。胸が張り裂けそうなほどに美しく、若く、ひたむきで、純真で、魅力的だった。ずっと求めてきた相手だと思った。永遠に。アダムはバラ色の肌を優しく撫で、小さく丸く柔らかな胸に指先でそっと触れた。まるで森の子鹿のようだ。日差しと影を備える小さな生き物。アダムは身を屈めて、指で触れた場所に唇を寄せ、甘い香りを吸いこんだ。髪からも息からも同じ香りがする。

アダムが指と唇で首筋から肩、さらには盛りあがった胸やひんやりと柔らかな丸いお尻を愛撫していくと、エドウィナは子猫のように身をくねらせた。なんてすてきな感覚なの。エドウィナは目を閉じ、頭をのけぞらせて、男性の愛撫にほほ笑んだ。

エドウィナの表情を探っていたアダムはその笑みに気づき、その無意識に男をそそる表情に頬を緩めた。そのせいで、もはや体に火がつき、下腹部が硬く張りつめかけていた。

アダムの愛撫が大胆さを増した。これまでの経験を駆使してゆっくりとエドウィナの体を隈なく探り、味わっていく。唇は荒々しく重ねたまま、両手で体をまさぐり、やがてその手を腹部から華奢な太腿へと下ろして、脚の間を覆う滑らかな茂みの間に指を滑りこませた。エドウィナは小さくあえいだ。アダムの手と唇の魅惑的な動きによって体がふわりと浮き立つようで、これまで知らなかった快感が全身に広がっていく。切なかった。肌が熱く燃えて、胸が硬くなり、腿の間が準備を整える。

そしてついにアダムに深く貫かれ、つかの間の痛みが去ったあとには、もはや秘密もためらいも過去も未来も存在していなかった。そこにあるのはアダムと、ただ愛し合う者同士として結びついていることだけ。最初の営みは嵐のように激しく、性急で、抑えきれない欲望と脈打つ快感と情熱に満ちたものだった。エドウィナは体を弓なりに反らし、瞳を海のごとく深く陰らせて、愛する男性と共に炎と恍惚(こうこつ)に包まれるゴールを目指した。

最初の快感で体が火照るなかでの二度目の営みには、ゆっくりと時間をかけた。その緩やかさは、正気を失いそうなほどの甘い拷問だった。互いの体をゆっくりと探り、その感触を味わうのもすばらしかった。そこには最初に飢えを満たしているからこそ可能な、充足感ゆえの喜びがあった。

エドウィナは高揚感を嚙(か)みしめながら、抱き寄せるアダムの胸に顔を埋(うず)めた。これほど満ち足りた気分は生まれて初めてだ。自分がこうしていることがいまだ信じられない。こんなに幸せでいいの？　喜びを感じても？　いけないことをしたのに、良心の呵責(かしやく)も恥ずかしいとも感じないなんて。

アダムの重く規則正しい胸の鼓動を聞きながら、エドウィナは自分がそれとは別のものを感じていることに気づいた。禁断の感情、感じるべきでないもの。愛。しかも驚くほど深い愛。アダムを愛している。でも、それを口にしようとは思わなかった。求めている返事がなければ辛いだけだ。

快感が大きいがゆえに悲しい事実にも気づかされていた。この人がこんなふうに愛したのは自分だけではない。これまでに数えきれないほどの美しい女性を抱いてきたのだ。アダムの温かく湿った胸元に唇を寄せ、エドウィナはため息をついた。そのすべては過去なら構わない。今はこれでいい。このままで。先のことはそのうちなんとかなるだろう。

カーテン越しに差しこむ早朝のまぶしい光に包まれて、アダムはエドウィナの頭のてっぺんにキスをした。この愛(いと)しい無邪気な女性とのセックスがここまで官能的だったことがいまだ衝撃で呆然としていた。ロンドンのみならずヨーロッパ中で名高い美女たちと行きずりのセックスを楽しんできたが、これほどの喜びを感じたことはなかった。

心が高ぶり、自分でも驚くほど彼女に溺れていた。アダムはエドウィナを見つめた。透き通るような肌だ。輝き、満たされ——そして目覚めている。

「何を考えているんだい？」アダムは尋ねた。

そこでエドウィナがアダムの視線に気づいた。

「大したことじゃないの」エドウィナは柔らかくほほ笑んで、ゆっくりと起きあがった。朝の日差しの中でアダムの裸の胸を見るのは、昨夜の感覚を思いだせと言われているも同然だった。彼女の裸を眺めるアダムの口にふっと笑みが浮かぶ。湿った髪が眉にかかって、まるで少年のような表情を浮かべたハンサムな男性の魅力に抗えず、エドウィナは唇にキスをしてからベッドの頭板に寄りかかった。

「なんて幸せなんだろうって思っていたの」声が震えた。「初めてだから。こんな感覚があるのも知らなかったわ。こんなにすてきな欲望が」

アダムが落ち着いた緩慢な動きで体をエドウィナに向け、肘をついた。いまだ熱いまなざしを受け、エドウィナは体に火花が散るのを感じた。欲望で陰るアダムの瞳がゆっくりと丸い胸のバラ色の頂からほっそりとした腰をなぞる。朝日に背を向けているせいで、顔の表情は影になって見えなかった。「こうされるとどんな気分？」アダムが尋ねた。

エドウィナは頬を染め、くすりと笑った。「やめて。わたしは慣れてないんだから。初めてなのよ」

アダムは彼女の無垢な顔にほほ笑んだ。「知っているよ。光栄に思っている」

エドウィナも笑みを返した。「そう？」

「幸せかい？」アダムは彼女の頬を撫で、そのまま指で滑らかな短い髪に触れた。

「後悔は？」

エドウィナは目を輝かせてうなずいた。

「ないわ、まったく」

　アダムはゆっくりとエドウィナの腕に指を走らせた。「本当にきれいだ」小声でつぶやく。「子鹿を思いだすよ。きれいで、捕まえにくくて、見つけたと思ったらすぐに逃げだす」彼も起きあがり、ベッドの頭板に背中を寄せた。片方の膝を立てて腕をかける。視線はそらさなかった。真剣な表情で、探るようにエドウィナの大きな瞳をのぞきこんでいた。

「もう数週間だ。他の女性なら、どういう人間か完全にわかるようになっていたと思う。過去のこととか、何が好きで何が嫌いかとか。だが君は違う。何も思いつかない。それどころか、何も知らない」

　エドウィナは突如困惑し、視線を彼に向けた。

「訊いているの？」

　アダムは目に温かな光を浮かべてほほ笑んだ。

「いや、ただ備えておきたくてね。ロンドンに来たのは、誰かから逃げるためだと言っていたね。教えてくれ、エドウィナ。君はまだ逃げているのか？」

## 9

　その問いに不意をつかれ、エドウィナの瞳がみるみる色あせて潤んだ。それでも口を開いたとき、声は張りを増していた。「忘れたい過去があるの」

「言いたくないことは言う必要はないんだ。君のプライバシーは尊重している」エドウィナの悲しげな口調に、アダムの声は慈愛に満ちたものになったが、それでもどこかしら非難を含んでいた。「僕たちの関係は始まったばかりだ。秘密がないほうがいいとは思うが、無理強いはしない。だがこれだけは尋ねさせてくれ。ご家族との間に諍いがあったのか？　だとしたら、修復は不可能なのか？」

　エドウィナは押し黙っていた。灰色の顔と、冷えたガラスのような瞳で。「諍いどころじゃないわ。その程度ならどれだけいいか」

アダムは彼女の手を取り、指を唇に近づけた。

「わかった。辛いなら、もうこの話はよそう」

エドウィナは顔に苦悩を滲ませて、自分の手を取る長い指を見つめた。アダムにはきっと想像もつかないだろう。この苦しみも、叔父がしたことも。心の中で、アダムに真実を打ち明けるときが来たのはわかっていた。彼には恩がある。それに秘密を抱えたままでは、ふたりの関係も危うい。もう隠さないほうがいい。当初はためらいも覚えたが、もはや自分は彼のものだ。数カ月ぶりに安らぎも感じている。そう思うとエドウィナはアダムにすべてを打ち明けたくなった。

「いいえ、話すわ。聞いてほしいの」

アダムは眉を曇らせた。「無理はするな」

「ええ。でも、あなたとの間に秘密は持ちたくないの」エドウィナは裸の体にシーツを引き寄せた。

「まずは父のことからね。父にはすごくかわいがられたわ。過保護なくらい。でも借金癖のある人でね。優しくて頭のいい人だったんだけど、賭け事が好きだったの。病気よ。いつも何かに賭けていた——賭博に政争にスポーツ大会、機会があれば何にでも。次こそ、次こそつきが回ってくると言って。財政破綻に直面して、父はある身分の高い紳士から所有地を担保にお金を借りたの。父が亡くなって、その紳士はわたしに返済を求めたわ。それは父の借金で、わたしには関係ないって言ったんだけど」

「君は相続人だったのか？」

「いいえ。財産はすべて長男か男性の親族が相続することになっているでしょう。うちの場合は、わたしの叔父だったの」

「だったら、お父さんの債権者は君の叔父さんのところに行くべきだろう」

「実際、そうしたのよ」エドウィナはそのときの苦々しさを今もまだ隠しきれなかった。「父が亡くなって初めて知ったわ。叔父がどれだけあの土地に愛着を持っていたかを。なのに父の借金を背負わされたばかりか、債権者に土地まで奪われそうになって。そのときの叔父の気持ち、わかるでしょう?」

「叔父さんは裕福なのかい?」

エドウィナは首を横に振った。「ささやかなものよ。未婚で、美術品を見る目は確かだけど」ふっとほほ笑む。「あなたとはきっと気が合うわね。何枚かいい絵も所有しているし。祖父が遺(のこ)したものよ。あなたには興味深いと思うわ」

「どういう人なんだい、その叔父さんは?」

「きつくて、冷たい人。愛情がないの。あっても表には出さない――どんな相手にでも。叔父と父の債権者が会ったあと、叔父から相手の紳士がわたしに目を留めていると聞かされたわ。前々からそうだったと。そしてふたりで勝手に結婚まで決めたの。相手は債権を放棄してさらに持参金なしでわたしを迎えると申しでたそうよ。叔父にとって、わたしは物々交換の商品だったのね。わたしの気持ちなんて、まるで無視。不信感や嫌悪感しかなかったのに。これっぽっちも好きじゃなかったのに。気があると言われても、ぞっとして不愉快なだけだった」

「どうして? 何がそんなに嫌だったんだい?」アダムはエドウィナのまるで森の妖精のような姿にほほ笑んだ。形のいい手足だけがシーツから出ていて、頬はほんのりと赤い。

「確かに称号も財産もあるけど」エドウィナは考えた。「それだけなの。野蛮で汚らわしくて。年も離れていたし、社交界でも遊び人という噂(うわさ)だった」

「いくつだい?」

エドウィナは肩をすくめた。「五十歳くらい」

「そんなに? 年寄りじゃないか」アダムは滑稽さ

に同情も加わって唇を歪めた。

「しかも醜いの」

「どうしても結婚する気になれなかったわけだ」

「もちろんよ」サイラス・クリフォードの筋の浮いた顔と残忍な口元を思いだすと、エドウィナは身震いした。「どうやっても嫌悪感は拭えなかったと思うの。わたしを借金の代価として見た人だもの。寛大さの欠片もないような、恐ろしい顔なの。最初叔父から話を聞かされたとき、泣いて懇願したわ。お願いだから、この人と結婚させないでくれって。でも叔父はただ腕を組んで見ていただけ。もう逃れられないんだと思ったわ。それで反発心が目覚めたの。懇願するのをやめて、逃げることにした。そこから計画を練ったわ。表向きは従順なふりをして。運命に泣き寝入りしたくなかった。少年に変装して、フランスに渡れるだけのお金をポケットに入れて、夜こっそりと屋敷を抜けだしたの。絶対にうまくいくと信じていた――失敗するはずがないと。まさかロンドンに着く前に所持金を全部盗まれて、フランス行きの希望が途絶えるなんて。それからジャックに会って……あとはあなたも知っているとおり」

アダムの心に漠然と何かが引っかかった。けれどその何かが、見えそうで見えなかった。

エドウィナは体の前で両手を組み、身を縮めて、構えるように目を見開いていた。アダムは彼女が話をやめたがっているのを感じた。他にも隠していることがあるのかもしれない。「君が家出をした理由はそれだけかい？」アダムは話の続きを促した。

エドウィナは、すぐには応じなかった。そわそわと下唇を舐め、いったん視線をそらしたが、やがてまた目を合わせた。そこには強い衝動のようなものが浮かんでいる。「いいえ」彼女は静かに答えた。

「それは二つ目の理由よ」

「じゃあ、一つ目は？」

「わたし、思っていたの。いいえ、今も思っている。父を殺したのは叔父だと」

　アダムは愕然（がくぜん）としてエドウィナを見つめた。「簡単に口にできることではないよ、エドウィナ」

「わかっているわ」

「なぜそう思った？」アダムはさらに強い視線を向けた。「そう思うだけの理由があったんだろう？」

　エドウィナは落ち着きなく息を吸いこんだ。「債権者に会いに行く前、父と叔父が言い争っているのを聞いたの。言い争いはしょっちゅうだったけど、あのときはいつもとようすが違っていた。何を争っていたのかは知らない。でも父が怖いほど声を荒らげていたから、よほどのことだったんだと思う。それに叔父が父の遺体を屋敷に連れ帰ったとき、叔父のようすが変だったの。何があったのか、話そうとしなかった。しつこく聞くと、ひどく怒って苛立（いらだ）って。いつもはそんな人じゃないのに」

「だがそうなら、なぜ直接叔父さんに問いたださなかった？法に訴えなかったんだ？」

「証拠もなかったのに無理よ。叔父は頭のいい人だし、そんなものは残していないと思うの。父を知る人たちがこれは殺人だと言いだして、そのときはいろんな噂や憶測が飛び交ったけれど、犯人がいつまでも見つからなくてそのうち忘れ去られたわ。叔父が父の死で得たものは多いわ。ハートフォードシャーの外れにある、古いけれど美しい屋敷――わたしの数えきれないほどの楽しい思い出と、耐えがたい悲しみのつまった場所よ。そして土地。父の死ではこんなところだけど、もしわたしがその隣人の貴族と結婚すれば、わたしは伯爵夫人で国内有数の邸宅の女主人になる。そうなれば叔父には金銭以上に価値のある人脈が手に入る。わかるでしょう、叔父は自分のことしか考えていなかったの」

　アダムは衝撃をすぐには吸収できずにいたが、やがて話の全容がずしりと胸に響き、頭の中にあった黒いもやがしだいに形をなして、顔から血の気が引いた。体を硬くし、表情を強ばらせ、射るようなまなざしでエドウィナを見つめる。やがて内心はすさまじいまでに動揺していながら、低く抑揚のない声で告げた。「教えてくれ、エドウィナ。君のお父さんはどうして亡くなった？」

アダムの変化に気づくことなく、エドウィナは続けた。「叔父と一緒にお金を借りている紳士に会いに行ったときよ。叔父は出発してすぐに襲われて、目的地にはたどり着けなかったと言っていたけど」

「暴漢は捕まったのか？」

「いいえ、事件自体がなぜか闇の中なの」

「君の叔父さんの名前は？」

「サー・ヘンリー・マーチャント」

アダムは表情を変えず、ただ口元をぴくりと引きつらせた。「で、君は？　正確には何と？」

「エドウィナ・マーチャント——正確にはエロイーズ・エドウィナ・マーチャントよ」

想像もしていなかったことだけに、直面している事実をアダムはすぐには受け入れられなかった。

「それで君が結婚することになっていた紳士の名は？」エドウィナが口に出すであろう名が火のついた槍のように心の中を熱く駆け抜ける。

「サイラス・クリフォード、タップロー伯爵よ」

アダムは顔面蒼白になった。冷えた瞳で、口を一文字に結ぶ。エドウィナが発したひと言ひと言が頭にしみこんだ。アダムは反応もできず、ただぽかんとエドウィナを見つめていた。これは反論の余地のない、紛れもない事実だ。自分がずうずうしくもベッドに連れこんだこの女性がヘンリー・マーチャントの姪——サイラスが妻にと望んだ女性だったとは。

アダムはうんざりした。どう考えても自己嫌悪しかわかない。衝撃にめまいを覚え、襲い来る憤りの中、彼はベッドから起きあがって服を着始めた。

彼女はそのようすをぼんやりと見守りながら、寒気を覚えた。「アダム？　突然どうしたの？」

自分のしたことに愕然としながら、アダムは必死に心の動揺を抑えて、気が進まないながらも答えた。

「服を着るんだ。ハリソン夫人に言って、今すぐ君の荷物をまとめてもらう」

「どうして？　わたしはもう――」

アダムが喉をぴくりと痙攣させ、燃えるような視線を向けた。「間違いだったんだ、エドウィナ。僕たちは間違いを犯した」語気を強める。「君を誘惑すべきじゃなかった。悔やんでも悔やみきれない。自分を鞭で打ちたいほどだ」

「どういうこと？」エドウィナは静かな絶望感と当惑を覚えた。なぜ急にこんなに怒りだしたのか、わけがわからない。空気が音をたてそうなほど張りつめた沈黙のなか、エドウィナは自分をあれほど優しい情熱で抱いた男性が急速に遠ざかっていくのを感じた。涙を堪え、精いっぱい声に動揺が滲まないようにして尋ねる。「アダム、どうしたの？　教えて。わたしをどこへやるつもりなの？」

「家だ」

「家？」エドウィナは青ざめた。その言葉の断固とした響きが警鐘を鳴らしていた。耳を疑い、アダムを見つめる。動揺して全身が震え、心臓が激しく鼓動した。空気ががらりと変わっていた。嫌なものに。鋭いナイフの先端のような緊張感に。下手をすれば傷つけられる。でも理由がわからない。アダムの目は無表情で、口元は一本の白い線と化している。そして、そこから出た言葉は氷のように冷たかった。

「叔父さんの元へ戻るんだ」シャツの袖に腕を通しながらアダムは告げた。「ここには置いておけない。戻って叔父さんと和解するんだ」

衝撃でエドウィナの頬から血の気が引いた。熱い敵意と恐怖が全身から滲みでて、制御不能な怒りが噴きだす。「こんなことのあとで、わたしを送り返すの？　しかも、わたしの気持ちにおかまいなく？　嫌よ。絶対に嫌。そんな権利、あなたにはないわ」

エドウィナは叫んだ。怒りと恐怖だけではない。何かがおかしい、納得がいかないとの思いがあった。

「いや、あるんだ。君は戻らなければならない」

「理由を教えて」エドウィナは手の震えを止めようと柔らかな手のひらに爪を食いこませた。そしてアダムからなんの説明も得られないと、そっけなく言い放った。「わたしのことに口出ししないで。あなたには関係のないことよ。メイドのように命令されたくないわ。わたしは戻らない。断固拒否するわ」

「だったら力ずくで連れていくまでだ」アダムは腰を下ろして、ブーツを引っ張った。

エドウィナは目に怒りを燃やし、シーツを体に巻きつけたままベッドを飛びおりた。「力ずく？」

「ああ、必要とあれば」

「どうやって？　無理やり馬車に乗せるとか？」

アダムは手を止め、一瞬怒りに満ちた獰猛な目を向けた。「そうだ」

「よくもそんなことを！」アダムの突然の憤りが理解できず、エドウィナも同じように怒りに燃えた。

「わたしは家出したのよ。叔父だって、もうわたしの顔は見たくないはずだわ」

「それはそうだろう。ここ数カ月、君のせいで彼がどれだけ辛い思いをしたかを考えれば」

「ひどい！　わたしが家出したのにはちゃんと理由があるの。あなたは他人だからわからないのよ」

アダムがエドウィナの前に険しい顔で立ちはだかった。心の中は彼女をオークウッドホールに、彼女が今しがた愛情をこめて語っていた屋敷に戻すことに激しい葛藤があった。どう考えても姪をサイラスに嫁がせることに同意するなど、思いやりのある叔父の行為ではない。エドウィナが結婚に抵抗したのも無理のない話だ。

「君の叔父さんは自分の行為を悔やんで、関係修復を願っている」

その言葉にエドウィナは一瞬言葉をなくした。目の前がくらくらする。「叔父を知っているの？」

アダムはうなずいた——険しい表情で体を強ばらせて。「もうサイラス・クリフォードとの結婚を強いられる心配はない。サイラスは死んだ」アダムは冷たく言い放つと、ジャケットに腕を通した。真剣な目でエドウィナに歩み寄る。「これで君の素性はわかった。これからどう呼べばいい？」

「エドウィナ」

「叔父さんにもそう呼ばれているのか？」

「ええ。エロイーズは母がつけてくれた名なの、母方の祖母にちなんで。父は好きじゃなかったみたい。わたしがまだ幼いときに母は亡くなって、それ以降は誰からもその名で呼ばれていないの」

アダムはただうなずいただけだった。

優しさの欠片もないその態度に彼女は傷ついた。身を守るために顎を上げる。「わたしは戻らない」

アダムの目が光った。「これ以上話し合うつもりはない。服を着るんだ。話し合いはここまで」冷酷な顔、頑固な声。話すことはないと言わんばかりに背を向けて、つかつかとドアに歩み寄る。

一瞬遅れて追いついた記憶が現実と正面からぶつかり合い、エドウィナはとっさにアダムのあとを追うと腕をつかんで振り返らせた。「だめよ、アダム。話し合いはまだ決着がついていない。あなた、わたしに父を殺した人間と暮らせと言うの？　わたしを牛か何かみたいに、老人に売り渡そうとした人よ」

「君のお父さんを殺したのはヘンリー・マーチャントではない。それは事実だ。いいか、僕が出発の準備を整える間に着替えるんだ」

その言葉を信じていいのかどうかがわからず、エドウィナは目を細めて考えた。無実だろうが有罪だろうが、叔父が関わっていることに変わりはない。

「いずれにしても、わたしは戻らないわ」エドウィナは目に緑色の炎を燃やして叫んだ。「今すぐここを出て、二度とあなたにも会わない」

怒りで蒼白になったアダムの顔で氷のような瞳が光った。「やってみろ。見つけるだけだ」

「捜せるかしら?」

「試してみるか? むやみに僕を挑発するな。サイラス・クリフォードが聖人に思えるかもしれないぞ」アダムは苦々しく奥歯を嚙みしめた。「今後のためにも肝に銘じておくといい」

エドウィナはその声に信じがたい脅威を覚えて、ぞくりとした。彼本来の短気さが表面化し、そこにさらに男性特有の強い支配欲まで加わっている。

エドウィナは手を離して後ずさり、出ていく彼を見送った。胸が張り裂けそうだった。ばらばらだった不気味なパズルのピースが合わさり、完全な一枚の恐ろしい絵となって目の前に突きつけられたのだ。叔父とサイラス・クリフォードを知っている男性に身元を明かしてしまうなんて、なんてばかなんだろう。しかも、その相手に進んで身を任せたなんて。彼を愛していると思っていたなんて。どれだけうぶで愚かなのか。衣類をかき集めて身支度をしながら、エドウィナにはもはや嫌悪感しかなかった。

ついさっきまでは何もかもがすばらしくて完璧で、単純に思えたのに。今はアダム・ライクロフトという強すぎる流れにただ押し流されるやるせなさしか感じない。何もかも変わってしまった。自分の素性を打ち明けたせいで何もかも。

彼はもう自分の知っていたアダム・ライクロフトじゃない。あんな態度をとる人じゃなかった。女を支配して、従わせようとする男性のそばにはいたくない。信頼して、愛していた人にまさか家へ引きずり戻されるだなんて。悔しくてたまらない。

アダムへの嫌悪感からいっそまた逃げだそうかとも思ったけれど、ジャックに見つかってあの醜い犯罪社会へ連れ戻される危険を考えると、理性が待ったをかけた。それよりはオークウッドホールで次の機会をうかがったほうがいい。

それにアダムはサイラス・クリフォードが死んだと言っていた。よかった。エドウィナは憤りのなかで安堵(あんど)した。少なくとも一つは脅威が消えた。それにしても父を殺したのが叔父ではないと、どうしてアダムは知っているのだろう？　確信があるようすだった。もし事実なら、叔父は責める相手ではなくなる。きちんと説明して謝らないと。自尊心がうずいた。叔父とまた顔を合わせるのが怖い。この先何が待ち構えているかと思うと、身が縮みそうだ。

エドウィナは気持ちを落ち着かせるために、ブラシを髪に走らせた。素性を知ったアダムの反応と、即座に家に連れ戻そうとする理由が疑問だけれど、それはいずれ明らかになるだろう。今はとにかく惨めすぎて、怒りに避難するしか気持ちのやり場がなかった。

エドウィナをその場に残し、ハリソン夫人の元へと急ぎながら、アダムは怒りを拭いきれずにいた。エドウィナが素性を隠していたことが腹立たしかった。彼女のうぶさにつけこんだ自分が腹立たしかった。自分の見る目のなさに全身が熱くなるほど腹が立った。少年エドに扮(ふん)したエドウィナを見たときに、なぜ気づかなかった？　いや、違う。アダムは強い自己嫌悪にかられた。本能的に気づいていた。彼女が勇敢で、誇り高くて、純真な人であることに。なのに、その彼女に何をした？

純粋な彼女を家に連れ帰り、ベッドに誘いこんで傷物にしたんだ。この好色な手で触れずにいられなかった、それだけの理由で。彼女が何者かに気づいた人間に噂でも広められたら、彼女の評判は地に落ちてしまう。まともな人々からは避けられ、相手にされなくなってしまう。

そんな事態を避けるには、そして今後も社交界に顔を出せるようにするためには、即座に叔父と和解させ、抵抗されようと憎まれようと、大急ぎで結婚するしかない。

こんなことをするのは気が進まないが、今は感傷や罪悪感に浸っている場合ではない。

エドウィナは、度胸と拾い集めた自尊心だけを頼りに、アダムの待つ一階へと下りていった。

アダムの怒りはいくぶん収まっていた。眉をひそめ、青い瞳をじっと向けているだけだ。エドウィナは顔を引きしめ、彼が当惑するほど毅然（きぜん）としていた。


オークウッドホールに戻ることに代わる案をすべて考慮したあげく、腹をくくったと言わんばかりに。エドウィナのその堂々とした姿がアダムには誇らしかった。そして自らが原因でこうなったことを悔やみ、できるだけ楽に送りだしてやりたくなった。

「悪かったね、エドウィナ。君が誰かわかっていたら、もっと早く叔父さんの元に戻してやれたのに」

エドウィナは緑色の瞳で正面から強い敵意を投げかけた。「あなたがこんな反応をするとわかっていたら、打ち明けなかったわ。心配はありがたいけれど」その口調には皮肉がふんだんにこもっていた。「どうしてこうなるのかが理解できない。こんなに薄情で思いやりのない人がいるなんて信じられないわ。よほどわたしを追いだしたいのね。どうしてこんな人と数週間も一緒にいられたのかしら。考えられない」エドウィナは開いた扉の先に目をやった。通りでオークウッドホールへ向かう馬車が待っている。視界が脅威でいっぱいになった。「できれば、ひとりで行きたいわ」

「ばかなことを」アダムが怒った声で切り捨てた。「君は何もわかっていない。若い女性が御者ひとりを連れただけで旅をする？　途中の悪党にとってはまさにおいしい鴨だ。すぐに襲いかかってくる」

その警告を冷たく退け、エドウィナは目に憤りの火花を散らした。「うぬぼれないで、アダム。わたしがあなたの保護を喜んで受け入れると思う？　なんて愚かだったのかしら、あなたと関わるなんて」

アダムが眉を跳ねあげた。「愚か？　君が？　それとも僕が？」

「両方よ」エドウィナは返した。「わたしを目の前から消したいなら、わざわざ手を煩わせる必要はないわ。わたしはあなたの保護がなくても叔父のところに戻れるから」

「そうだろうね。だが、あいにく僕は君が戻ること自体を信じていない。経験から判断するなら、君は馬車が最初の角を曲がる前に路地裏に姿を消す。自分の身は案じないとしても、君が戻らなかったときの叔父さんのことを少しは考えたらどうだ？」

「叔父は関係ないわ」

「関係ない？　ならオークウッドホールは？　古い屋敷を愛していると言っていただろう。責めるつもりはないが、家出したとき、タップロー伯爵が精算期限前に支払いを求めるかもしれないとは思わなかったのか？　心配にならなかったのか？」

エドウィナは細い肩をすくめた。「それほどにはね。叔父が絵を売れば借金はなんとかなったもの。でも、あなたが言ったようにサイラス・クリフォードが亡くなったのだとしたら、次の伯爵が寛大に対処してくれるかもしれないわね」

エドウィナがタップロー伯爵の名を出しても、アダムは表情を変えなかった。ただ優しいとも言える表情で見つめただけだ。前夜のことは、アダムにとってただの空しい情事ではなかった。エドウィナが腕の中で見せた、あのすばらしく甘い情熱。失いたくなかった。彼女はもはや体の一部だ。何がなんでも純潔を奪った埋め合わせをしたい。妻に迎えたい。そのためには一刻も早く問題を解決させなければ。

　ヘンリー・マーチャントが結婚に反対するとは思えないし、エドウィナをその気にさせる自信もある。心配なのは、彼女と叔父との軋轢だ。下手をすれば、エドウィナが反感だけで拒否する可能性もある。しかもエドウィナはいったんへそを曲げると、頑固で強情で、実に扱いにくい相手になる。

　こちらの素性はひょっとすると関係を複雑にするだけかもしれない。念のため、エドウィナが叔父と和解し、僕に心を許すまで隠しておくほうがいいだろう。今この状況で話せばさらに印象を悪くするだけだ。この若さで男たちにひどい目に遭わされてきたのだ。自立を望むのも無理はない。だが僕がすぐにそんな突拍子もない考えからは解放してやる。

「君が一度決めたら譲らない性格なのはわかっている。だから約束してほしい――途中で姿をくらまさないと」エドウィナの腕を取って扉から通りに向かいながら、アダムは尋ねた。

　その考えは、アダムに連れ戻されて逆鱗に触れる恐怖からすでに却下していた。「受け入れるしかないわね。ええ、もう逃げないわ」

　エドウィナにはアダムが自分を切り捨てようとしている理由がどうしてもわからなかった。アダムが自分にそれなりの感情を抱いてくれているのは確信していた。なのになぜ、こんなふうに傷つけるの？　足を止めてハンサムな顔を見上げ、目の奥を探る。そして、とっさに尋ねていた。「昨日、わたしは特別な存在だと、失いたくないと言ってくれたでしょう？　なのに、どうしてこんなことを？　昨夜のことは、あなたにとってなんの意味もなかったの？　わたしはこの程度の存在なの？」

顔を背けようとするエドウィナの肩をアダムがとらえて、再び自分に顔を向けさせた。彼の声は熱く張りつめていた。「エドウィナ、僕の人生にはいくつか簡単には投げだせないものがある。君もそうだ。君への欲望は果てしないし、君を心から大切に思っている。君がどう思おうと、それは嘘じゃない。いずれ、君にもわかる日が来る。僕たちの将来のためにも、まず君は叔父さんの元に戻る必要がある。僕は彼を知っている。君が家を出たあと彼が大変な思いをしたことも。こうして戻ることになって君が不安になるのも無理はない。だが叔父さんは君の安否もわからず、ひたすら心配する日々を送ってきた。トビーのことがあるから、彼の気持ちが僕には痛いほどわかる。僕はどうしても君を連れ戻さなければならない。その理由は、君の心の準備ができたときにすべて説明しよう。わかってくれ。僕は君のためを一番に考えている」

エドウィナは断固として顔を上げて反論した。「わたしのため？　わたしだって自分のためを考えているわ。でも、それはオークウッドホールに戻ることじゃないの。たとえそれが二つの悪のうちでましなほうでも」意味ありげに続ける。「どうぞ、無理やり連れ戻して」声は低く、凍りついていた。「あなたの好きにすればいい。でもわたしは自分が何を求めているかわかっている。それは怪物の愛人になることじゃないわ。この先、わたしが今以上にあなたのものになることはないから」

エドウィナが彼に背を向けたところで、ハリソン夫人が屋敷から出てきた。アダムの心優しい家政婦はエドウィナを送りだすのを残念に思っていた。屋敷の使用人たちはみな、エドウィナのことが好きだった。その笑顔、はちきれんばかりの笑い声、思いやり。彼女が屋敷にいるだけで温かく、日差しが明るく感じられて、退屈な業務にも新鮮な気持ちで取り組めたのだ。エドウィナと主人との間にどんな行き違いがあったのか、ハリソン夫人にはわからなかった。けれど彼女がいないと、屋敷が静かで寂しい場所になるのは間違いなかった。

　ハリソン夫人と心のこもった別れの挨拶を交わしたあと、エドウィナはまたもよそよそしさを取り戻し、アダムに先立って馬車に向かった。アダムはその揺れるスカートとほっそりとした後ろ姿に抗(あらが)えず、ゆっくりと首を横に振って、すぐさま歩み寄った。このはかなげな美しさゆえに、エロイーズ・エドウィナ・マーチャントにはどんな男も敵(かな)わない。

「楽にしてくれ」馬車に乗りこむ彼女に手を貸しながら、アダムはなだめるように言った。

　エドウィナは好戦的に顎を上げ、言葉を返さなかった。アダムが向かいに腰かけ、穏やかに視線を向けてきても無視を決めこんだ。やがてアダムは顎を強ばらせ、口元を引き結んだ。無関心を示されれば、それはそれでエドウィナの苛立ちは増した。どうにも気持ちが落ち着かなかった。ロンドンから一キロ遠ざかるごとに腹立たしさが募り、目的地が、叔父と対峙(たいじ)するときが近づくにつれ、動揺が増した。たとえアダムと目は合わさなくても、彼の香水の香りからは逃れられなかった。それでもエドウィナは冷たい沈黙の壁を築いて、無視を続けた。

　アダムは椅子にゆったりと寄りかかり、向かいの冷たい顔を穏やかに見つめた。エドウィナが築いた沈黙の壁を破るつもりはなかったが、彼女の怒りはひしひしと感じられた。

　馬車が並木道をひた走り、エドウィナの透き通った肌にまだらな影が横切るのをアダムはのんびりと眺めた。レースの縁取りがあるクリーム色と緑色のドレスに身を包んだ彼女は上品で美しかった。冷たく清らかで、驚くほど官能的だ。こうして馬車という狭い空間にいると、体が反応するのがわかる。アダムは彼女の持つ影響力に驚いて、密（ひそ）かに苦笑した。これ以上感情が暴走すれば、触れずにいるのも容易ではなくなりそうだ。

突然馬車が大きく振動し、エドウィナはアダムの顔に目をやった。最初はかすかな当惑と考えるような表情が浮かんだだけだった。けれど青い瞳に強く揺るぎなく見つめ返され、エドウィナは頬が熱くなった。馬車という隔離された快適な空間に穏やかな空気が流れ、一瞬物足りなさすら覚える。

エドウィナは再び過ぎゆく光景に目をやった。車輪の転がる音と馬の蹄（ひづめ）が地面を打つ音だけが沈黙を埋める。出発から四時間が過ぎ、これ以上この緊張感に耐えられないと思ったとき、懐かしいオークウッドホールの小塔と高い煙突が目の前に現れた。

# 10

タップローコートとタップロー村のほぼ中頃に位置する、落ち着いたピンク色の館に着くと、アダムは先に馬車を降り、エドウィナに手を差しだした。彼女は危険な炎のような表情を投げかけると、彼の手は顧みず、砂利敷きの車寄せへと踏みだした。そして懐かしさにのみこまれないようにと自分に言い聞かせながら、どこよりも見慣れた光景を見回した。

ところどころにデイジーが顔をのぞかせる柔らかな芝生と木々と色とりどりの植物が、外の世界とのクッションになっていた。背の高い木々の葉は秋には朽葉色に変わり、そよ風に揺れて木々を鳴らし、地面を埋め尽くす。館の壁には藤と真っ赤なツタが絡まっていた。何もかも同じに見えるけれど、実際には何一つ同じではない。エドウィナは深く息を吸った。叔父はどこにいるのだろう。

叔父が近づいてくるのは、姿が見えるずっと前からわかっていた。館を取り巻く砂利敷きの小道を歩く、薄気味悪いほど一貫した足音。そして、ついに角から姿が現れた。そこで見せた反応。アダムの隣に立つエドウィナを見たとたん、叔父は目を釘付けにして立ち止まった。重苦しい表情に何かしらの表情がよぎり、少し離れた位置からでも叔父の青い瞳が冷たく色を薄めたのがわかった。やがて叔父は気を持ち直したように、きびきびと近づいてきた。

相変わらず品のいい身なりだった。黒いフロックコートに地味な灰色のベスト、器用に結んだネクタイを金のピンで留めている。エドウィナの父が小柄でずんぐりした体型だったのに反し、叔父は長身で余分な肉はついていない。叔父の射るような視線に、エドウィナは冷たいものを感じた。

ヘンリーは目を細めて姪を見つめた。エドウィナがどう思おうと、ヘンリーは情に欠けた人間ではなかった。姪が家出をして真剣に心配していたのだ。だが姪が戻ったことへの安堵感は、反抗的な視線を見た瞬間に消えた。この期に及んでも、エドウィナは佇まいに気高さを漂わせていた。小さな顎には自尊心も。あれほど叔父の顔に泥を塗っておきながらも、エドウィナは顔を高く上げて歩み寄った。

「戻ったか」ヘンリーはぶっきらぼうに言った。

その棘のある口調にエドウィナは身を硬くした。歓迎も、愛情も温もりもない。エドウィナは目を閉じ、耳を塞ぎたくなった。どうしていつもこうなの？　わたしに優しさも何も表してくれない。

「ご覧のとおり」ぶしつけに聞こえることも厭わず、エドウィナは答えた。喉が強ばる。叔父の頑なな顔からは、アダムが言っていたように心配していたようすなどみじんもうかがえない。確かに髪は以前より白くなり、目尻の皺も記憶より深くなっているけれど、消えた姪を心配したせいばかりとは信じきれないものがある。

「自分の意思で戻ったのか？」叔父は尋ねた。

「まさか。無理やり連れてこられたの。自分の意思なら、まだロンドンにいたわ」エドウィナはアダムを睨みつけた。その返事がどれほど彼を怒らせるかはわかっていた。だが今は気にかけたくなかった。

ヘンリーはうなずいた。「そうか」目を細め、その目をわずか後方に立つアダムに向ける。胸を張り、頑とした表情を浮かべたその姿からは、未払いの負債について話し合ったときに感じたのと同じ、自制した力と揺るぎない自信が滲みでていた。

そのときの話し合いは予想以上の結果に終わった。新しいタップロー伯爵は先代よりはるかに寛大だった。ヘンリーは所蔵の美術品の中から上質な絵画二枚を譲り、その価値はゴードンがサイラス・クリフォードから借り入れた金額にいまだ数千ポンド足りなかったが、アダム・ライクロフトはそれで借金を完済したことにしてくれたのだ。

「姪を連れ戻してくれたことに礼を言わせてもらう。あなたなしでは、いまだ居場所も突き止められなかった。この娘には聞きたいことがたくさんある」

アダムは歩み寄り、年長のその男に冷静な目を向けた。実のところ、あまり好感の持てる相手ではなかった。だがオークウッドホールを訪ねたとき、ヘンリー・マーチャントの姪を案じる気持ちは間違いなく本物だった。だから、こんなふうに反目するのではなく、もう少し優しさや思いやりをもって姪を迎えればいいのにと思わずにはいられなかった。

「無事にあなたのところに戻れてよかった。実を言うと、エドウィナのことは数週間前から知っていたんです。ですが身元を打ち明けてくれたのが今日で。

中に入りましょうか？　少しお話をしたい」

屋敷の中に入るとヘンリーは、帰宅したエドウィナを安堵の表情で見つめる使用人たちに下がれと顔で合図した。そして三人だけになるなり、ヘンリーは怒りを抑えきれないようすで姪を振り返った。

「いったい何を考えている？　若い娘が目上の者に盾突くなど聞いたこともないぞ。後見人に逆らって、おまけに誰の許しも得ずに家を出て、家名に傷までつけるとは。こんな形で野蛮な恐ろしい連中がうようよしている世の中に飛びだして、みんなどれだけ心配したと思う。世間知らずな十七歳の娘が生きていけるわけがない。身を守る術も――」

「どうにかなったわ」エドウィナが遮った。

悔いるそぶりもなかった。エドウィナの声の毒々しさとその目の敵意に、ヘンリーは言葉をのんだ。緑色の瞳の奥に何かしら、暗く密かなものがちらついている。語気の強さも気になった。今の言葉は経験に基づいたものだろう。彼は少なからず痛みを覚えた。何があった？　家を飛びだしたほどだから、さぞかし恨んだのだろう。ずいぶん変わった。以前はなかった強さがある。いや、きつさと呼ぶべきか。

この強情で頑固な娘に実の父親はよく根負けしたが、ヘンリーはそうはするまいと心に決めていた。残念ながらヘンリーは知らなかったのだ。十七歳の娘の扱い方も、彼女が一度反感を持ったら、たとえばサイラス・クリフォードとの結婚のように、どこまでも反感を持ち続けることを。

「自分の部屋に戻ってもいい？　まだそう呼べるならだけど」エドウィナは階段に目を向けた。

「ああ。部屋はおまえが出ていったときのままだ」

「ありがとう」

エドウィナが背を向けようとしたところでヘンリーが引き止めた。

「その前に一つ聞いておく」ヘンリーは冷ややかに

言った。「もう二度と行方をくらまさないと約束できるか？　おまえを捜すのにずいぶんと時間も金も使った。次にまた失踪したら、こんなことは言いたくはないが、おまえと縁を切る」

「脅しているの、叔父様？」

「ただ今の立場を話しているだけだ」

「約束するわ」

「それを聞いて安心した」

　ヘンリーは踵を返し、開いた扉から書斎に向かった。アダムがついてくるものと思って。だがアダムは階段に向かおうとしたエドウィナに声をかけた。

「ちょっといいかな、エドウィナ？」

　言葉を交わすのはロンドンを離れてから初めてだった。エドウィナは冷たい視線を向け、恨みのこもった重苦しい声で言った。「よくないわ」

　アダムは眉をひそめた。「その態度はよくない」

「そう？」エドウィナは少しも譲歩しなかった。

「だったら、どうしてこんなことをしたの？　あなたが連れ戻したのよ。もう二度とあなたの顔は見たくない。二度と。臨終の日まで憎み続けるから」

　その高慢な姿勢と怒りの言葉にもかかわらず、エドウィナの目が涙で光っているのがわかった。自尊心でどうにか自分を支えているのだ。やはり彼女は上流階級の娘なのだとアダムは思った。だからこそ、ただの欲望の対象にはできない。

　脅し文句は聞き流して、アダムは優しく言った。

「君からそんな言葉を聞くのは残念だな。僕が出会った中で最もすばらしくて美しい人なのに」叶息をついて、そっと彼女の頬を指で撫でる。「昨夜、僕の腕の中で感じたのは憎しみじゃなかっただろう？　僕と同じものを求めていた。それは今もだ。君の唇の味は今もまだ僕の唇に残っている」

　それが事実だからこそ、エドウィナは返事につまってアダムを見つめた。切なさが全身にあふれて体が震え、苦悶の炎に必死で抗った。なんて不実な体だろう。惨めでどうしたらいいのかわからず、エドウィナは気力を失って顔を背けた。

「君はいつか僕を許す」アダムは優しく続けた。「いつまでも憎める人じゃない」

「うぬぼれすぎよ」エドウィナは吐き捨てると、怒りに隠れ蓑を求めた。背を向けたところで、アダムが腕をつかんで振り返らせる。彼の目が瞳の奥をのぞきこんだ。「放して」エドウィナはその手を振り払おうとした。アダムがますます手に力をこめる。

「やめるんだ、エドウィナ」アダムは静かに命じた。彼女の意志の強さはわかっていた。繊細な外見の奥に鉄の層が隠れている。「いずれ僕に感謝する日が来る。明日か明後日に会いに来るから。その頃には君も少しは落ち着いているだろうし、話しておきたいこともある。そのとき話し合おう」

その傲慢な口調にさらに苛立ち、エドウィナは彼の手を思いきり振り払って背を向けた。「消えて、アダム。あなたに出会った日が恨めしい」

階段の下にたどり着いたところで、アダムが有無を言わさぬ口調で言った。「覚えておくんだ、エドウィナ。明日か明後日だ」

来ても無駄よ、絶対に会わない。彼女はそう言おうとしたが、動揺のあまり声にならなかった。

自分の部屋に着くと、マギーが待っていた。乳母で、メイドで、親友で、以前のエドウィナにはそのすべてを兼ね備えた存在だった。六十歳近くで、白いレースのキャップで覆った黒髪には銀色がまじるものの、いまだほっそりと上品な佇まいだ。エドウィナを待つ灰色の瞳は不安で陰り、両手は腰元でしっかりと握られていた。

「よかったですわ。戻られてほっとしました。お母様がいらしたら、どれだけ心配なさったか」

「母が生きていたら、家出したりしなかったわ。こんなことにはならなかった」

「そうですね。でも、よくぞご無事で」マギーはエドウィナを抱きしめてから、軽く体を離した。「ご苦労なさったでしょう？」

「それなりにね」マギーの温かな言葉に触れ、エドウィナの目に涙がこみあげた。この年配のメイドを愛していた。マギーがどれだけ心配したかと思うと自分が恥ずかしくなる。オークウッドホールを出る際、心配しないでと走り書きした手紙を化粧台に残しただけだったのだ。「でも、それもいい経験だったわ。こうして元気に戻れたんだから」

「ええ、神に感謝します。どれだけお会いしたかったか。お嬢様のことが心配で心配で」

「ごめんなさい、マギー」エドウィナは罪悪感にかられてマギーを温かく抱きしめた。「あんなふうに家を出るなんて、浅はかだったわ。でもわたしの気持ち、あなたならわかってくれるでしょう？」

家を出る前のエドウィナがどれだけ悲嘆の涙を流していたかを思いだし、マギーの顔が強ばった。あの頃のエドウィナは叔父からサイラス・クリフォードとの結婚を強いられ、目に見えて落ちこんでいた。思いつめた顔で、社会的催しにも出ていかなくなった。見かねてサー・ヘンリーにかけ合おうかとも思ったけれど、無駄骨に終わるだけでなく、追いだされかねないことを考えると、勇気がなかった。自分がいなくなれば、エドウィナはどうなるの？

「そうですね。誰もお嬢様を責められません。でも、もう出ていかないでくださいますね？」

「ええ。叔父とは話し合うことがたくさんあるけど。タップロー伯爵は亡くなったそうね、マギー。だから、そちらのほうは心配しないですみそうだわ」エドウィナはボンネットを外すと、何も変わっていない部屋の中をうれしそうに見て回った。

マギーは眉をひそめてじっと見つめた。「なんだか、お変わりになりましたね、エドウィナ様。部屋に入られたときから思いましたけど」

「ええ、変わったわ」エドウィナは化粧台の前の椅子に腰を落とし、鏡の向こうの真剣な顔を見つめた。「いろんなことがあったから。いいことばかりじゃなかったわ。でも、わたしはわたし。わたしはもう誰の指図も受けないわ。ヘンリー叔父様には特に」

「確かに厳しい方ですけど、叔父様はお嬢様がお戻りになって本当に安堵されたと思いますよ。誰よりも案じていらしたんです。国中に人をやって捜されたくらいですから。このままだとどうかされるんじゃないかと思うほどご心配なさってました」

エドウィナの唇が苦笑で歪んだ。「叔父様が? あの出迎えを見たらとてもそうは思えないわ」

「それにしても、どちらにいらしたんです? もうお戻りにならないかと思いかけていたんですよ。お嬢様の身に何かあったのかもしれないと」

いまだくすぶるアダムへの怒りを隠しきれず、エドウィナの目が険しくなった。「戻るつもりはなかったわ。フランスに渡って、母の身内を捜すつもりだったの。でも、たまたま知り合った紳士がわたしの素性を知ってね」エドウィナはマギーに、アダムとの出会いや絵画のこと、さらには彼の屋敷に滞在していたことや連れ戻された経緯を話した。

「まあ、それはおもしろいこと」マギーはまじまじとエドウィナを見つめて言った。「なるほどね」

エドウィナは鏡越しにマギーの目をとらえた。「なるほどって何が？」

「今話された紳士、わたしの記憶ですと、先日サー・ヘンリーを訪ねてオークウッドホールにいらした方ですよね。その方がお嬢様が変わられた原因かと。彼のお屋敷に住んで、毎日一緒に過ごされて、きっと親しくなられたんですね——感情的に」

「ああいうタイプの男性は知らなかっただけよ。でも今ではどういう人かわかったから」

　エドウィナはそこで黙りこんだ。前夜の情熱を必死で追い払おうとするものの、思うようにはいかなかった。まるで嘲るように、あれを愛だと思いこんでいた愚かな小娘の姿がますます鮮明に蘇(よみがえ)る。ばかだった。あんなにもやすやすと彼の欲望の餌食になるなんて。エドウィナは鏡の中の顔を見つめた。記憶を追い払うと共にその顔は険しくなった。

「アダム・ライクロフトは女性の扱いがうまいの」彼から受けた苦痛と傷をマギーに隠し通すのは不可能だった。「傲慢なくらい。あの笑顔で、近づく女はみんな落とせると思っているわ」

　エドウィナの心で、対立した二つの感情が激しくせめぎ合っているのを感じ、マギーはその紅潮した顔を不安げに見つめた。「それで、お嬢様は？」

「わたしが、何？」

「そのプレイボーイの餌食になられた？」

「ええ」エドウィナはそっと白状した。「でも、まさか家に連れ戻すなんて」

「お嬢様のためだとはお考えになりませんか？　あなたを大切に思っていらっしゃるからと」

「だとしたら、おかしなやり方ね」エドウィナは熱くなって言い返した。立ちあがり、腕を組んでベッドの支柱に寄りかかる。アダムから家に連れ戻すと宣言されてからずっと、彼の行動の言い訳を探そうとしてきたが、無駄だった。切れ味は鈍っても、憎悪はいまだ強く残っている。愛(いと)しさと同じように。エドウィナは眉根を寄せて言った。「彼の人となりがよくわかったの。威張り散らす獣(けだもの)よ。わかるでしょう。だから、もう二度と会いたくないの」

　マギーは顔を背けて、そっとほほ笑んだ。「おや、まあ。そうですか？」

サー・ヘンリーと少しばかり話したあと、アダムはエドウィナには会わずに屋敷を出た。馬車に乗り、御者に行き先をタップローコートと指示する。

叔父からダイニングルームに呼ばれ、エドウィナは一階に下りた。先ほどの怒りはもはや表面にはなかった。ダイニングルームに現れたのは、自信たっぷりに落ち着き払った若い娘だった。

叔父は両手を後ろで組み、窓から外を見ていた。物思いに沈んだようすで、エドウィナが部屋に入っても、ちらりと振り返っただけだ。冷たい態度。感じのいいものではないとエドウィナは思った。

「部屋は何も変わっていなかっただろう？」

「ええ、ありがとう」エドウィナは動かない人物に自ら歩み寄った。「アダムから何か聞かれた？」

「いや、何も」それは事実だった。アダム・ライクロフトは、家を出てからの詳細はエドウィナが話すべきとの考えだった。その上、驚いたことにエドウィナに愛情を抱いていることを告げ、結婚を申しこんできたのだ。おまけに持参金は辞退すると。エドウィナにはまだ内密にということだった。ヘンリーは思案した。姪の先代に対する嫌悪感が真っ先に頭に浮かんだが、それでも新しい伯爵を敵に回すのは好ましいと思えず、うなずいて許可を与えていた。

さらにアダム・ライクロフトは、タップローコートを相続したことも自分が折をみて打ち明けるまでエドウィナには話さないでほしいと念を押した。今の彼女にはそれと向き合う余裕はないからと。おかしな要求だと思いながら、それにも同意した。

ヘンリーと向かい合い、エドウィナは叔父の非難めいた視線が髪に向かうのを感じた。ボンネットを外した姿に、ぎょっとして目を見開いている。アダムとセントジャイルズで出会った頃よりはかなり伸びたが、それでもかなり短いには違いなかった。

「その髪はどうしたんだ？」

エドウィナは赤銅色の短い巻き毛に軽く触れた。

「短くせざるを得ない状況にあったから」

「なんてことを。おまえの家出を知るのはこの屋敷の者とサイラス・クリフォードだけだ。他はみんな、西方の友人のところだと思っている。出奔していたことは気づかれないようにするんだ。低俗なタブロイド紙におまえの名前が躍るのを見たくない」

「ええ、わたしも」エドウィナは乾いた声で答えた。

「アダム・ライクロフトの話だと、偶然友人の家で会ったそうだな。おまえをモデルにした絵が仕上がったとか。わたしが許可を出せばすぐに王立アカデミーに展示されることになっているらしい」

エドウィナはふかふかのカーペットの上を歩き、磨き抜かれたテーブルを指でなぞって懐かしい部屋を見て回った。「そう？　許可は出されたの？」

ヘンリーはうなずいた。「気乗りはしなかったがね。おまえがこの数カ月、ソファで絵のポーズを取っていたかと思うとぞっとするよ。おまけに姪の絵が無数の人々の視線にさらされるとは」

叔父のうがった、どこか宗教がかった考え方に、一瞬エドウィナは頬を緩めたが、すぐに元の無表情で覆い隠した。「意外なことをおっしゃるのね。叔父様ご自身も、何時間も絵をご覧になっているのに。わたしは絵のモデルになったことを恥じていないわ。それどころか、すてきな経験だったもの」

「皮肉など、おまえらしくない」ヘンリーがきつくたしなめた。そして声を和らげて続ける。「アダム・ライクロフトと長い時間を過ごしたのだろう。彼をどう思う？　いい印象を持ったか？」

エドウィナは窓からなだらかな芝生を眺めた。叔父の視線をまじまじと感じる。エドウィナは木心を覆い隠し、芝生の上で色鮮やかな雄のキジが気取った足取りで雌を追いかけるのを見つめた。アダムを思い浮かべると、唇に苦笑いが浮かぶ。「まあ、印象的な方ではあるわ。独裁的でうぬぼれ屋で、とてもハンサム。でも、どうしてそんなことを？」

「おまえの意見に興味があっただけだ。知り合って間もないが、わたしの受ける印象はだいぶ違う。身分も財力も人望も備えた男だ。画家としての名声もある。理性的で公明正大な人だという印象だよ」

「それは言いすぎよ。まるで欠点のない人みたい」

ヘンリーは顔をしかめた。「欠点は当然あるだろう。完璧な人間などいない」ヘンリーはそこで押し黙り、姪を正面から見据えた。「家出の件は、おまえから話してくれるものと思っている。ここを出てからどうしていた？　あてはあったのか？」

「母がフランスに身内がいると言っていたのを思いだしたの。リヨンに。そこを頼って出直すつもりだったんだけれど、ロンドンに着く前に所持金を全部盗まれて、ここへ引き返すか働くかの選択肢しかなかったわ。そこで後者を選んだの」

「働く？」ヘンリーは不気味なほど凝視した。「何をして？　きちんとした仕事なんだろうね？」

「売り子よ――帽子屋の」エドウィナは嘘だと見抜かれないように目をそらした。ジャックと知り合って泥棒をしていたことなど、とてもではないが口にはできない。「そのあとアダムに会ったの。絵を描かせてほしいと言われて、途方もない金額を提示されたわ。彼がわたしの素性を知ったのは今朝よ。そうしたら急にわたしを連れて帰ると言いだしたの」

「彼が分別のある人でよかった。わたしと知り合いだと知っていたら、自分の素性を話したか？」

「いいえ」

「だろうね。後見人になったとき、おまえはもういい加減大人なのだから、後見人の指示に従わなければならないことぐらいわかっていると思っていた。だがおまえの頑固さは昔となんら変わりない」

「そんなつもりはないわ。いつだって義務は果たしてきたつもりよ。父からはふさわしいこと、正しいことをするように言われてきた。でもサイラス・クリフォードとの結婚はわたしのためにはならないことだった。叔父様がひどく望んでいらっしゃるのはわかっていたわ。その申し出を受けることがわたしにとってどれほど名誉でありがたいことか、散々聞かされたもの。このまたとない機会を逃したら、わたしは絶対に幸せにならないともおっしゃった」

「おまえの反論は若さと未熟さゆえだと思っていた。あのとき、彼を拒絶するのは愚か者だ」

エドウィナの目が怒りに燃えた。「だったらわたしは愚か者でいいわ。あんないやらしくて節操のない老人と結婚するぐらいなら。あのとき、わたしの気持ちなんてなんの意味もなかった。聞いてもくれなかった。それも家を出た理由の一つよ。叔父様と伯爵のふたりと同時に戦うのは無理だったから。伯爵が亡くなったと知っても、悲しみも後悔も感じなかったわ。あったのは安堵感だけ。わたしが家を出たと知ったとき、伯爵の反応はどうだった？」

「怒り狂っていたよ。すぐに自分であとを追おうとした。だが脳卒中を起こして、結局そのままだ」

「小娘に計画を台無しにされてかっとなったからね」エドウィナは良心の呵責すら感じなかった。

「結局おまえがあのまま彼と結婚していても結婚生活は短かったし、今頃はとんでもなく裕福な若い伯爵夫人になっていたわけだ」ヘンリーは鋭く指摘した。「おまえは、わたし以上の助言者はいないと気づくべきだった。わたしはおまえの反抗心が不安だったんだ。あんな形で家を出て、父親がわたしに託した権限を踏みにじったも同然だぞ。父親が亡くなってから、おまえのためにどれだけ心を尽くしてきたか。おまえときたら、感謝一つしたことがない。いつだって無礼な態度でわたしを侮辱する」

「父だって叔父様を後見人にしたときには、まさかこうなるとは思っていなかったでしょう。でも肝心なのは誠意だわ。叔父様はわたしにも父にも、それは少しも見せてくださっていない」

「それで思いだしたことがある。おまえとの間ではっきりさせなければならないことがあったな」

ヘンリーは言葉を切り、考えをまとめて事実を整理した。内心このときが来るのを恐れていた。自分にとっては、いまだにぱっくりと開いた傷口のような出来事だ。ヘンリーはエドウィナが立つテーブルに歩み寄り、ごくりと喉を鳴らした。そして長い沈黙のあと、切りだした。

「家を出た理由が他にもあるのはわかっている。わたしがおまえの父親を殺したと思っていたのだろう？」

「ええ」もはや否定する理由も見つからず、エドウィナは答えた。

「まだそう思っているのかね？」

「今は、わからない。あのとき叔父様のようすが変だったのは確かだわ。わたしに何も話そうとしてくれなかった。あの日、何があったのか。ただタップローコートに行く途中に暴漢に襲われたと話しただけ。でも叔父様は何も奪われず、無傷だった。わたしが尋ねると、怒って口をつぐむだけ」

「おまえを守るためだ」

「何から守るの？　話して。あの日、叔父様たちはサイラス・クリフォードに会ったの？」

蘇る記憶に目が険しくなった。「会った」ヘンリーは前置きなく言った。「タップローコートから馬で会いに来た」

「まさか」エドウィナは真実の衝撃に愕然として叔父を見つめた。「父を殺したのはサイラスなの？　だから口をつぐんだのね？」

「そうだ。彼が生きている間は心が重くて苦しかった。だが、ようやく本当のことが話せる」

# 11

エドウィナは新たな苦悩に身動きできなかった。これほど肝心なことを叔父がずっと隠していたことが言葉に出せないほどの衝撃だった。「でも、どうして？　なんのために？」

ヘンリーは頭を垂れた。姪の冷たい怒りを前にどうしようもない無力さを感じ、いっきに老いた気がした。この数カ月間でエドウィナの生まれ持つ資質が開花したようだった。もはや自分は言うことを聞かない子供を叱る後見人ではなく、別の大人に問いつめられるひとりの大人だった。

「サイラスはゴードンに取引を持ちかけていた。おまえもその取引の一部だ。ゴードンは自分の借金との引き換えに、おまえを彼と結婚させることは拒否した。だがサイラスは認めなかった」

「つまり、伯爵はすでに父にわたしの件を申しでていたわけ？　でも父は何も――」彼女は動揺した。「父はそれを拒否したから、殺されたっていうの？」

「結果的にはそうなる。怒りの言葉の応酬があった。サイラスがかっとなって荒れ狂い、ゴードンはそれをあざ笑った」ヘンリーの表情が歪んだ。「サイラス・クリフォードのような身分の者は人からそういう扱いを受けることに耐えられん。しかも相手は、かなりの金額を貸している相手だ。サイラスはナイフを取りだした。思いもよらなかった。しかもあっという間だった。わたしにはどうすることもできなかった。助けようとはしたんだ。助けようとは」

エドウィナは叔父の話に憤りと不信感を覚えた。叔父の瞳は苦悩で曇り、声には自責の念が滲んでいたが、怒りで気づけなかった。「あの男は怪物よ。

父は勇気があったんだわ。でも、叔父様は反対。あの日、タップローコートに発つ前にもめていたのはそのことだったのね。そのときでも叔父様はわたしをサイラス・クリフォードと結婚させたがっていた」

「ゴードンは、おまえをあの男に嫁がせるより債務者刑務所に入るほうを選ぼうとしていた」

「残念だわ、その思慮深さが叔父様にはなくて」エドウィナは蔑むように言った。「だっておかしいでしょう。そんなことがあったのに、わたしを自分の兄を殺した人間に嫁がせてまで財産を増やそうとするなんて。後先も考えず」ぞっとしてエドウィナの口が歪んだ。「卑劣すぎる」顔を背けて目を閉じる。憤りと失望と敵意が複雑に絡んでこみあげる。

　エドウィナの軽蔑まじりの憎悪がヘンリーから怒りを引きだした。「おまえの父親が思慮深い人間なら、十分あった相続財産を賭け事で失ったあげく、不動産を抵当に入れることもなかった」ヘンリーは腹立ち紛れに指摘した。「弟のわたしはほんのわずかしか相続できず、それでも仕事と倹約でなんとかやってきていたんだ。社交界の華やかな誘惑も避けて。そんな煮え湯をのまされたあげく、いざゴードンが死んで相続人になったら、今度は向こう見ずな浪費家の兄の後始末だ。手元には感謝の気持ちの欠片もない反抗的な姪がひとり遺されただけ」

「だから、その姪を何がなんでも追いだしたかったのよ」エドウィナは言い返した。その言葉がどれだけ深く叔父を傷つけるかも、叔父がどれだけ自分の行為を悔いているかも気づかずに。

　感情のみなぎる沈黙が流れた。叔父の行動は納得できなかったが、苦々しさは理解も共感もできた。公平に見れば、もし叔父が長男なら、父よりもずっと有効にオークウッドを管理していただろう。

　エドウィナはできるだけ穏やかに言った。「タップロー伯爵が父を殺したなら、どうして捕まって罪を償わなかったの？　自分のしたことには責任を取るべきだわ。絞首刑でもおかしくないはずよ。犯罪を証明する目撃者はいなかったの？　馬の世話係は？」

「いなかった。彼はひとりで来ていた」

「じゃあ、叔父様は？　どうして彼を治安判事に引き渡さなかったの？　そうするものでしょう？　しかも殺されたのは実の兄なんだから」声が震えた。「みすみすサイラス・クリフォードを見逃すなんて。それどころか、何もなかったみたいにわたしを彼に嫁がせようとまでするなんて」

叔父は硬直し、それからいっきに勢いをなくした。息をつき、目を伏せる。「誠実ではなかった。それはわかっている」叔父の声は重く、一瞬彼女と視線を合わせたものの、すぐに目をそらした。「それが困難だったことはわかってほしい。おまえは怒って当然だ。サイラス・クリフォードをあれほど拒否した理由も、家を出た理由もうなずける。わたしはあんな悲劇が起こる前も、結婚の申し出を断るのは愚かだとゴードンを責めていた」

「でもわからないのは、彼が父を殺したあともなぜ気持ちが変わらなかったかだわ」エドウィナはあえて目を合わせた。「叔父様、彼が怖かったの？」

叔父の体が強ばり、一瞬否定するのかと思われた。

「そうだ」ヘンリーは答えた。この数カ月間の重荷と黙っていることへの罪悪感がいっきに流れでて抜け殻になった気がした。「サイラス・クリフォードは権力も影響力もある男だ。誰も逆らえなかった。タップローコートにいるだけで脅威だった。手のこんだやり方で沈黙を要求してきた。もしひと言でも口に出そうものなら、間違いなくゴードンと同じ運命をたどっていただろう」

「沈黙の見返りとして、相当な金額を得たのでしょう？」エドウィナは容赦なく責めた。不当なのはわかっていた。それでも怒りに矛先を向けるしか、心を引き裂かれそうな痛みに耐えることができなかった。「お金で叔父様の口を塞いだ」

ヘンリーは青ざめた。「それはない」

突如エドウィナの敵意は弾け、怒りは消散した。

「誰も法を逃れてはいけないの」瞳が陰り、肩を落とした叔父が急に老いて見え、エドウィナの口調は和らいだ。「彼をかばったのは間違いだった」

「ああ。悔やんでいる。だが彼の身分だ。決定的な証拠なくしては陪審は有罪にしなかっただろう」

「そして」エドウィナは静かに、深い悲嘆をこめて言った。「父を殺した犯人は永遠に罰せられない」

ヘンリーは穏やかに姪を見つめた。「ああ。しかもサイラスはもう亡くなっている。追及したところで、相続人を混乱させるだけだ。それに、そもそも彼がお金を貸してくれたおかげでゴードンが刑務所行きを免れたことを忘れてはならない」

「そうね。しかも、その借金は未払いのまま」

「いや。それは片がついた。新しいタップロー伯爵はサイラスのいとこだが、彼がこの件でわたしを訪ねてくれてね。そこでその、合意に達した」

「どんな方？　いとこに似ていらっしゃるの？」

「似ても似つかんよ。背の高い男前で、まだ独身だ。近いうちにおまえも会うだろう。エドウィナ、わたしはやり直せるものなら、やり直したいと思っている。いつかわたしを許せると思うか？」

エドウィナは叔父を見つめた。そこにはいつもの冷ややかさも、よそよそしさも消えていた。代わりにあるのは、初めて見る温もり……。でも叔父は本当に、共謀犯同然だった罪を悪かったのひと言で償えると思っているのだろうか？　エドウィナは本音で答えた。「わからないわ。あれこれ考えると難しそう。でも、やってみる」

ヘンリーはわずかにほっとしてうなずいた。「それで十分だ」

　エドウィナが夕食の着替えのために部屋に戻ると、ヘンリーは閉じた扉を見つめたまま、姪が新しいタップロー伯爵のことを知ったらどう思うだろうかと考えた。先代同様に、彼も結婚を望んでいる。アダム・ライクロフトに向けたあの態度が本心なら、おそらくもめにもめるだろう。同じ空気を吸うのも嫌だと言わんばかりの態度だったのだから。

　しかしアダム・ライクロフトのことだ、姪の気持ちを変えるだろう。ヘンリーは強い確信を抱いていた。どうあれ今回は絶対に口出しはしない。あの新しい隣人について決断を下すのはエドウィナだ。

　エドウィナは風を切って馬を走らせ、森の入口にたどり着いたところで常歩に緩めて中へと入った。いつも馬で走っていた道だった。この木々に囲まれた場所が好きだった。空気はひんやりと冷たい。倒れて朽ちた老木を回りこみながら、その芳醇な香りを吸いこんだところ、突如足元にキジが現れた。驚いて思わず笑い声をあげると、キジはエドウィナに気づいて木々を抜けて飛び去った。

　そのまま馬で冷たい川に入り、ゆっくりと対岸に向かった。濡れた石から冷気がわきあがってくるようだ。対岸の道は腐葉土で柔らかく、しだいに周囲の木々が途切れだす。

　森の端にたどり着くと、エドウィナは鈍い日差しに葉が黒く輝く柊の木陰で馬を止めた。そこから遠く丘の上に見えるのがタップローコートだ。まるで眠る巨人のようだった。その上に雨を含んだ重い雲が垂れこめている。そろそろ戻らないと。エドウィナは身を乗りだして馬の首を撫でた。

「急いで帰りましょうね」そのささやきに、馬が耳をそばだてて柔らかないなきで応えると、エドウイナは静かに笑った。
物心ついたときからいつも馬は生活の一部だった。この柔和な目をした灰色の雌馬ダンサーは、父からの十五歳の誕生日プレゼントだ。馬に乗って蹄(ひづめ)で泥を蹴散らすと、気持ちが高揚し、心が晴れ晴れした。これほどわくわくしたのはオークウッドホールに戻ってから初めてだろう。すでに一週間が過ぎた。到着時はぎくしゃくした叔父との関係も、今はそれなりに落ち着きを取り戻している。

静寂に包まれていると、いつものように心はアダムへと向かった。彼はまだ一度も訪ねてきてはいなかった。別れ際にあれだけきついことを言いながら、彼が来なかったことに、エドウィナは落胆していた。アダムを思うといまだ怒りで熱くなるものの、まだ愛していると認識もさせられた。一週間前には正当だと思う理由で憎んでいたが、恋しい気持ちも止められなかった。油断するとすぐに心はアダムでいっぱいになって、じわじわとエドウィナを侵食した。

怒りを保つ力がすり減り、さらに穏やかな感情にとらわれていくのがわかった。自分でも信じられないほど彼が恋しかった。あの時間、あの笑い声、あのたくましさ、お互いの違い、そしてベッド。愛は、あの強く危険な感情は、今も心のすぐ脇にあった。目を閉じると、あの用心深い青い瞳が、美しく尊大な口元が、ふさふさとした髪と完璧な顔立ちが瞼(まぶた)に浮かぶ。その姿があまりに鮮やかすぎて、瞼を開けると目の前が涙でかすむほどだった。

エドウィナは吐息をつき、前方の、サイラスと結婚していたら自分の家になっていたであろう屋敷に目をやった。丘の上に鎮座する、恐ろしい黒き野獣。いくつもの煙突や屋根が天に向かってそびえる大きな建造物。ここまで近くでタップローコートを見たのは初めてだった。近づきたいと思ったこともなかった。けれど背を向けようとしたところでなぜか好奇心に負け、手綱を握ってダンサーを屋敷の前の長い車寄せに向かって進めていた。

そして背の高い鉄の門の前で足を止めた。そこから先に進むつもりはなかった。そのとき急に雨が降りだし、エドウィナは馬を道路脇の木々の下に寄せた。その奥は木がうっそうと茂る森になっていた。

エドウィナはその静寂に目をやった。木々が密集し、影が重なって、暗く静まり返っている。突如緊張が走った。人の気配を感じ、見られている気がした。暗がりに目を凝らす。無人に見えた。何も動かなかった。突如リスが木陰から飛びだして、びくりとした。けれど見られている感覚はますます強まり、うなじが逆立った。空気を切り裂く緊迫感に、エドウィナはなぜすんなりと引き返さなかったのかと自分を責めた。用心すべきだった。

できるだけ自然な動きで、ダンサーを森から離した。姿なき存在の感覚が強まりすぎていた。暗がりのどこからか見られている。エドウィナは背筋に冷たい汗を感じながら、血の気の引いた顔で節くれ立った大きな幹の、古い樫の木に目を凝らした。無意識に息を殺していた。緊張する性格ではなかったが、黒い外套に包まれた大きな姿がのしのしと現れたときには心臓が早鐘のように打ちだした。背後にもうひとり、別の男も見えた。その男は動かず、片方の男だけがどんどん近づいてくる。

それがジャック・ピアスだとわかったときには、驚きではなく嫌悪感に似た感情で全身が震えた。見覚えのある分厚い顔立ち、残忍な表情、もっさりとした眉の下でぎらつく黒い目、大きな体、つばにカラスの羽を挿した黒い不格好な山高帽。どうしてロンドンから遠く離れたここに？　追ってきたの？　だとしたら、わたしの素性も暴かれたの？

「俺の逃げた小鳥がタップローのねぐらに戻っていたか。久しぶりだな、エド、いや、エドウィナか？

さすがの俺様もすっかり欺された。世の中、何があるかわかったもんじゃねえ。まさかおまえさんがこんなべっぴんのお嬢様に変身するとはな」ジャックは鼻を鳴らし、嘲るようにお辞儀をして、エドウィナの大嫌いな残忍な笑みを浮かべた。

ジャックはエドウィナの逃げ道を塞ぐような形で近づいてきた。いざ面と向き合うと、これまでずっと心にしみついていたジャックへの漠然とした恐怖はもはや感じなかった。ふたりきりになったのは、路上で叩きのめされた夜以来だ。あれからいろんなことが変わった。あの頃のエドウィナは、残忍な悪党の手を逃れられない無力な被害者だったが、今は力も、叔父やアダム・ライクロフトの後ろ盾もある。それでもジャックの突然の出現には悪い予感を禁じ得ず、身震いを感じながらも、エドウィナはなるだけそれを表には出さないように努めた。

「ロンドンからはるばる来るなんて」

「挨拶ぐらいはしようと思ってな——せっかく近くにいるんだから」冗談のような口調だったが、エドウィナを見据える目は石のように硬かった。

「ずっと見張っていたわけ？」

「住まいはわかっている。どこに行ったか、誰と会ったかもな。俺からは逃れられん。おまえが姿を現すのを待っていたんだ。俺様から逃げたことを悔やませてやろうとな。しかし、おまえの素性を知ったときは驚いたよ。自分の幸運が信じられなかった」

「もうわたしに構わないで。仕方なくあんなことをしていたけど、もう終わったことなんだから。あなたを逮捕させてもいいのよ」ジャックが少しもおもしろそうでない、うつろな笑い声を響かせた。エドウィナは肌がざわつくのを感じた。

「いいか、聞け。まず第一に、それはおまえのためにならない。それともう一つ、これからする話を聞いたらおまえは俺を牢に入れようとは思わないはずだ。おまえと俺はまだ仕事仲間だ。おまえがどう思おうと、俺に手を貸さざるを得ない」

エドウィナは体を強ばらせた。迫る恐怖を必死で追い払う。どうしてこれほど自信満々な態度をとるの？「だったら、さっさとその話とやらをして消えるのね。わたしはもうあなたの仲間じゃないわ。終わったのよ」

ぞっとするような低い笑い声が響いた。「何を言うんだ。まだ始まってもねえのに」

彼の脅しが重くのしかかった。「なんのこと？」

ジャックはくつろいだ態度でエドウィナに背を向け、タップローコートを眺めた。長い沈黙が流れ、ようやく口を切る。「奇怪な屋敷だと思わねえか。それでも、あそこには俺様をこれ以上はねえってほど金持ちにするお宝がつまってる」

振り返った彼をエドウィナはまじまじと見つめた。「タップローコートに押し入るつもり？　押しこみ強盗をやっているのは知っていたけど、いくらなんでもそこまでやるなんて。どうかしているわ」

「そいつはどうかな。共犯がいればそう難しいもんじゃない。中から手引きしてくれれば楽勝だ」

誰のことを言っているのか気づいて、エドウィナは呆然と見つめた。「共犯？　わたしのこと？　冗談はよして。わたしがその薄汚い計画に乗ると思っているなら、誤解もいいところだわ」

ジャックがぞっとするような笑みを浮かべた。肉に埋もれた目が二つの黒い石炭のごとく冷たい光を放つ。「ずっと謎だった。おまえが本当は小僧でないと知ってからな。なぜ良家の娘が小僧のなりをしていたのかと。理由がなけりゃ、身を隠したいとは思わんだろう？　どこに隠れていたかが表に出ればどうなると思う？　しかもスリは育ちのよいご令嬢には自慢できる仕事でもあるまいに。ボンネットに羽根なんぞつけて、よい馬に乗ったお嬢様にはな」

エドウィナは背筋を伸ばした。顔から血の気が引き、緑色の瞳だけが怒りに燃えていた。「お忘れのようだけれど、あなたが盗みを強要していたのは汚れた十三歳の子供よ。育ちのよい十八歳の令嬢じゃないわ。誰もそんな話を聞いても信じない。触れ回りたいなら、どうぞそうしたらいかが。でも、わたしの目の前からは消えて。あなたの顔は二度と見たくないの」

ジャックの顔から笑みが消えた。その手を伸ばして轡(くつわ)をつかむと、ダンサーが落ち着きなく身をよじる。「勇ましい口を叩くじゃねえか、お嬢ちゃん。だが俺からは逃さねえ。もういっぺん一から従順を叩きこんでやる。二度と勇ましい考えを抱かねえようにな」

「あなたなんて怖くないわ、ジャック・ピアス」

「ほう、そうかい」この生意気な相手が少年エドなら、とっくに馬から引きずり下ろして殴りつけていたところだった。だが、この落ち着き払った娘が放つ冷たい憎悪に取り囲まれ、ジャックは動けなかった。「なら、隠し球を出すか」

エドウィナは悪い予感がした。「隠し球?」

ジャックが陽気さの欠片もない笑い声をあげた。「例のガキだよ。トビー・クリフォードって名の脚の不自由なガキの件だ」

エドウィナの心臓がとくんと跳ねた。「トビー? 見つけたの?」

ジャックはうなずいた。「ワッピングでな。臭いあばら屋に、爺(じじい)と婆(ばばあ)と熊と一緒にいた」

アダムが捜しても見つからなかった場所だ。でも本当なの? もしこれがただ自分を手伝わせたいための作り話だとしたら?「信じられないわ」

ジャックが射るように見つめてきた。「証拠はガキの話だ。死んだ母親のこと、伯父のサイラスの手で行きずりの旅芸人に渡されたこと。涙が出たぜ、まったく。本人から聞かないと、知るはずのない話だ」

彼女は信じた。「だったらその子を自由にしてあげて。この件はその子とはなんの関係もないのよ」

「逆だ。大いに関係がある。おいおい、今さらうぶなふりをするな。おまえだって、この俺が切り札もなく賭けに出るとは思っていないだろう」

ジャックがどれだけ残酷で節操のない人間なのかはわかっている。エドウィナはトビーのことが心配になった。ジャックの表情は比較的落ち着いているが、その目は冷たい殺気を孕んでいる。「何を企んでいるかは知らないけど、その子を傷つけたら、アダム・ライクロフトが黙っていないわ。それはわかっているはずよ。その子はどこにいるの？」

「優しい友人たちのところだ」ジャックは鼻で笑った。「俺が守ってやると言ってな。おまえさんがライクロフトに話す場合に備えて、厳重に守ってやっている。誰も近づけねえくらいにな」

「逃げきれないわよ」エドウィナは言った。「あなたに望みはないわ」

ジャックが目を細め、鼻の穴を広げた。「やったほうが身のためだぞ。俺の言うとおりにしないと、ガキは死ぬだけだ。そうしたらおまえに平和はねえ。昼も夜もな。説得する手段は他にもある」ジャックは首を傾げて物憂げに笑った。「おまえさんみたいな顔にナイフを走らせるのは気が引けるがな」

エドウィナは青ざめ、その脅しの生々しさに震えた。「脅さないで」

ジャックは肩をすくめた。「そんなつもりで言ったんじゃない。まあ、ガキの命がかかっていることは覚えておけ」

どうすればジャックの悪巧みに関わらずにトビーを解放させられるかがわからず、エドウィナはただ絶望的な思いで彼を見つめた。「こんなことはよして。トビーを解放して」

「何を言っても無駄だ」ジャックが言った。「俺の言うとおりにするまではな」エドウィナの憎しみに満ちたまなざしにも、ジャックは動じる気配すら見せなかった。青ざめた、苦悩に満ちた顔に諦めの色が濃くなる。「ライクロフトにあのガキを生きたまま会わせたかったら、俺の言うとおりにしろ。おまえがこの件をもらして、あいつが首を突っこんできたら、あいつが目にできるのは死体だけだ」

エドウィナは吐き気がした。「殺すの?」

「当然だ。だがおまえがタップローコートからお宝を頂戴しようっていう俺様の挑戦に手を貸せば、あのガキを無傷で連れてくると約束する」

「そうはいっても、わたしは疑り深いの。信じられると思う、あなたみたいな……?」

「泥棒を、か」ジャックが代わりに続けた。「おまえに選択肢はないだろう」ジャックがふっと笑った。


「まだ俺への恨みが消えないと見えるな。俺の計画じゃあ、おまえがあの屋敷への侵入を手引きしてくれることになっている。おまえと伯爵の間には何かあるって話も聞いたが、未来の伯爵夫人としてうまく立ち回れば、そう難しいことでもないだろう」

エドウィナは背筋を伸ばし、どこか勝ち誇った目でジャックを睨んだ。「それは無理ね。わたしにはもうタップローコートに入る資格がないもの。結婚話の出ていたタップロー伯爵は亡くなったの」

「とぼけるな」ジャックが怒りを向けた。「知らないとでも思っているのか。俺はサイラス・クリフォードの話をしているんじゃない」

「だったら誰の話?」

「その相続人だ。あのご立派なアダム・ライクロフトだよ」

すぐにはぴんと来なかった。エドウィナは言葉をなくしてただジャックを見つめた。恐怖と不信感で目を大きく見開き、世界が傾くような感覚を覚えながら。「アダムが？　タップロー伯爵？　そんなばかげた話、聞いたこともないわ」

　ジャックが苦々しげな目を向けた。「そりゃあ、驚きだったな」

「嘘よ」そう言いながら、心の奥では真実だとわかっていた。突如としてパズルのピースがぴたりとはまり、おぞましい絵ができあがっていた。なんて愚かだったのだろう。アダムはロンドン郊外にも屋敷があると言っていた。叔父とも知り合いだと言うから、てっきり近隣のどこかなのだと思っていた。まさかそれがタップローコートだったなんて。

　ジャックは肩をすくめた。手下のスリとタップロー伯爵の間に何があろうと知ったことじゃない。関心があるのは仕事のことだけだ。「嘘？　だったら本人に訊いてみな」そして後ずさった。「計画が練りあがったら、役割を知らせに来る。だがいいな、このことは誰にも言うなよ」

「うんざりだわ」エドウィナは嫌悪感をこめて言った。「あなたにはうんざり」

　ジャックは醜い歪んだ笑みを浮かべて、背を向けた。「ああ上等だ。決行日が決まったら知らせる。俺は急がん。時間をかけたほうがいい場合もあるからな」

　ジャックともうひとりの男の姿は、エドウィナが言葉を返す前に消えていた。まるで頭に鉄の輪を締められたようだった。口の中に灰の味がした。募る憤りを振りきるように、エドウィナは黒いヤギ革の乗馬手袋をはめた手で手綱を握りしめた。アダム・ライクロフトは悪魔だわ。まんまと欺かれていた。真実はなんの慰めにもならなかった。酸のようにじわじわと幻想を崩し、あとには無しか残らなかった。これでやっとわかった。わたしの人生はすでに終わっていたのだ。

# 12

エドウィナはジャックの話と自分への要求に追いこまれ、しばらくその濡れた世界から動けなかった。彼の悪巧みに手を貸すつもりはなかった、考えたくもなかった。けれど脅しは無視できない。あれは口先だけではない。非道で強欲な男だ。もしひと言でももらせば、トビーの命はない。彼の安全を思えば、黙っているしかない。それでもまだ幼い脚の不自由な子がジャックにどこかに押しこめられていると思うと胸が痛む。なんとかしてトビーを自由にする方法を見つけないと。でも、どうすれば？　すべての重みが肩にのしかかる。

突如蹄の音が聞こえてきて、エドウィナは我に返った。馬に乗った男性がふたり、自分のほうに近づいてくる。どちらもどっしりとした黒い外套に身を包んでいた。ジャックたちかもしれない。エドウィナは木立のさらに奥へと後ずさった。木の葉から音をたてて雨粒が滴り落ちる。木の幹も地面もいつしか濡れて光っていた。

ふたりがさらに近づき、エドウィナの目は背の高いほうの男性に釘付けになった。体が強ばる。雨避けに帽子を目深にかぶっていても、アダム・ライクロフトなのは見間違いようがなかった。一緒にいる男性にも見覚えがあった。ウィリアム・ヒューイット——タップローコートの管財人だ。ジャックの話はやはり本当だった。

エドウィナの気配に気づいたのか、ふたりが馬を止めて周囲に目を向けた。怒りにかられていたエドウィナはとっさにその場を立ち去ろうかと思った。もし姿を見られていなければそうしただろう。けれど、ふたりの視線はすでに自分に向けられていた。アダムが連れに何かしら告げ、彼はタップローコートに向かっていった。アダムはゆっくりとエドウィナに近づいた。

目の前で馬を止め、青い瞳でエドウィナの目をのぞきこむ。引きしまった顔にはユーモアの欠片も浮かんでいなかった。「エドウィナ、こんなところで会うとは奇遇だな。この土砂降りの中で何をしている？　馬の世話係も連れずに」アダムはエドウィナが向ける蔑むようなまなざしを無視してたしなめた。

エドウィナはいかめしい笑みを投げかけると、濃紺の外套の毛皮付きのフードを肩に下げた。ときどきどうしようもなくひとりになりたいときがあるなんて、きっとこの人には理解できない。「あなたには関係ないわ。あなたとは片をつけなきゃならないことがあるけれど」

声が尖り、その真剣な態度に彼が眉を吊りあげた。

「そうらしいね」

彼の無造作な態度が怒りに火を注ぎ、エドウィナはいっきにまくし立てた。「よくも素性を隠していたと、わたしを責められたわね。あなただって秘密にしていたじゃないの。この……偽善者。もうわかっているのよ。あなたはタップロー伯爵、そこの館の所有者なんでしょう」エドウィナはアダムから一瞬たりとも目をそらさず、いまいましい建造物を手で示した。「なんて姑息な……」高ぶる感情に喉を塞がれ、息が吸いこめずに声が割れる。エドウィナは怒りの涙を堪えて、顔を背けた。

アダムが彼女の顎に軽く手を触れて振り向かせ、反抗的な視線をとらえた。「そんなふうに思わせて申し訳ない」執拗な穏やかさで言う。「欺すつもりはなかった。だが、これでは弁明の機会も与えずに判決を下すのと同じだよ。僕がいとこの相続人で、次のタップロー伯爵なのは確かだ。だがなりたくてなった立場じゃない。歓迎はしていない。サイラスの称号も財産もほしいと思ったことは一度もない」

エドウィナは彼の手を振りほどいて睨(にら)みつけた。

「あなたの言うことなんて、信じない。ロンドンには掃いて捨てるほど男性がいるのに、よりにもよってあなたに会うなんて」精いっぱい侮辱をこめて怒りを吐き捨てる。「せっかくタップロー伯爵から逃げたのに、彼の相続人の手に落ちたなんて。先代には追いかけられて、次の伯爵には弄ばれた。これが悲劇じゃなきゃ。お笑いぐさだわ。わたしを欺して、さぞかし楽しかったでしょうね」

「欺してなどいない」

「そう？　だったらわたしは何？　ただの絵のモデル？　純潔を奪われたあともベッドを温める、おめでたいあばずれ？　教えて、アダム？　経験豊富なあなたから見て、わたしはどうだった？　最高級の売春婦に値する？　お金に換算したらいくらぐらい？」

アダムは目に危険なほど怒りを燃やし、奥歯を噛(か)みしめた。「いい加減にしろ。言いすぎだ」

「言いすぎ？　そんな言葉がよく使えること。あなたが何者かわかったことで火がついたの。しかも、これまでよりずっと熱くて、激しい火がね。あなたって人は、どうしてこんなに残酷な人でなしなのかしら。いつ打ち明けるつもりだったの？　打ち明けてほしかったわ。他の人から聞かされる前に」

木陰にいてもアダムの目が細まり、きらりと光るのがわかった。「叔父さんから聞いたのか？」

「叔父は何も話してくれなかった――なんて人」間断ない苦悩が声にありありと表れていた。

「僕が頼んだ。自分で話したかったから」

涙で目の前がかすんだ。頬を濡らす二筋の水滴をエドウィナは怒り任せに拭った。「悩ませないように話してあげる。ついさっき自分で気づいたのよ。

ウィリアム・ヒューイット——あなたのいとこの管財人と一緒にやってくる姿を見て」嘘は嫌いだった。だがジャック・ピアスと会ったことを話すわけにはいかない。「郊外にも屋敷があると話してくれたとき、どうしてここだと言わなかったの？」エドウィナはアダムの冷たく責めるような視線に耐えながら、尋ねた。アダムが怒りを堪えていることにエドウィナもようやく気づきだしていた。

「どうして？」アダムが腹立ち紛れに言った。「理由などない。あの時点では君の素性を知らなかった。わかっていたら、おそらく話していただろう」

「そして、もっと早く叔父の元に戻していた」

「そうなるな」アダムは突如豹のごとく馬を飛びおりると、エドウィナの馬に近づいた。帽子を脱いで放り投げる。「降りろ」

「いやよ」エドウィナは頑なに言い返した。彼がたとえ人でも殺しそうな表情をしていても屈したくない。顎を振りあげ、手綱を握りしめる。「雨が降っているし、屋敷に戻りたいわ」

「降りろと言ったんだ。話し合おう」エドウィナが頑として従わずにいると、アダムは彼女の手から手綱を奪い取って鞍から引きずり下ろし、不吉な雷雲のごとくのしかかるように見下ろした。

この一週間アダムはエドウィナに自分の素性をどう説明するか、自分の妻になってほしいと申しこんだら彼女はどう反応するか、そればかり考えていた。純潔を奪った罪悪感から結婚を申しこんだと思われたくなかった。誇り高い彼女のことだ、自尊心から反感を持ちかねない。しかも頑固だ。自分の叔父とすでにこの件を話し合ったことを知れば、ますますへそを曲げるだろう。

「君が少年エドだった短い期間は別として、僕にとって君はいつも途方もなく美しい女性だった。君への欲望は自分でも信じられないほどだ。わかっていなかったんだ。毎日毎日、君を目にしたらどうなるか。食べ物を前にした飢えた男と同じだよ。拷問だった、愛しい君のそばにいるのは。すっかりとらわれの身だ。タップローコートから戻って、君からどうしてもフランスに行くつもりだと聞かされたとき、何がなんでも阻止しなければと思った。君を失うのが怖かった」アダムはエドウィナの顎を包み、瞳をしっかりとのぞきこんだ。「君とあの夜を過ごしてから、僕はさらに君がほしくなった。まだ話すつもりはなかったんだが、僕は君と結婚したいと思っている」

エドウィナの心臓が止まりかけた。「え?」

「僕の妻になってくれ」

エドウィナは口を開けたものの、言葉はすぐには出てこなかった。「だ……だめよ」

「なぜ?」

「だって、サイラスのしたことがまだ生々しすぎて……。それに、あなたがわたしにしたことも」

「それは結婚しない理由にならないよ。自尊心と愚かさで本当の気持ちを遮ってはいけない。自尊心で心を裏切るなんてばかばかしいだろう」アダムは燃えるようなまなざしで彼女を見つめた。「それとも、いとこの犯した罪で僕を裁く?」

「いいえ。でも、あなたは彼の一族よ。それだけで十分だわ。もしあなたがあの夜のことで道義心から結婚しようと言ってくれているのなら、気にしないでいいの。わたしはあなたとは結婚できないわ、アダム」

「既成事実があるからこそ、結婚が不可避な場合もある」その言葉は静かだけれど的を射ていた。

エドウィナの頬に赤みが差した。経験したことのない狼狽が押し寄せる。彼の子を妊ったかもしれないという不安は常に心のどこかにあった。「そうね。でも結婚のきっかけとしてはいいものじゃないかしら」

「僕は無理やりベッドに連れこんだわけじゃない。君は進んで身を任せてくれた。楽しんでいるという印象すらあった。しかし、この話はこれぐらいにしておくよ――今のところは。僕の心は決まっているからね。そして最後には君が受け入れてくれる自信もある」

エドウィナが目を伏せた。長いまつげが扇のように広がり、頬に影を投げかける。

アダムの視線が唇に落ちた。柔らかなピンク色の思わず口づけしたくなる唇。その感触が蘇る。

「エドウィナ……」

そのかすれた声の響きにエドウィナは目を上げ、アダムの輪郭のはっきりした唇が深い欲望をたたえて待ち構えているのに気づいた。エドウィナははっと息をのんだ。止めなければどうなるかわかっている。「だめ」小声でつぶやくと、首をゆっくりと横に振って後ずさった。

けれどアダムはすばやくエドウィナの手首をつかみ、瞬く間に胸に抱き寄せていた。うっとりするほど青い瞳で目を見つめたまま、言葉を口にする。

「だめじゃない」

彼の腕に抱かれ、エドウィナは抵抗する力が溶けていくのを感じた。喉にこみあげる低いうめき声がキスで塞がれる。彼は唇でそっとエドウィナの口を開かせ、その震える曲線を舌でなぞった。エドウィナの唇が脱力するとさらにキスを深め、エドウィナの芯まで熱を注ぐ。熱い猛攻にさらされ、エドウィナの抵抗はついに崩れ落ちた。こんなふうに彼から巧みに情熱をかき立てられるのは初めてではなかった。彼に愛され、火をつけられ、欲望に燃えたときの記憶が蘇る。

こうしてアダムの腕の中にいると、彼の肉体に秘められた力がまざまざと感じられた。揺るぎない肉欲がそこにあった。柔らかな胸がつぶれるほど強く自分の硬い胸に抱き寄せ、さらに片手をヒップに滑り下ろして、自らの情熱の証を思い知らせるかのごとく引き寄せる。こうなるともう抗えない。エドウィナの体は彼を求めて切なくうずいた。アダムが唇を離し、顔に、目に、首筋に焼けるようなキスの雨を降らした。「ここでやめないと、理性を失いそうだ。君を押し倒してロンドンでしたことを再現したくてたまらない」彼はくぐもった声でつぶやいた。けれどエドウィナは低くうめくことしかできなかった。アダムの唇が再び激しいキスを浴びせ始めていて、歓喜の海に溺れていた。

やがてついにアダムが唇を離したとき、エドウィナは荒々しく胸を弾ませながら、とろけそうなまなざしで、ただうっとりとアダムの優しい表情を見つめることしかできなかった。

「ほら」アダムはつぶやいた。「何も変わっていないだろう」

エドウィナは呆然としながら、にこりともせずにうなずいた。「残念だわ」

「抵抗するな。君は僕のものだ、エドウィナ。最初から、そしてこれからも。さて、ようやく雨もやんだ」アダムは誘惑から逃れるように後ずさった。

「完全に理性を失う前に君を家に送っていくよ」

「ええ、ここでやめないとね」エドウィナもかすかに唇を綻ばせた。「もう一度となったら、あなたの情熱に抵抗できそうにないもの。でもわたしなら、送ってもらわなくても大丈夫よ」

「いや、ここはセントジャイルズじゃない。わかっているだろうが、田舎では若い女性は付き添いもなく外を出歩くものじゃない。森にはどこに悪党が潜んでいるかわからないからね。男爵の姪で未来のタップロー伯爵夫人に付き添いは欠かせない」

エドウィナはアダムがからかうように口にした称号に何も反応しなかった。重要な問題だから、数日かけて真剣に考える必要がある。

森を抜ける狭い道は縦に並ぶしかなく、天蓋のごとく張りだした木の枝から水滴が滴るなか、ふたりは無言で馬を進めた。馬の横腹に外套と緑のベルベットのドレスを広げ、婦人用の鞍にまたがるエドウィナの姿は、アダムにとってこれ以上ないほど美しいものだった。背後から見ても、誇り高さが見て取れる――胸を張り背筋を伸ばしてまっすぐに上げた顔、外套のフードからこぼれる鮮やかな巻き毛。

彼女の心がほぐれかけているのも感じられた。自ら抱擁に応えてくれたのだ。情熱に抵抗できないと打ち明けてもくれた。この関係の特殊さゆえに、彼女に求愛し勝ち取る喜びは削がれてしまったが、勝利はさほど遠くない気がする。きっと結婚は承諾してくれるだろう。だが本音では、今すぐ彼女がほしかった。自分でも驚くほどに。逃れようのない欲望の罠にがんじがらめになっている気分だ。

森を抜けたところで、エドウィナが口を開いた。

「タップローコートを相続したとなると、いずれはここに住むの？」

「ああ。ロンドンの屋敷も維持するけれどね」

「長く都会に住んでいたから、田舎は退屈じゃないかしら？　何もかも垢抜けないし」

「狩りや釣りも楽しいよ。食欲増進につながる。今は君を見るだけで別の欲を覚えているけれどね」

アダムの熱いまなざしに、彼女の頬が赤らんだ。

「手に負えない人ね、アダム・ライクロフト」エドウィナは軽く笑ってたしなめた。

「それは不満かな？」

「いいえ。でも、いいから質問に答えて」

アダムはエドウィナのほほ笑む唇に注視した。彼女を馬から引きずり下ろして自分の馬に乗せ、もう一度キスをしたくなる。だがふっと息をつき、前方の倒木を回避しながら質問に答えた。「最初この館に越すのは嫌だった。ここでの記憶は楽しいとは言えないものだったからね」アダムは苦々しげに唇を歪めた。「だがこれだけ広い館だ、住まないわけにはいかない。アトリエも作るつもりだ。明かりが肝心だが、最上階でならなんとかなるだろう」

「絵は続けるの？」

「ああ。しかし趣味の範囲でだ。引き受けていた仕事もすべて断った。どれだけ金を積まれても、この先は引き受けない。来週には業者が屋根裏の一部をアトリエに改造する工事に取りかかる。僕はロンドンに戻るけれどね」

「こんなにすぐ？」意外だったが、エドウィナは突如胸に締めつけられるような痛みを覚えていた。自分が彼と離れるのを嫌っていることは否定できない。

「仕方ない。トビーを捜すためだ。捜索に雇った男たちの話によると、ワッピングによく似た外見の少年の目撃情報があるらしい」

エドウィナは顔から血の気が引き、罪悪感を悟られまいと目を伏せた。いまだにジャックと遭遇した衝撃から抜けだせていなかった。彼がトビーを見つけて隠していることをアダムに告げるべきなのはわかっている。けれどジャックが脅しどおりトビーを傷つけたらと思うと、どうしても口にできなかった。

「それに君の肖像画の内覧会の準備もある」アダムが続けた。「アカデミーでの一般公開に先立って、画家仲間やフリート街の記者たちを招待するんだ。君の叔父さんも見たがってくれていた。もちろん、君にも出席してもらう」

エドウィナはむっとした目を向けた。「それは命令かしら、アダム？」

アダムは温かな目でほほ笑んだ。「そう、命令だよ。きわめて遠慮がちなね」

エドウィナは押し黙り、腹立たしさと誘惑を天秤にかけた。内心では、その内覧会で自分の肖像画を見たくてたまらなかった。

「君が出席してくれると僕もうれしい」アダムは静かに続けた。「君を見せびらかしたいんだ。みんなに僕の美しいミューズを見てもらいたい。肖像画のモデルは注目を集めるだろう。もし君がそれを望まないなら、ひとりでそっと見られるように手配する。みんなの反応を自分の目と耳で確かめたいというなら、かつらと仮面で変装するのも可能だ」

「どうしようかしら。わたしが誰かは言わない？」

「君が望まないならね。しかし叔父さんと和解したなら問題はないだろう。和解したんだろう？」

「いくらかは。まだわだかまりは残っているけど」

「彼がお父さんを殺したとは思っていない？」

父の名を聞いて押し寄せた苦悩に、エドウィナは唇を噛んだ。「ええ。叔父には悪いことをしたと思っている。証拠もないのに犯人だと決めつけて、責めてしまったから。叔父が話してくれたわ。父を殺したのはサイラスだったの」エドウィナは言葉を切り、彼に目を向けた。「あなたは知っていたのね。だから、わたしを無理やり家に連れ戻した」

「ああ。お父さんの債務の件で叔父さんを訪ねたときにね。驚くことでもなかったよ。僕はいとこを知っている。君はお父さんが好きだったんだね」

「ええ。だからすごく動揺したの。心から愛していたわ。それはこれからも、悲しみと一緒にだけど」

アダムは無言でエドウィナに目をやった。拭いきれない悲しみを抱える若い女性に、一瞬孤独で怯えた子供が重なり、彼のポケットに手を入れてきたみすぼらしい少年の姿が脳裏に蘇る。エドウィナの悲哀がありありと伝わり、アダムの心に共感の波を起こしていた。「わかるよ、僕も父を亡くしたから。君がそうした事件としてけじめをつけたいかい？

いなら、僕は責めない」

エドウィナは首を横に振った。「いいえ。事件はもう解決済みよ。容疑者不明の殺人事件として。それにサイラスは亡くなったし、今さら意味がないわ。彼は悪魔よ。罰当たりな言い方だけれど、いなくなってくれてほっとしているわ。少なくとももう誰も傷つけられないもの。でも不公平よね。サイラスは平然と人を殺したのに、罰も受けずに逃げ通した」

アダムは苦々しい思いで、サイラスが無情にも殺したもうひとりの男——トビーの父親に思いを馳せ、エドウィナに強く共感した。年月を経ても、サイラスへの憎悪は増す一方だ。硫酸が血管を駆けめぐるように、全身を熱く燃やす。

その思考を読んだかのごとく、エドウィナが言った。「まだ聞いていなかったけど、トビーがいなくなったこととサイラスは何か関係があるの？」

アダムの表情が険しくなり、声は低く力んだ。

「あるなんてものじゃない。サイラスの妹のオリヴィアは馬の世話係頭と恋に落ちてね。ジョセフ・タイクという名の男だ。オリヴィアの妊娠でサイラスの知るところとなると、彼は平然とその男を殺し、オリヴィアを追いだした。ドリーはすべて目撃していたらしい。オリヴィアはセントオールバンズのジョセフの両親を頼った。だがそのふたりが亡くなると、他の家族が手のひらを返してね。体の具合も悪くなって他に行く当てもなく、結局兄の慈悲にすがるしかなくなった。サイラスは妹を受け入れたが、彼女が亡くなると、元々生まれたことすら気に入らなかった脚の不自由なトビーを行きずりの旅芸人に連れていかせたわけだ」

エドウィナは言葉をなくし、あまりの恐ろしさに目を見開いた。サイラス・クリフォードが実の甥に課した仕打ちに心が震える。熱い涙がこみあげ、頬にあふれた。「そんなひどい話は初めて聞いたわ。

なんてかわいそうなの。人のやることとは思えない。そんな口に出すのも恐ろしいほどの罪を犯しておきながら、罰も受けなかったなんて。どうしてオリヴィアはサイラスでなくあなたを頼らなかったの？」

「手紙で知らせてきた――助けてくれと。だが運悪く僕は当時国外でね。手紙を受け取ったときには手遅れだった。わかるだろう、トビーを見つけることが僕にとってどれだけ重要なことか」

「ええ。サイラスが彼の父親を殺したとき、あなたもそこに？」

「いや。いたら、この手でサイラスを殺していた」

エドウィナの涙を見て、アダムは馬を止めた。ポケットからハンカチを取りだし、身を乗りだしてそっと拭いてやる。「泣かないでくれ。ロンドン中の建物を素手で壊してでも、僕は必ずトビーを見つけだす。そして一緒に暮らすつもりだ」

「そうしてあげて」

「サイラスが君の心に課した重荷を取り除けるものなら取り除く。しかし、それは不可能だ。だがもし僕の妻になってくれるなら、僕は絶対に君を悲しませない。誓うよ」

「ありがとう」エドウィナは心を震わせながら小声で言った。アダムが繊細な人なのはすでにわかっていた。こちらが優しくしてほしいときに優しくしてくれる。エドウィナはアダムが伸ばした手のひらに手を預けた。長くて細い指にしっかりと握りしめられ、安堵感を覚える。「あなたの思いやり深くて繊細なところが好きだって、もう言ったかしら？」

　アダムはにやりと笑った。「いや。できれば愛さずにはいられないとか、あなたなしでは生きていけないのほうがよかったがね。まあ、思いやり深くて繊細というのも始まりにしては上等だよ」

エドウィナが頬を紅潮させ、瞳をきらめかせて遠乗りから戻ったのを見て、書斎に入ろうとしていたヘンリーが声をかけた。「おまえはもっと馬に乗るといい。頬に血の気が戻っているじゃないか。家に戻ってからずっと顔色が悪かったのに」

「楽しかったわ、雨には降られたけれど」エドウィナは外套を脱いで、若いメイドに手渡した。「ありがとう、メアリー。乾かしておいてもらえるかしら」メアリーが命令に応じて姿を消すと、エドウィナは手袋を外しながら叔父に目を向けた。「途中でアダムに会ったの」

ヘンリーの目が鋭くなった。「ほう？　おまえはまだ彼に腹を立てているのかね？」

「いいえ。連れ戻されたときは腹が立ったけれど、そうした理由もわかるようになったから。今ここまで送ってもらったの」エドウィナはしっかりと目を見つめたまま、叔父に歩み寄った。「アダムが誰かわかったわ。サイラスは彼のいとこなのね」

「ああ。彼が話したのかね？」

「ウィリアム・ヒューイットと馬でタップローコートに向かっているのを見て、ぴんときたの。今まで気づかなかったなんて、わたしの目は節穴ね。それで、ようやく事情がのみこめたわ。わたしが素性を打ち明けたとたん、彼の態度が変わったことも。正直に言うと、彼が叔父様と知り合いなのも、この辺りの地理に詳しいのも変だとは思っていたの」

「話そうと思ったんだが、アダムに頼まれてね。時機をみて、自分で話したいからと。それで、おまえはどう思っている？　彼がサイラス・クリフォードのいとこだと、今やタップロー伯爵でタップローコートの所有者だとわかって」

「正直に言うと、よくわからないわ。結婚を申しこまれたの。たぶん叔父様もご存じでしょうけど」

「そのつもりだとは聞いていた。求婚を受け入れるのか？　少なくとも真剣に考えるべきだと思うよ」

「ええ、そうするわ」エドウィナは背を向けて階段に向かった。頭の中はアダムのプロポーズのことでいっぱいだ。

彼とベッドを共にしていなければ、決断を下すのはもっと楽だったかもしれない。今さらどうして離れることができるだろう。一夜を共にしたの。あんなキスをしたのに。エドウィナは手すりに手をかけて、振り返った。

「アダムは明日ロンドンに発つんですって。絵の展示会でわたしたちが街に行くまで会えないから、二、三週間は考える時間がありそうよ。でも本当に彼と結婚していいのかしら。父を殺した人の身内と結婚して、あの家に住むなんてできるのかしら?」

一週間が過ぎた頃、エドウィナは月のものが遅れているのに気づいた。このことが示す意味は一つ——どうあれアダムとは結婚するしかなかった。

## 13

パルマル街に新しく創設された王立アカデミーのギャラリーには煌々と明かりがともり、社交界の著名人や画家や作家や記者、さらには着飾った紳士淑女が集っていた。髪粉をつけたかつらの上で羽根飾りが揺れ、頬骨を流行のサテンのつけぼくろが彩っている。部外者はいなかった。誰も彼も、金の縁取りの招待状を得て出席している人々ばかりだ。

制服を着た下僕が、シャンパングラスののった金属のトレイを持って人々の間をゆっくりと回っていた。展示作品はどれも関心を引き寄せていたが、中でも一枚の絵の前には大きな人だかりができ、後方の人々がなんとかもっとよく見ようと前へ押し寄せている状態だった。

最近のアダムの異常なまでの秘密主義とモデルの謎めいた素性から、人々はずっとこの機会を待ち望んでいた。彼女は何者だ？　絶世の美女との評判だったが、中には実物を見てからと判断を保留する人々もいた。

叔父の腕を取ってドア口に立ったところで、エドウィナは笑い声やひそひそ話や意味ありげな目配せを前に足がすくんだ。緊張で胃が痛くなる。怖かった。ハートフォードシャーを出るのではなかったとも思ったが、数カ月もひとりで暮らしたせいか。オークウッドホールでの生活に息苦しさを覚えかけていたし、何よりアダムに会いたいという思いが、まるで金属が磁石に引き寄せられるように、エドウィナを再度ロンドンへ吸い寄せたのだった。

それともう一つ、もっと暗い理由もある。ジャック・ピアスだ。タップローで会って以来、ジャックからは音沙汰がなかった。ただオークウッドホールが、彼の仲間に見張られているのは確かだった。窓の外に、男の姿が見えることもたびたびあった。馬の世話係を連れて乗馬に出ると、途中であからさまに木に寄りかかる男の姿があった。無関心を装っていたものの、執拗なまでの男の姿に不安がつきまとった。きっとロンドンにもついてきていて、今もどこからか監視しているだろう。この秘密を誰かと共有したくても、できなかった。幼い少年の命を危険にさらすぐらいなら、胸に抱えておいたほうがましだ。

彼女は毎日心の中で神に祈り続けた。セントジャイルズの路地裏で罪に汚れた身に救いを求める資格などないとは思いながらも。今はいつジャックが現れてもいいように心の準備をしておくしかない。

緊張でどきどきしながら活気に満ちた人々を見回し、安心を求めて隣の叔父に目を向けた。叔父は見事な着こなしだった。かつらは白、上着は赤紫色のブロケード織りでズボンは白のサテンだ。「まさかこんなに大勢人がいるなんて」

ヘンリーのいつもの厳格な顔がギャラリーの奥まで見渡したところでわずかに緩んだ。優れた仲間やすばらしい芸術作品に囲まれると、いつもながら冷たい目に光が宿る。出席者には著名人や高貴な顔ぶれもまじっていた。その最たるところがサー・ジョシュア・レノルズだ。ヘンリーにとっては、彼がいるだけでこの場が違って思える人物だった。

こうした名だたる面々と同席できる幸運がいまだ信じられない。これもエドウィナのおかげだ。世界がハートフォードシャーとオークウッドホールにとどまらず、大きく広がって新しい側面を見せ始めている。ヘンリーは姪の肖像画や展示されている他の作品を一刻も早く観たくてうずうずした。

それでも彼女の不安げな視線に気づいて振り返ると、アダムは同情のまなざしを向けた。「落ち着くんだ。大丈夫だから」疑いの欠片もなく告げる。

そうだといいけれど。エドウィナは人々の顔をざっと見渡した。探すのはただひとり。見つけるのは難しくなかった。長身で、いつも場の中心にいる人だ。しかも存在感がある。彼は別の紳士とふたり、ギャラリーの隅で話しこんでいた。そうしていても、アダムはやはり人々の視線を集めている。

その姿に、エドウィナの胸は弾んだ。彼の周辺だけ空気が力強く動いていて、まるで彼自身が放電しているようだ。ブロンズ色のベルベットのフロックコートは首元と袖口からレースがのぞいている。クリーム色の膝丈のズボンに白いストッキング、ベストは金色のサテン地に銀糸の刺繍を施したものだ。首の後ろで結わえた髪は照明を受けて艶やかに光り、青い瞳は達成感と作品への誇らしさと、本人――あと、ひょっとすると肖像画の中の若い娘――にしかわからない何か他の感情できらめいている。

「アダムがあそこに」エドウィナは叔父にささやいた。

「ああ。大物と話している」

エドウィナは眉をひそめ、問いかけるような視線を叔父に向けた。「大物？」

いつになく活気に満ちた顔で叔父がうなずいた。

「サー・ジョシュア・レノルズだ」

「どうしよう」エドウィナが声をあげた。「有名な方々ばかりで不安だわ」

ヘンリーがそっと姪の腕を握った。「大丈夫だ。ここにいる人たちはみな、おまえに見とれるよ」

ヘンリーは隣の娘を見つめた。今の言葉はお世辞ではない。エドウィナは美しい。だが最近どこか気もそぞろで、心配事を抱えているようにも見える。姪との仲にはいまだ緊張感が残っていて余計な首を突っこむわけにはいかなかったが、なんであれ、その心配事が早急に解決するのを願うまでだ。そこで知人が隣にやってきたので、ヘンリーは気持ちを切り替えた。

エドウィナは扇を握りしめ、サフラン色のシルクに身を包んだ華奢な体でさらに部屋の奥へと進んだ。

アダムが顔を上げた。目が合った瞬間、いつもの奇妙な衝撃が駆け抜ける。そこで初めて自分がどれだけ彼に会いたかったかに気づいた。アダムが連れに断りを入れて、近づいてきた。自然な優雅さもいつもと変わりない。エドウィナの胸が大きく弾んだ。彼が近づくにつれ、広い肩が視界を遮る。探るような青い瞳、包みこむような笑み。

アダムがエドウィナの手を取り、唇に近づけた。彼の顔になんとも言えない誇らしげな表情が浮かび、エドウィナの頬はバラ色に染まった。瞳の奥に星がきらめく。エドウィナの全身をとらえると、アダムの誇らしげな表情が、空腹を抱えたときに思わぬごちそうにありついた旅人のものへと変わった。

「来てくれたんだね」アダムはかすれ声で告げた。

「来ると言ったわ」エドウィナは落ち着きなくつぶやいた。アダムの温かな声の響きに過敏になっている。そばにいると、彼のすべてが気になってならない。まるで何かの力に引き寄せられるように、彼が気になった。お腹の子の父親のことが。

「数日前ロンドンに着いていたのは知っていた。訪ねようとも思ったんだが、予定が立てこんでいてね。仮面もつけずに現れるとは、実に勇敢だ」

「そのつもりだったんだけど」髪粉のついたかつらにさまざまな色合いの仮面をつけた女性たちを見ながら、エドウィナは言った。「でも、あなたの言うとおり、いつまでも悲劇を引きずらないことにしたの」ジャック・ピアスを心の片隅において、エドウィナは感じている以上に確信をこめて言った。

「それを聞いてほっとしたよ」

エドウィナはおずおずと周囲を見回した。部屋に入った瞬間から、好奇心に満ちた視線は感じていた。けれどアダムがそばに現れてからはさりげなさを装った人々から驚きと衝撃まじりの関心が寄せられていた。「いずれみんなに知られるわけでしょう。だったら乗り越えるしかないと思って」

アダムはその言葉に、エドウィナの経験から得た力強さを感じた。だが何かおかしい。アダムの第六感がそう告げていた。展示会に出席する緊張感だけではない。張りつめた表情、大きすぎる瞳、作り笑い。アダムの笑みがしぼんだ。「本当のところを聞かせてくれないか。元気なのか?」

詮索するような強い視線に気づいて、エドウィナは罪悪感を覚えながらも照れ笑いを浮かべた。「大丈夫よ、アダム。わたしのことは心配しないで」

確信はなかったが、アダムは静かに切りだした。

「心配するだろう。何を隠している?」

エドウィナの心臓の鼓動が激しくなった。顔から血の気が引く。その緑の瞳の奥に無言の苦悩が光るのをアダムは目撃した。それはすぐに消えたものの、胸がよじれた。ひょっとして妊娠したとか？

「隠している？」エドウィナは震える声で早口に尋ね返した。「どうして？　隠すことなんてないに決まっているでしょう」瞬時に平常心の仮面をかぶり、輝く笑みを浮かべて周囲を見回す。一瞬頭に浮かんだジャックの顔が、彼の企みをもらせばトビーの命が危険にさらされるという恐怖が、エドウィナから打ち明ける勇気を奪っていた。

アダムが目を細めて見つめていた。「ごまかしても無駄だ、エドウィナ。何かがおかしいのは間違いない。口をつぐんだところでなんの解決にもならない。しかし、この件はあとだ」アダムがうっとりとした目でエドウィナの全身を眺めた。唇が小さく綻ぶ。だが、そのときの彼の目にはいつもエドウィナの頬を鮮やかに染めるいたずらっぽい輝きはなかった。「すごくすてきだよ。今夜の出席者はみんな、君の唇にキスをしたくなる」

ぎくしゃくした空気が消え、エドウィナの唇の両端もそっと上向いた。アダムの褒め言葉が胸を温める。「そしてみなさん、がっかりなさるの」

「いや、ご老体の中には君のせいで動悸が激しくなって、回復不能になる人も出る」

エドウィナは軽く笑った。「からかわないで、アダム。緊張で心が弱っているんだから。ここにはわたしよりずっときれいな方がいらっしゃるわ」

「僕にはいない」アダムの声がかすれていた。まなざしにも胸の鼓動を速まらせる熱い息吹が宿っている。「出席者はみな、肖像画のモデルに魅せられているが、肖像画は実物にはとうてい及ばない」

エドウィナは皮肉っぽくほほ笑んだ。「わたしにお世辞は無用よ、アダム。肖像画は完璧だわ。自分でもそう思っているでしょう」

アダムの唇の端がゆったりと上がった。「ああ、認める」

周囲に沈黙が落ち、人々がふたりに目を向けた。誰も彼も、アダム・ライクロフトをここまで魅了した女性に興味津々だったのだ。そして実際目にすると、好奇心はいっそう膨れあがった。アダムと一緒にいる女性は実に美しかった。しかも大方の予想とは大きく異なる美しさだった。

小柄で華奢で、身元不明のはかなげな少女でありながら、その佇まいは優美で育ちのよさを感じさせた。異常に短い髪はギャラリーの明かりを受けてかがり火のように輝き、下品でも奔放でもない若さと生命力を兼ね備えた表情を浮かべている。少なくとも誰もが、アダムが肖像画が完成するまで彼女を秘密にした理由を理解していた。沈黙が落ちたとき同様、瞬く間に話し声がギャラリーを満たした。

「おいで。みんなに紹介する。まずはサー・ジョシュア・レノルズからだ。知っているだろう、今国内で最も有名な画家だ。画家としての名声だけでなく、文学や社会的主張からも多くの友人たちから尊敬されている。芸術の最高権威である彼が今夜来てくれただけでも僕には大きな意味がある」アダムはエドウィナの不安げな顔にちらりと目をやった。震える唇を噛みしめている。「そんなに緊張しないでくれ。まるで逃げこむ穴を探している狐みたいだぞ」

「仕方ないわ。実際、そんな気分なんだから」エドウィナは声をひそめた。周囲の人々が気になってならない。こちらに目を向け、場合によっては聞き耳すら立てられている気がする。

「もう逃げられないよ。それに君の観客を失望させるのは賢明じゃない」

「ここ数カ月は賢明じゃないことばかりよ」エドウィナは軽口を叩いた。「でも、精いっぱいやるわ」

近くまで、群衆がさっと道を空けてくれたことに、エドウィナは驚いた。ずらりと並んだ色鮮やかなドレスや輝く宝石の前を通り過ぎたけれど、エドウィナはまっすぐアダムが目指す男性だけを見つめた。

サー・ジョシュア・レノルズは国王ジョージ三世が支援する王立アカデミーの会長だ。その著名な人物はネクタイの白さが際立つ、濃紺の衣装に身を包んでいた。静かな力を感じさせる空気をまとい、それでいて態度や立ち居ふるまいは友好的で、気品もある。彼は前置きなく洞察力をうかがわせる視線をエドウィナに向けると、称賛を隠すことなく眺めた。

「エドウィナ」アダムが言った。「サー・ジョシュア、エドウィナ・マーチャントです」

エドウィナは礼儀正しく膝を折った。「お目にかかれて光栄です」

「それはこちらも同じですよ」サー・ジョシュアは手を取ってエドウィナを立たせた。そしてアダムに向かって眉を上げてみせ、唇に笑みを浮かべる。「脱帽だよ、アダム。ミス・マーチャントは実に美しい。これほどの女性をよくこれだけ長く秘密にしておけたものだ」サー・ジョシュアがエドウィナに目を向けた。「アダムの作品をわたしは高く評価していましてね、ミス・マーチャント。中でもこの最新作は最高傑作だ。何もかもが非常に美しい。あなたは実物のほうがずっとおきれいですがね」

「まあ、それはお優しすぎますわ」エドウィナは少しずつ自信を取り戻していた。この著名な画家に威圧されるどころか、面と向かって話すうちに緊張がほぐれるのを感じていた。

「すばらしい数の出席者だね」サー・ジョシュアが言った。「あらゆる面から成功と呼べるな。君の絵はこれだけの注目を集めたわけだ」

「ええ。相続で、注目度は膨れあがる一方です」アダムの口調に皮肉はなかった。

「称号は関係ない。君はいつだって注目を集めているぞ」サー・ジョシュアが意味ありげに目を光らせて、低い笑い声をあげた。彼がアダムの画家としての才能のことを言っているのか、審美的な魅力のことを言っているのか、エドウィナにははかりかねた。

「画家は、とりわけアダムのように才能ある画家は、文明社会に必要な存在なんですよ、ミス・マーチャント。彼が田舎の領地に隠居したら寂しくなる」

「タップローコートへはロンドンからわずか三、四時間ですよ、サー・ジョシュア。それにロンドンの屋敷を売るつもりもありませんから」

「それを聞いてうれしいよ。それでは、わたしはこれで失礼させていただこう。帰る前にゲインズバラと話があるのでね」

その偉大な人物が移動した瞬間、隕石が落ちたようになった。バーバラ・モーティマーがドリー・ドリンクウォーターとドア口に現れ、空気が一変したのだ。ドリーの存在に会場はざわついた。あちこちで非難めいた声があがり、人々の目がコヴェントガーデンで最も人気のある娼館を営む、有名、いや、悪名高きマダムに向かう。

ドリー・ドリンクウォーターとアダム・ライクロフトの奇妙な親しい関係を知る者たちにとっては、ドリーがこの場にいるのは意外でもなんでもなかった。髪を上品に撫でつけ、しなやかな体で洒落た濃紺のサテンのドレスを着こなしたその姿は、とても売春宿を兼ねた賭博場の経営者には見えない。

アダムもふたりに気づいた。ドリーに歩み寄り、両手を取って両方の頬に親愛のキスをする。それからバーバラに目を移した。彼女はローズピンクのサテンのドレスに、ポンパドールスタイルで高く結いあげた、前方に太い巻き毛を三本下げる形のかつらをかぶり、まばゆいばかりだった。だが、それもアダムの目には入らなかった。エドウィナに向けた侮辱への恨みが忘れられず、よくもここに顔を見せられたものだと腹立ちしか感じなかった。

「バーバラ！　ここで君に会うとは思わなかったよ」それでもこみあげる苛立ちをどうにか抑えて、アダムは言った。

「どうして？」エドウィナがそばにいる。バーバラは唇を強ばらせ、冷たい目で嫌悪感もあらわにちらりとエドウィナを見た。「あなたがご招待してくださったのよ」傲慢な口調で、挑むような目を向けた。

「いや、君を招待した覚えはない。僕が招待したのはドリーだ」アダムは歯を食いしばった。

「ドリー叔母様に、同伴者も一緒にとおっしゃったでしょう。だからわたしが来たの。だって、わたしも話題の絵を観たくてたまらなかったんだもの。個人的には、どうしてそんなに大騒ぎするのかわからなかったけれど」バーバラは不機嫌な声で言った。

エドウィナは動かなかった。バーバラはアダムの脇を回り、捕食性の獣のような顔でエドウィナを見据えて近づくと、しばらく視線を絡ませてからわざとらしく無関心を装い、絵画のほうへ歩き去った。

「ごめんなさい、アダム」ふたりきりになるとドリーはアダムを見つめた。「バーバラを連れてくるつもりはなかったのだけれど。あの娘がどうしてもと言うから。こうと決めたら強情な娘でしょう。連れて来なければ、ひとりでも来かねないのよ」

アダムはドリーの腕を握ってほほ笑んだ。「心配しないでいいんだよ、ドリー。君が来てくれた――肝心なのはそこなんだから」

ドリーは部屋を見回して、ほほ笑んだ。「盛況だこと。あなたの絵、すごく噂になっていますわ」

アダムは眉を吊りあげた。「僕のミューズのこともね。さあ、彼女に会ってくれ。そうだ、君も来てくれたことだし、ここで乾杯といこう」

　アダムは通りすがりの下僕のトレイからシャンパンのグラスを取ってドリーに手渡し、さらに二つ取ると、それを持ってエドウィナのそばに戻った。一つをエドウィナに手渡し、自分の分を持ちあげる。シャンパンが明かりを受けて無数のきらめきを放った。細かく泡立つ金色の液体がグラスの縁に美しい霧を吹きつける。

「ご出席の皆様」アダムが自分を見上げる若い女性に目を釘付けにしたまま、ざわめきに負けじと声を張りあげた。なんて優雅で、愛らしくて、すばらしい女性だ。アダムの目に人目もはばからぬ愛情と自尊心が満ちあふれた。周囲が静まったところで、アダムは言った。「ミス・エドウィナ・マーチャントに乾杯。彼女がいなければ、我々が今夜こうして集うことはなかった」

　エドウィナの頬が染まり、瞳はそれぞれが掲げたシャンパンと同じように輝きを放った。その瞳をのぞきこむアダムの瞳は温かくて、とろけるように青く、エドウィナに何かしら貴重なことをなし遂げたと感じさせてくれるものだった。

　そのとき、ブロックルハースト卿というめかした若い紳士が前に出てきた。赤ら顔に丸い体つきで、ピンクと黄色という派手な衣装に身を包み、見るからにシャンパンを飲みすぎている。しかも明らかに肖像画に魅せられていた。

「あの絵なんだけどね。あまりにきれいで、ほしくてたまらないんだが、実物は無理だし――」品のない笑い声をあげ、球根みたいな目でエドウィナにもアダムにもかなり失礼な態度でエドウィナを眺める。

「そこでだ、わたしに譲ってもらいたい」

　アダムは冷ややかな目で男を見据えた。前々からあまり好感の持てる相手ではなかった。酒飲みで、しかも愚か者だ。今夜も招待していないのに、どうやら誰かにくっついてうまくもぐりこんだらしい。

「申し訳ないが、それは難しい」アダムは内心とは裏腹に、ゆったりとほほ笑んだ。

紳士がいくぶん驚いた顔をした。「難しい？　おいおい、もう買い手がついているとは言うなよ。我が屋敷の暖炉の上に飾るんだ。千ギニーを出そう」

「千ギニーと言われてもね、ブロックルハースト卿。本当に支払えるかどうかはともかくとして、僕としてはお断りするしかない。この絵は売り物じゃないんでね。十万ギニー積まれても売れない」

「売り物じゃないだと？」ブロックルハースト卿は大声をあげた。「自分で持っておくってことか？」

アダムの笑みは揺らがなかった。「そう、売る気はない。しかし、申し出には大いに感謝しますよ」彼はわざとらしくお辞儀をして背を向けた。

ブロックルハースト卿はむっとして友人たちを振り返り、彼らどころか、はるか後方まで聞こえそうな声でささやいた。「実に悔しい。文句なしの最高傑作なのに。あの娘は今にロンドンの花形だぞ。あの絵を売らないなんて愚かとしか言いようがない。そのうち何百って模写が出回るだろうに」

「ひと儲けできるのにな」ブロックルハースト卿の連れが言った。「でも、まあ金より大事なものがあるんだろう。あの娘を見ろよ。わかる気がするな。間違いない、ライクロフトはあの娘に惚れている」

その言葉が耳に届くと、アダムはエドウィナを振り返ってほほ笑んだ。

彼女にもそれは聞こえていて、ちらりと横目を向ける。「どう、アダム、何か言いたいことはある？」

アダムがにやりと唇を歪めた。「ああ、僕はここにいる男たち全員の羨望の的だ」的外れな返事を返す。「だが君も女性たち全員から妬かれているよ。君の美しさで、みんな影にかすんでいるんだから」

エドウィナは別の答えを期待していたのだが、失望はみじんも感じさせない笑みを向けた。「口がお上手ね」そこで真剣な顔に戻る。「でも、さっきの言葉は本気？　あの絵は手元に置いておくの？」

「ああ。あれを飾るのはタップローコートの他にない」アダムはエドウィナの肘の下に手を当てた。「さあ、これから著名な人々に会ってもらうよ」

まさに凱旋パレードのごとく、エドウィナは誇らしげなアダムに次から次へと人々の輪に連れていかれた。まるで光の中に立ち、世界中の視線を集めているようだった。誰もがエドウィナに紹介されたがった。最新作《ブルーボーイ》が大成功を収めたトマス・ゲインズバラ、ポール・サンドビー。どちらも王立アカデミーの創立メンバーだ。それから有名な作家ジェイムズ・ボズウェル、辞書の編纂で高名なサミュエル・ジョンソン博士、建築家のサー・ウィリアム・チェンバーズ。さらに多数の有名人。

陽気でハンサムな若い男性たちもこぞって集まって、大げさな褒め言葉を投げかけた。もちろんタップロー伯爵の不機嫌な監視の下でだ。その画家をあまり知らない人々は遠くからエドウィナを愛でていた。女性も賛辞の輪に加わった。もちろん中には悪意を持って、髪やドレスや作法に何かしらの欠点を見つけようとするものもいた。

幸福に酔いしれるエドウィナの心に、広げられた扇の陰でささやかれる悪意は届かなかった。けれど突如アダムが知人を見つけて隣を離れ、そこで聞こえたバーバラ・モーティマーの冷たい声は、その幸福を切り裂くものだった。

エドウィナは振り返った。バーバラは明らかにアダムの無視に憤慨していた。瞳が明るすぎる、とエドウィナは気づいた。それに足元もふらついている。きっとワインを飲みすぎたのだろう。

「あら、ミス・マーチャント。今夜は注目を独り占めね」バーバラは悪意を全開にして唇を引きしめ、エドウィナの青白い顔に蔑むような目を向けた。「負けたわ。あなた、ほんとにきれい。アダムとの関係も噂ね。ま、どうせ短い間のことだけど」冷たい薄ら笑いを隠そうともせずにバーバラは言った。

エドウィナは寛容に見つめた。「何がおっしゃりたいの？　悪口なら、聞きたくないわ」背を向けかけたところでバーバラの次の言葉に凍りついた。「ほんとびっくり。泥棒なのに、そんなドレスや宝石が似合うなんて」バーバラがエドウィナの美しいネックレスと揃いのイヤリングを凝視した。まばゆい涙の滴形のダイヤモンド。「ねえ、その安物はあなたの？　借り物？　それとも盗んだとか？」

エドウィナは顔から血の気が引いた。恐れていたときが来た。気が遠くなりそうだ。バーバラはいまだにぎらぎらした目で見据えている。「いいえ」エドウィナは扇を持つ手に力をこめた。「この〝安物〟はわたしのよ。その前はわたしの母のもの」

バーバラの痛烈な言葉をアダムが聞き逃すはずもなかった。引き返してきたアダムはエドウィナの気持ちを敏感に察し、腰を抱いて引き寄せた。自分たちの関係を見せつけるようなその仕草に、バーバラはさらにかっとなり、憎しみを募らせた。あのエドウィナの肌を血が出るほど引っかいてやりたい。けれどバーバラは無言で冷たい目を向け続けた。

「もうたくさんだ、バーバラ」アダムが怒りで頬を強ばらせ、抑えた静かな声で言った。「僕が紳士であることを忘れる前に、帰ったほうがいい」

バーバラが勝ち誇ったような笑みを向けた。「ええ、そうするわ。でも、その前にあなたに伝言があるのよ、エドウィナ。お仲間のジャック・ピアスからね。いかがわしくて、ぞっとするような人よね。少し前にあなたの居場所を探していたみたい」

# 14

エドウィナは亡霊でも目にしたように凍りついた。

「ジャック・ピアス?」

バーバラは自分の放った残酷な矢が的を射たかのごとく満足げに笑った。瞳は優勢に立った者特有の喜びに輝いている。「そう。ジャックが最後にあなたを目撃したのは、アダムがドリーの館に運びこむところだったそうよ。気の毒に、それから何週間も見張っていたんですって」得意げに語る。「わたしがあなたの捜している子は少年のなりをした女性だったのよって言ったら驚いていたわ。どこに行けば会えるか教えたら、もっとびっくりしていた」

エドウィナは背筋が寒くなった。バーバラの声が遠ざかり、耳の奥で気を失いそうなほど大きなうなり音が聞こえる。腹が立った。できればひっぱたいてやりたい。人目もなくふたりきりなら、間違いなくそうしていただろう。「あなただったのね、彼に話したのは」エドウィナは誰にも聞こえないよう、小声でささやいた。困惑したように眉をひそめたアダム以外には。

バーバラがアダムにとびきりの笑顔を向けた。「付き合う相手は選ばなきゃ、アダム」茶化すように言う。「あなたみたいに才能のある人が、泥棒を信用して破滅するのは見たくないわ」

それは周りに聞こえるほどの大声で、周辺の男女が静まり返り、何事かと振り返った。アダムは彼らに詫(わ)びの視線を送った。若い女性がシャンパンを飲みすぎたと言わんばかりに。そしてバーバラの腕をつかみ、腰に手を当てて、ありがたいことに数メートル先にある扉へと促した。エドウィナとドリーもそれに続き、踊り場へと向かう。運良くそこに人の気配はなかった。

バーバラを見据えるアダムの表情は険しかったが、声は不気味なほど穏やかだった。「もしまたエドウィナや僕にそんな口を叩けば、たとえドリーの姪でも容赦はしない。いいな？」

バーバラは傲慢に顎を上げた。「本当のことを言っただけなのに」膨れて顔を背け、数歩進んだところで再度振り返った。いまだ憎しみでぎらつく目をエドウィナに向ける。「あなた、彼の愛人にでもなったつもり？　きれいで、お利口なミス・マーチャント。でもね、あなたは他のモデルたちと同じ、便利な存在でしかないの。絵が完成したら完璧に忘れられるのよ。恋は移ろいやすいんだから。そうよね、アダム？　彼にとってどんな存在であれ、あなたが大嘘つきの泥棒だってことに変わりはないわ」

アダムの体が強ばるのがエドウィナにもわかった。抑えきれない怒りが顔に表れている。彼女は深呼吸した。自尊心が膨れあがる。最初は逃げだそうと思った――自分の不名誉な過去から。次に、同じようにやり返したくなった。けれど、それではバーバラとなんら変わりない。子供っぽいし愚かすぎる。そこでエドウィナは穏やかな反応はバーバラをさらに激高させるだけだと意識しつつ、笑みを浮かべた。

「それは誤解よ」冷静な声でエドウィナは言った。「あなたにわかっていただけなくて残念だわ」バーバラがわずかによろめき、脚の震えを止めるために椅子の背につかまった。「でも、あなたはどうなのかしら？　淑女と称するには、淑女のふるまいを学び、身につけること。わたしはそう教えられてきたわ。この先、紳士の愛情を勝ち取りたいと思われるなら、あなたも覚えておかれたほうがいいのでは」

バーバラはアダムを失った痛みを怒りで覆い隠した。「少なくともわたしは自分を偽ったりしない」

顔を歪め、扇を閉じながら、怒りと嫉妬の鉤爪をエドウィナに鋭く食いこませる。「あなたなんて泥棒よ。こそ泥じゃないの。セントジャイルズで拾ってきたんでしょ、アダム？　あの薄汚い路地で」その罵倒の効果を確かめようとバーバラは恋敵に歩み寄り、失望した。エドウィナの表情はまるで石のようだった。瞳も冷淡そのものだった。

アダムたちが会場を出ていくのを目撃し、エドウィナの動揺したようすを不審に思ったヘンリーが、彼らを追ってきていた。現場に着くと、品のない黒っぽい髪の若い女性が酔ってエドウィナを泥棒呼ばわりしている。姪を守りたい思いと怒りとで、ヘンリーはとっさに前に進みでていた。

「いったい何事だね」ヘンリーは声を轟かせた。

「お嬢さん、今の言葉は間違っている」

バーバラは振り返り、傲慢な蔑むような視線を向けた。「あなたはどなた？」

「サー・ヘンリー・マーチャント。あなたが今、声高に泥棒呼ばわりしたのは、わたしの姪だ。今の話はあり得ない。姪は田舎の屋敷に住んでいた。こちらの紳士の絵のモデルを務めるまでね」ヘンリーはアダムに確認を求めた。「そうだね？」

腹に据えかねる顔でアダムはうなずいた。「ええ、もちろんです」

その声にはバーバラを黙らせる響きがあり、そこで初めて彼女の確信は揺らいだ。

「次にまたこうして執拗に誰かを中傷するときは、事実を確信してからにしたまえ」ヘンリーは厳しく叱責した。「これは伯爵とエドウィナだけでなく自分の名誉にも関わる問題だ。見逃すわけにはいかない。

「名誉毀損で訴えられないだけでも幸運だと思いなさい。しかし、これ以上続けるなら、それも視野に入れる」

「帰るんだ、バーバラ。これ以上醜聞は起こすんじやない」アダムの声には脅威が潜んでいた。真剣な表情と長身がさらに威圧感を与える。「もちろん君が口さえ閉じていれば、そんなことにはならない」

アダムの目は恐ろしく、その声は脅威に満ちていた。だがそれでもバーバラは怯まず、最後の手段に出た。ずたずたになった心にはもはや復讐しかなかった。「破滅が見られるなら、それもいいわね」憎しみに満ちた目でエドウィナとアダムを睨みつける。「あなたたちふたりの」

姪の恐ろしい言動に耐えられず、ドリーが歩みでた。いたたまれない表情で姪の腕をつかむ。「バーバラ！　なんて娘なの！　エドウィナへのその態度はなんですか、公の場で、しかも大勢の人の前で」

バーバラは肩をすくめた。「わたしは謝らないわよ、叔母様」

バーバラを一刻も早く視界から消したくて、自ら引きずりだしそうになるのを堪え、アダムはドリーに言った。「彼女を連れて帰ってくれ、ドリー。このままだと何かしらせざるを得ない。君には言うまでもないだろうが、この件は内密に頼む」

「もちろん。分別は持ち合わせていますわ」ドリーは落胆して首を振りながら、バーバラにその場から引き下がらせた。

彼らと離れるとバーバラの気力は萎え、涙までこみあげてきた。だが、それは怒り任せに振り払った。この惨めさを誰かに知られるのは耐えられない。自分の行為がみっともない、許されないことなのはわかっていた。でもワインで勢いづけでもしないとどうしようもなかった。自分が恨めしかった。初恋に破れた悔しさで誰も彼もが恨めしかった。

エドウィナ・マーチャントが現れるまではアダムに対して自信があった。たとえ身分は低くても美しさと魅力で補えていると。でも、こうなったら憎まれるだけ。ミス・マーチャントと対決なんてするんじゃなかった。あんなにみっともなく責めるんじゃなかった。恋敵を見くびってアダムを失ってしまった。それどころか、公の場でこんな醜態をさらして、これからきっとみんなの笑いものになる。

「こうなることを予測しておくべきでしたわ」ドリーが言った。「あの短気な娘が、ここ数週間あれだけ苛ついていたんですもの。姪を悪くは言いたくありませんけど、意地の悪いところのある娘なんです。エドウィナを破滅させようぐらいは思っていたでしょう」ため息をつき、心配そうに眉をひそめて、遠ざかるバーバラの後ろ姿を見つめる。「でも、わたしはバーバラを知っています。あとになってあの娘が感情的になったことを悔やむことも。わたしも行きますわ。アダム、馬車を呼んでくださる？」

叔父とふたりきりになると、エドウィナはほんの少し緊張して彼を見上げた。「ありがとう、叔父様」

振り向いた叔父の冷たい象牙色の顔を見て、エドウィナは不安で胃が縮んだ。

「他に醜聞を避ける手立てがあったかね？」ヘンリーは低くうなるように言った。「あれは事実なのか？　泥棒だったというのは？」

エドウィナはうなずき、小声で言った。「ええ」

ヘンリーが憤慨して天を仰いだ。「まったく信じられん！　我が姪が盗人に身を落とすとは。こんなことかもしれんと気づくべきだった。騒動を起こしかねない娘だったのに。きちんとした仕事に就いていたというのは嘘だったのだな」

「仕方なかったの」エドウィナは叔父に、家出したあとの出来事をかいつまんで話した。所持金をなくしたこと、ジャック・ピアスと会ったこと。「お金の稼ぎ方を教えてやると言われたの。そうして犯罪の世界に引きこまれたわ。わたしは怖くて逆らえなくて。反論もできなかったの。言われたとおりにしないと腕にものをいわせたから。ああいう人に言葉は通じない。彼の前では、まったくの無力だった」

「なぜ家に戻らなかった？」ヘンリーが尋ねた。

彼女の目に涙がこみあげた。「できなかったの。どこへ行こうと追ってこられるとわかっていたから。逆らえなかった。がんじがらめになっていたの。夢は潰えたわ。正気を保つために、わずかな希望だけは持ち続けた。いつかお金を貯めてフランスに渡ると。ジャックの元を離れると。それがどういうものか、叔父様にはおわかりにならないでしょうけど」

「それほど悲惨なものだったのか？」

「悲惨どころか、ジャック・ピアスは残忍そのものよ」エドウィナは自分の表情に気づかず、黙って叔父を見つめた。エドウィナがジャック・ピアスの元で過ごした日々がその顔からうかがえた。不安、希望、失意。「哀れな話でしょう？　勝手に誤解して家を飛びだして、悲惨な環境に身を置くなんて」

なんということだ。ヘンリーは一瞬目の前の壁を見つめ、自分の荒々しい胸の鼓動に耳を澄ませた。しだいに平静を取り戻す。額に手を走らせると、その手がわずかに震えていた。ヘンリーはエドウィナに目を向けた。絶望の表情。姪のその痛ましい姿にヘンリーの怒りはようやく緩んだ。同情の念がこみあげた。姪の傷心と彼女が経験した恐怖を思うと、それはさらに強まる。この娘は想像もつかない経験をしたに違いない。ヘンリーは深いため息をついてエドウィナの腕に手を置き、咳払いをした。

「誤解はお互い様だ、エドウィナ。わたしも意図せずおまえを傷つけていた。ときどき恥ずかしくなるよ。おまえの言うとおり、哀れな話だ。過去のこととして水に流そう。万が一、先ほどの若い女性が面倒を引き起こしても、わたしはおまえの味方だよ。全面的にな。では、この話はここまでだ」

エドウィナは涙を堪えて笑みを浮かべた。「ありがとう、叔父様。心強いわ」

「もう一度会場に戻れるかね？」

「でないと二度と社交界で胸を張れなくなるわ」

「その意気だ。おまえは昔から弱虫ではなかった」

「でもバーバラ・モーティマーの話を誰かに聞かれなかったかしら。無視されてしまうかも」

「そんなことはさせるものか」バーバラが出ていくのを見届けたアダムが戻ってきた。エドウィナの肩に手を置いて、目をのぞきこむ。「バーバラの行為は言語道断だ。会場に戻ったら、彼女の言動は酔っ払いの戯言で通す。君はあんな言葉に影響されたりしないね？」アダムが優しく尋ねた。

エドウィナは顔を高く上げ、ほほ笑んだ。「ええ。さあ、わたしを中に連れて戻って、砕け散った自尊心をいくらか修復させて。もしバーバラの言葉を聞いた人があったら、ライオンでいっぱいの円形競技場に入る殉教者も同然だけど、あなたにすがって、なんとか食い殺されないようにするわ」

アダムが自分を見上げる愛おしい顔を見つめた。「それじゃあ、そんな殉教者みたいな顔はやめて、にっこりほほ笑んで」彼が腕を差しだす。

エドウィナはその腕に震える手を置いて、顔に穏やかな仮面を貼りつけた。ギャラリーに入るなり、息をのむような奇妙な沈黙が落ち、エドウィナは視線が自分に注がれるのを感じた。やがてバーバラ・モーティマーの騒動を忘れたようにざわめきが戻ったときには、言葉に言い尽くせない安堵を覚えた。

ロンドンにいる間、エドウィナとヘンリーはロングエーカーにあるテンプルトン夫妻の屋敷に滞在していた。エドウィナの父とヘンリーの古い友人で、子供たちもとっくに巣立った物静かな老夫婦だ。

展示会の翌朝、屋敷にひとりとなったエドウィナはジャックの脅しが気になり、こっそりとフリート街に出かけた。ジャックの部屋を訪ねて対決するつもりだった。必要とあれば母から譲り受けた宝石を売って、トビーを解放してもらうつもりだった。

フリート街は物売りたちの声で騒々しく、人や馬が慌ただしく行き交っていた。人々は階上の窓から捨てられる排泄物を避けるために壁際を歩き、いつ現れるかわからないスリに常に身構えていた。

彼女は薄暗い小さな袋小路に入ると、ジャックが階上の部屋を借りていた質屋に入った。ドアを通るなり頭上のベルが鳴り響いてどきりとしながらも、階段に向かおうとしたとき、声をかけられた。奥から出てきたのは、目つきの鋭い中年の店主だった。

「おい、どこへ行く？」

「ピアスさん……ジャック・ピアスさんに用があって。ここに部屋を借りていると聞いていたので」

「もういないよ。あいにくだったね」店主はじろじろとエドウィナを眺めた。「知り合いかい？」

「いいえ」エドウィナは慌てて言った。「買い取っていただきたいものがあって。彼なら買ってくださるかと。いつここを出られたんです？」

「三週間前かな――一日二日は前後するが」

気分がいっきに沈んだ。まさかジャックがここを引き払ったとは考えてもいなかった。「どこに行かれたかご存じですか？」

質屋の店主は頭をかいた。「いや。しかし売りたいものがあるなら、力になりますぜ」

エドウィナは扉に向かって後ずさった。「いえ、いいの。ピアスさんを捜してみますわ」

店主は肩をすくめた。「まあ、お好きに」そして質草の散乱する暗い店の奥へと戻っていった。

エドウィナは震えながら袋小路を離れ、通りに佇んだ。外套をきつく体に巻きつける。残念だけれど、ロングエーカーに戻るしかない。エドウィナはストランド街に向かって足早に歩きだし、向かいの銅板屋から出てきた長身の男には気づかなかった。

袋小路から出てきて人混みを歩きだした若い女性を見て、アダムは足を止めた。気になる。毛皮の縁取りがついたあの紺色の外套には見覚えがある。華奢な体つきに気づいて眉が吊りあがる。背格好がエドウィナにそっくりだ。そして外套のフードがずれ、赤みがかったブロンドの短い髪が見えたところで確信に変わった。アダムは目を凝らした。間違いない。小柄な体が足早に歩き去っていく。

アダムは慌ててあとを追った。いったいフリート街で何をしている？　しかもひとりで。アダムは長い脚で距離を縮めた。追いつきかけた瞬間、戸口から現れた恰幅のよい女性が桶の排泄物を通りに投げ捨てたので、慌てて後ずさった。そしてわずかに距離をあけて再び前方を見ると、エドウィナの姿はもはやどこにもなかった。

悪態をつきながら、アダムはエドウィナが出てきた袋小路に引き返し、店主に事情を訊こうと質屋を訪ねた。そこで思いがけない話を耳にし、頭に血が上った。腹立たしさで噴火寸前の火山と化したようだった。なぜジャック・ピアスを捜しているんだ？　アダムはすぐに馬車をつかまえ、御者にロングエーカーに向かうよう指示した。

馬車がチャンスリーレーンにさしかかったところでエドウィナの姿が見え、アダムは馬車を止めた。ジャックに会えなかったことでいまだ落ちこんでいたエドウィナは、アダムの前にさしかかるまでその存在に気づかなかった。

エドウィナは足を止め、ぎくりと彼を見つめた。悪い予感がする。「アダム！」

彼は馬車の脇で開いた扉を持って立っていた。

「乗るんだ」氷のような声だった。

「でも、わたし――」

「乗れと言っている」アダムは歯を食いしばった。

その強い命令口調に、エドウィナは従うしかなかった。洗練された穏やかな態度の奥に、激しい憤りが感じられる。アダムは御者にメイフェアの自分の屋敷に向かうように告げ、エドウィナの背後から乗りこんだ。エドウィナは異議を唱えようと口を開けたが、辛辣な視線を浴びて押し黙った。

エドウィナは身を縮め、どきどきしながら待ち構える怒りに身構えた。窓の外に向けたアダムの顔は険しい。お願いだから何か話して。

とはいうものの、いざ彼から無表情な冷たい目を向けられ、しかも凍りつくような声で告げられたときには、何も聞きたくなかったと思った。

「なぜジャック・ピアスを捜していた？」

彼女は無言でアダムを見つめた。完全に思考が停止している。答えずにいると、彼が低くうなった。

「答えろ、僕が揺さぶりだす前に」

エドウィナはごくりと唾をのんだ。「どうして知っているの？」

「僕を舐めるんじゃない、エドウィナ。君が路地から出てくるのを見た。彼が部屋を借りている、いや、借りていた場所だ」

「どうしてそれを？」

アダムは嚙みつくような目を向け、皮肉っぽく言った。「質屋に聞いた」

「そう」エドウィナは吐息をついた。

アダムは彼女の美しく怯えた顔を見つめた。それでも見逃すわけにはいかない。「もう一度尋ねる。なぜジャック・ピアスを捜していた？」

「それは……」言葉が出てこなかった。目を伏せ、必死で返事を考える――真実以外のことを。

「ごまかそうと思うな」アダムが非難の声をあげた。「僕の顔を見ろ。嘘を言えばわかる」

エドウィナは言われたとおりに顔を上げた。目と目が合う。青い瞳に浮かぶ残忍な表情にひやりとした。声に滲む軽蔑と嫌悪感に身が縮む。これほど抑制の利いた、恐ろしい怒りを目の当たりにするのは初めてだった。昨夜のあの男性はどこ？　あの温かくて思いやりにあふれた男性は？

「い――言えない」

「言えないのか、それとも言わないのか？」怖いほど穏やかな声だった。

「言えない」

「いや、言える」アダムは食い下がった。「言うんだ、エドウィナ。僕が君を救ったあの夜以降、ジャック・ピアスに会ったのか？」

エドウィナはこくりとうなずくと、乾いた唇から声を絞りだした。「ええ」

「いったいどこで？　いつ？」

アダムの非難めいた視線に耐えきれず、エドウィナは彼の問いかけが終わるのを願いつつ窓の外に目を向けた。「タップローで、遠乗りに出たとき。森で待ち伏せされていたの。あなたと会った日よ」

「前か、あとか」

「前よ」

「ジャック・ピアスに会いながら、僕に話さなかったというのか？」

エドウィナは胃が締めつけられるのを感じた。

「どうしてやつに君の居場所がわかった？」

「ずっと謎だったわ。でも昨夜わかった。きっとバーバラからあなたの屋敷にいると聞いて、見張っていたのね。それでタップローまでつけてきたのよ」

アダムはエドウィナを見つめた。アダム自身も、昨夜展示会でエドウィナがバーバラに言った言葉を不審に思っていたのだ。あのとき彼女は小声で〝あなただったのね〟とつぶやいた。これでようやく合点がいった。展示会でエドウィナの目に宿っていた不安の原因はジャック・ピアスだったのだ。あのときは妊娠したのかもしれないと思っていたが。アダムは奥歯を噛みしめて、その記憶を冷ややかに退けた。「恐れ入ったよ。大した狸だ」

「そんな言い方はしないで」

「で、やつの要求は？　また君に盗みをやらせようというのか？」

エドウィナはうなずいた。

「本当にそれだけか？」

「ええ、そうよ」その頑としてしらを切ろうとする態度に、アダムの脆弱な自制心は折れた。身を乗りだして彼女の腕をつかみ、ぐっと顔を近づける。

「全部話せ、エドウィナ」滑らかながら、権威を感じさせる声だ。「話すまで容赦しないぞ。なぜピアスを捜しに行った？」唇が歪み、目が冷たく光る。

「盗みが懐かしいのか？　あの刺激が恋しいのか？　またあの生活に戻りたいってことか？」

「よくもそんなことを……」エドウィナは泣くような声をあげ、怒って顔を上げた。緑色の瞳で睨みつけ、胸を怒りで弾ませる。

そんなエドウィナがアダムには誰よりも気高く見えた。腕に抱き寄せてキスをしたくなる。だが真実を聞きだすほうが先だ。

「盗みが好きだなんて、そんなことがあるわけないでしょう」エドウィナは怒りを爆発させ、腕をつかむアダムの手に力がこもるのを感じた。「次は財産目当ての結婚を狙ったと責めるの？　そのために誘惑したんだろうと。それもあるわけがないわ」

「だったらどういうことだ？　脅されたか？　言うことを聞かなければ、こそ泥だとばらすとでも？」

銃弾のように問いを浴びせられ、エドウィナは一瞬怯んだ。「ええ。きっとばらされるわ」

「本気で思っているのか？　誰があんな男の言葉を信じる？」アダムは苦笑するとエドウィナの腕を放し、苛立たしげに前髪をかきあげた。「あの男だってそれくらいわかっている。ただの脅しだ」

「ジャックはずる賢い男よ。きっと何か方法を見つけるわ」エドウィナは腕をさすった。

「安心しろ。ドリーも館の女たちも秘密は守る。バーバラもまた口を滑らせるほど愚かではない。いいか、エドウィナ、あの男にはもう君を操る力はない。怯える必要はどこにもないんだ」アダムは真相を突き止めようと、死人のように青ざめたエドウィナの顔を見つめた。「だから頼む。すべて話してくれ」

エドウィナはぐっと唾をのんだ。「ジャックは、わたしとあなたが親しくなったのを知っているの。あなたの相続のことも。それでわたしに、タップローコートに押し入る手引きをしろと言ってきたの」

アダムの顔から怒りが消え、ただぽかんと見つめた。やがて表情を引きしめる。「冗談だろう？」ついに言葉を出した。「そんなことができると思っているのか？　ばかばかしい！　それから？」

トビーのことは告げずに、あと少し、ジャックから求められていること、彼の意図を話せばいい。エドウィナができる範囲で話を進めると、アダムの顔にさまざまな感情がよぎった。驚き、怒り、憤り、軽蔑。話が終わるとアダムは無言でエドウィナを見つめ、やがて首をゆっくりと横に振った。

「あの悪党は法に委ねるしかない」

「できないの、アダム」エドウィナは静かに言った。「誰にも言えないのよ」そして、ついに最後の砦を開いた。「ジャックはトビーを見つけたの。もしわたしが誰かに言えば、彼は殺されるわ」

知り合ってからこれまで、感情や動きを停止したアダムは見たことがなかった。けれど今、アダムはまるで言葉が理解できないように、ただ呆然と見つめていた。「今なんて？」完璧に無の表情だった。

「ジャックはトビーを見つけたの」エドウィナがそう繰り返したとき、馬車が屋敷の前で止まった。

# 15

アダムは燃えるような目で睨みつけると、馬車を降り、エドウィナを引きずるように屋敷に連れて入った。玄関広間を抜け、驚いた顔のハリソン夫人の脇を素通りし、下僕にぶつかりそうになりながら応接間に入る。彼は穏やかとは言いがたい仕草で扉を閉めると、部屋の奥の机につかつかと歩み寄り、ブランデーをたっぷりグラスに注いで琥珀色の液体を飲み干した。それから絨毯の上をうろうろと歩き回り、ついにエドウィナの前で立ち止まった。

エドウィナはアダムを見上げ、その目に宿る不可解な怒りに凍りついた。体が冷えて感覚がなくなる。重い沈黙のなか、エドウィナはひたすら彼が口を開くのを待った。

「三週間以上も前からあの悪党がトビーを監禁しているのに、黙っていたのか。それほど僕が信用できなかったか?」

彼女は自分の体を叱咤して立ち続けた。「話したかったわ。でも、できなかったの。わかって」

「わかるわけがない。拘束が長引くほどトビーの苦痛も大きくなるとは思わなかったのか?」

「思ったわ」エドウィナは悲鳴のような声をあげた。「ジャックの恐ろしさは誰より知っているもの。わたしが何も感じていないとでも思うの? あの子のことを考えると胸が引き裂かれそうよ」

「だから協力することにしたのか」アダムが吐き捨てた。「やつを知っているから、協力することにしたのか! トビーのことが嘘だとは思わなかったのか? 君を計画に巻きこむための策略だとは」

エドウィナの頬が怒りで赤く染まった。「協力するなんて言っていないわ。でもトビーの命を守るためにそう見せかける必要はあると思っているの。今日ジャックに会いに行ったのは、トビーを解放してくれと頼むためよ。そのためには、わたしの持っているものすべてを差しだすつもりだった」

「感動的なことだ」アダムは皮肉を返しながら、エドウィナから離れた。「君はピアスの話を信じるのか？ 本当にトビーを監禁していると？」

「信じるわ。わたしたちに、それが嘘だと言いきる余裕はないもの。もしジャックにあなたに話したと疑われたら、トビーの命が危うくなるのよ。何をするかわからない男だわ。財宝を手に入れると決めたら、きっと手に入れるまで諦めない」

「いつタップローコートに押し入る計画だ？」

「まだなんとも。わたしがあの屋敷に出入りするようになったときか、あなたの妻になったとき」

アダムの顔の筋肉が引きつり、頬がぴくぴくと痙攣した。「妻？」皮肉るように繰り返し、近づいてまじまじと目をのぞきこんだ。「僕の求婚を受け入れることにしたのか？」

「それは、あなたさえまだ望んでくれているなら」

アダムはエドウィナを見つめ続けた。

エドウィナはアダムの心が遠ざかったのを感じた。口の中がからからになり、心臓の鼓動が速くなる。彼はもう結婚を望んでいないのかもしれない。あの親密感はもう存在していないのかも……。

「そういうことなら」アダムがゆっくりと口火を切った。「トビーのために、特別許可を取ろう。数日以内に結婚する。異議はないな？」

エドウィナは動揺を堪え、首を横に振った。「無茶を言わないで。やはりジャックのことを話しておくべきだったわね。怒っているんでしょう」

「なかなか鋭いな」アダムはからかった。

皮肉は無視し、彼女は精いっぱい落ち着いた口調で続けた。「でも、やってもいない裏切りを責められるのは腹立たしいわ。わたしはトビーのために話せなかったの。黙って協力しないとトビーを殺すと脅されたから。その日以来ずっと監視されていたわ。その状況でどうしろというの？　話せなかった。あなたにわかってもらえないのは残念だけど」

　アダムがきつい目を向けた。「監視？」

「ジャックは手下をオークウッドに残していたの。ほとんど毎日、姿を見たわ。その男は身を隠そうともしなかった。ロンドンまでついてきたのはわかっているの。これからどうするつもり？」

「相手の出方をただ待つつもりはない。まずはトビーを捜す。そしてジャック・ピアスを破滅させる」

　彼の声は低く、憎しみに満ちていた。両脇で手を拳を握りしめている。「どれだけ時間がかかろうと、どんなことをしてでも、この罰は受けさせる」

　エドウィナはアダムのぎらりと光る目にぞくりとした。まるで青い鋼鉄のように冷ややかだ。

「続きは、また今度話す。だが今日のところはロングエーカーに戻ってくれ」

　軽くばかにした口調が、エドウィナの癇に障った。

「そうね。冷静に考えればわたしがあなたを愛していることも、あなたとトビーのために命を投げだす覚悟だってこともわかりそうなものだけど。残念だわ」エドウィナは顔を上げ、背筋を伸ばすと踵を返して歩きだした。その最後の悲しげな諦め口調が、アダムの鎧にひびを入れた。

　その告白とエドウィナの毅然とした美しさが、アダムの胸に響いた。たとえ怒りや苛立ちが残っていたとしても、そこですべて消え去った。彼は静かに声をかけた。「エドウィナ」彼女は前を向いたまま足を止めた。アダムの口調がさらに和らぐ。「わかったよ。君はトビーのためにピアスに会いに行ってくれた。それなのに僕は誤解して……。悪かった。

許してくれ」それでも彼女が振り返らずにいると、アダムは続けた。「戻ってくれないか」

　エドウィナは振り返った。そしてゆっくりと引き返し、自分を待ち望む男性の前に立った。「少しの間トビーのことは忘れて、アダム。できればだけれど。ふたりの話がしたいの。さっき、わたしを求めてくれているかどうか訊いたわね？　でもまだ答えてもらっていないわ。もしあなたの妻になるなら、それは大事なことなの。知っておきたいのよ」

　アダムはエドウィナの顔を両手で包み、輝く瞳をのぞきこんだ。彼の顔は笑っていない。「どうして尋ねる必要があるんだ？　僕は君を誰より愛おしく思っている。十三歳の少年ではないと知った瞬間からずっと求めてきた。子供のような純真さと、その二倍は生きてきたような知恵を備えた君をね。今も君が不思議でならない。ときどき自分に問いかけるよ、僕は本当の君を知っているのかとね」

「わたしはただあなたを愛しているひとりの女よ」

　アダムのしなやかな手が顔を離れ、エドウィナの背に回ると胸に強く抱き寄せ、目や頬にキスの雨を降らせてから唇を求めた。抑えきれない喜びに心を震わせながら、エドウィナは彼の抱擁に身を預けて目を閉じた。涙があふれそうなほど、切なさに満ちたキスだった。少し塩辛くてほろ苦かった。やがて唇を離すと、アダムはエドウィナの顎を指で上げ、輝く緑色の瞳の奥を見つめた。

「一つ尋ねておきたい。本当にこれで全部なんだね？　まだ聞いていないことは何もないんだね？」

　エドウィナはアダムを見つめた。彼の言わんとしていることに気づいて、頬が染まる。アダムは眉を吊りあげ、黙って期待のこもる顔で待っている。エドウィナは喉を塞ぐ喜びと安堵の涙をぐっとのみ下した。「実は、あるの」はにかみながら、小声で言った。「もう一つ、言わなきゃならないことが。赤ちゃんのことよ——わたしたちの」

　心臓が大きく弾み、アダムはうめき声をあげると、驚くほどの力でエドウィナを抱きしめた。「ありがとう」かすれた声でささやき、香り立つ髪に顔を埋める。アダムは彼女を力いっぱい抱きしめたあと、その腕をつかんだまま体を離し、とろけそうな緑色の瞳をのぞきこんだ。エドウィナの瞳は涙で濡れていたが、バラ色の唇は震えながらほほ笑んでいた。

「確かなんだね？」

　エドウィナは瞳を陰らせ、ほほ笑んだまま唇を引き結んだ。「まだ早いけれど、今の時点では確かよ。父親になること、喜んでくれる？」

「喜ぶだって？」アダムは歓喜の笑い声をあげた。「それどころか、大喜びだ。赤ん坊を扱った経験はないが、幸せで胸がいっぱいだよ。それと感謝の気持ちで。まさかこれほどすばらしい経験が待っているとは思わなかった。ずっと子供がほしかったんだ。最高の贈り物だよ。すばらしい」

　アダムは部屋の奥へと進み、二つのグラスにワインを注いでそのうちの一つをエドウィナに手渡した。

「僕たちの子供の健康を祈って」アダムはワイングラスを掲げた。「君からこれだけの幸せをもらったんだ。この幸せのお礼はどうすればいい？」

「わたしはもう十分幸せよ、アダム」エドウィナは瞳を輝かせて答えた。「あとはトビーを捜しだせたら、完璧だわ」


　その後。ロングエーカーの家でひとりになると、エドウィナは改めて実感を噛みしめていた。数日以内にアダムと結婚し、彼の妻になる。考えただけで胸が熱くなった。愛しているの言葉がないことだけを除けば、完璧だ。

　それでも結局タップローコートに住むことになるのだと思うと、背筋が寒くなった。屋敷のことは足を踏み入れる前から憂鬱だった。何世紀も前に周囲に威圧感を与えるために建てられ、サイラスに引き継がれた屋敷。そこで巣の中心にいる黒蜘蛛のように、サイラスは君臨していた。タップローコートは彼の家としか思えない。

そこでふとアダムのことが気になった。あの屋敷は彼にとってどういう存在なのだろう。アダムがサイラスやタップローコートの名を口にするときの、あの内面の葛藤をあらわにする苦々しい表情で、何にせよ、あそこでの出来事がいまだ心の傷になっていることはわかる。しかもたぶんそれは、トビーの父親やトビー自身が受けた仕打ちとは関係ない。

そのことは、展示会でのバーバラの行為を詫びるためにドリーが訪ねてきたときに判明した。エドウィナはドリーを見つめた。その目には批判も好奇心もなかった。上流階級の女性は得てしてドリーのような職業の女性に、別の種を見るような、動物園の動物に対するような好奇の目を向けるものだけれど、エドウィナの目には、女性が相手を価値のある女性と認めたときの称賛すら浮かんでいた。

ドリーは上品な深緑色のベルベットのドレスにボンネットと薄化粧で、どう見てもコヴェントガーデンの娼館の女主人ではなく堅気の中年女性だ。

「姉は、おとなしい従順な娘に育つのを願っていたのですけれど」ドリーは高価な香水の香りを漂わせて居間に入ると、ソファのエドウィナの隣に腰を下ろした。ふたりきりでほっとしていた。この愛らしい女性にそっと耳打ちしておきたい話がある。

「バーバラには、お会いするたびに嫌みを言われてしまって……」エドウィナは残念そうに言った。

「あの娘は誰にでもそうなんです。特に、あなたはすごくおきれいだし、アダムと親しくなさっているのが気に障ったんでしょう。アダムは地位のある男性です。誠実さを求めるし、友人たちの尊敬も厚い。なのに人前であんな態度をとれば、自分で自分の首を絞めたも同然。それはバーバラ本人が誰よりもわかっています。ジャック・ピアスに話したことも、今は深く悔やんでいるんです。自宅に戻ったときには、屈辱と自己憐憫で身をよじっていましたわ。バーバラはわかっていないんです。あの娘には、ジャック・ピアスがあなたにかけた圧力が理解できない。どれだけの恐怖でスリをせざるを得なかったかも。でもよかった、叔父様が味方になってくださって」

「ええ」叔父を思い浮かべ、エドウィナは唇を綻ばせた。「わたしが家に戻ってからの叔父の変化には驚かされてばかりです。バーバラは、今日は？」

「落ちこんでいますわ。自分を恥じて見る影もなく」ドリーが笑みを浮かべた。「しばらくチェルシーを離れるつもりじゃないかしら。アダムに対しての夢にも破れたわけだし。でもエドウィナ、わたしは姪を愛していますけど、彼にふさわしいとは思っていません。でもあなたなら、ぴったりですわ」

「そうでしょうか」

「アダムから聞いています。あなたに結婚を申しこんだと」

「ええ。お受けしました」エドウィナは柔らかな笑みで答えた。

「よかった。お似合いだわ。あなたならきっとすばらしい伯爵夫人におなりです」ドリーが称えた。

「彼を愛していらっしゃるでしょう？」

「そう彼にも伝えました。でも少し悔やんでいるんです。感傷的な言葉で困らせたんじゃないかと。彼を愛しています――心から。あの人を失うくらいなら、どんなことも受け入れるくらいに」

ドリーはエドウィナの紅潮した頬と、アダムへの思いの深さをほのめかす柔らかな瞳を見つめた。

「どんな噂をお聞きになったかは存じませんけど、

噂というのは誇張されたものだから。アダムは生い立ちゆえに、感情的に深く結びつくのを避けてきたんです。でも、あなたのことはとても大切に思っている。あなたを愛しているのは明らかですわ。あなたを見るときのあの目。アダムが女性にあんな目をするなんて。間違いなく愛していますとも。たとえ本人は気づいていなくてもね」

エドウィナは困惑してドリーを見つめた。「どうしてわかります？　大切に思われているのはわたしも感じるんです。でも愛しているとは言ってもらったことがなくて」

「わたしはアダムを六歳の頃から知っているんですよ。心の中も、時には本人以上にわかります。確かにアダムは女性たちの心を奪っては火傷を負わせてきた。彼は誰も求めてこなかった。でも、あなたは違う。大丈夫、アダムはあなたを愛しています。本人はまだ認めなくても。献身的なよい夫になると思いますよ。威圧的で傲慢な態度をとるときもありますけど、根は繊細で優しい、立派な人です」

「よくおわかりなのね」エドウィナはほほ笑んだ。

「ええ。でも結婚してタップローコートに行かれたときは、それなりに大目に見てあげてください。あの屋敷にまつわる記憶は、なかなか乗り越えられないものでしょうから」

「タップローコートとサイラスの話になるといつも苦々しげで。あそこで何があったんですか？　アダムにとって、そんなにも辛いものだったんですか？」エドウィナは静かに尋ねた。

ドリーの顔に影がよぎった。「気持ちのよい人ではありませんでしたから、サイラスは。わたしがタップローコートで家政婦をしていたことは？」

エドウィナはうなずき、ドリーを見つめた。

「わたしはサイラスの愛人でもあったんです」

エドウィナは唖然とした。「愛していらしたの？」

「お恥ずかしい話ですけど、ええ、深く。でも、しだいに愛は憎しみに変わりました。サイラスは誰かを、何かを愛せる人ではなかった。彼が愛していたのは、相手を追いつめて、屈辱と苦悩の中でひざまずかせる瞬間だけ。人を苦しめることにかけては、まるで悪魔。本当に邪悪な人だったんです、エドウィナ。だからあんな恐ろしいことも……」

エドウィナはドリーの手を取った。「聞いています。トビーの父親を殺したことも、トビーの姿を見たくないと、行きずりの旅芸人に渡したことも」

「あのときは本当に恐ろしくて」ドリーが小声で言った。「心底サイラスを憎みました。彼はただ人を傷つけるのが好きなんです。苦しむ姿を見るのが。そんな人に、六歳のアダムが敵うわけがない」

「彼はその年齢でタップローコートに？」

ドリーはうなずいた。「ご両親が亡くなってただでさえ辛いのに、さらにサイラスからきつく当たられて」ドリーはアダムの悲惨な子供時代と日々サイラスから受けたひどい仕打ちをかいつまんで話した。「アダムは何重にも心に膜を張って、感情を表に出さなくなりました。それは今も同じです。でも学校が救いになってくれたんです。そこで絵に情熱を捧げて、いくらか膜も破れた。今でも覚えています。成長して、背も伸びたアダムがタップローに戻ってきて、あの長い脚で屋敷を闊歩したときのこと……」ドリーはほほ笑んだ。「あの傲慢な歩き方にはあなたも気づかれているでしょう。あれが癇に障ったのか、サイラスはようやく彼に手を出さなくなったんです。でも苦い遺産だけは残した。アダムは身構えた皮肉屋になりました。大人になって社交性は身につけても、その奥は何も変わらない。彼は想像もつかない経験で傷ついたんです。それを知っているのはわたしだけ。だからわたしには心を開く。心の奥にあるものを知っているから」ドリーはエドウィナを見つめ、ほほ笑んだ。「これからはあなたも。ひょっとするとあなたなら、アダムが張った残りの膜も破れるかもしれないわ」

「やってみます」

「そう言ってくださると思った。あなたなら大丈夫。きっと彼を恐ろしい過去の呪縛から解放できる。サイラスと結婚なさらなくて本当によかったわ」

「ええ。お聞きになっています？　サイラスがわたしの父を殺したこと」

今度は驚くのはドリーの番だった。「いいえ。どういうことです？」愕然としたドリーは尋ね返した。

エドウィナはためらいつつも、父親が破産しかけてサイラスに借金を申し入れたことから話しだした。話を進めるにつれ、言いようのない恐怖が蘇る。話し終えると目を伏せ、ドリーの言葉を待った。

沈黙が続き、気になりだした頃、ついに怒りに震える低い声が聞こえた。「なんてこと！　またも人を殺していたなんて」

「アダムから聞いたの。トビーの父親が殺されたとき、あなたも現場にいらしたと」

ドリーはうなずいた。「サイラスがナイフを彼の心臓に突き刺すのを見ました。ジョセフ・タイクはいい人でしたわ。オリヴィアと結婚するはずだったんです。もちろん身分が低くて、サイラスの目にはただの馬の世話係ですから、サイラスは聞く耳さえ持ちませんでしたけど。オリヴィアが深く傷ついてセントオールバンズに住むジョセフの両親の元に行くことになったとき、わたしもタップローコートを離れました。その後は連絡を取ることもなくて」深い悲しみがドリーの目に宿った。涙をうっすらと浮かべた目で、エドウィナの背後に遠いまなざしを向ける。「わたしさえいれば、彼女がサイラスを頼ることも、亡くなることもなかったのではないか。サイラスがトビーを行きずりの旅芸人に渡すこともなかったのではないか」ドリーは静かに首を横に振り、涙をのみ下した。タップローコートを離れて以来、流すのをやめた涙を。「わたしはあの男だけは許せないわ。たとえ墓の中にいて、二度と人を傷つけることができなくても」

エドウィナは青ざめた顔で言った。「そのことを誰かに話されなかったの？　人を殺めたんだもの、罰を受けるべきだわ」

ドリーは薄くほほ笑んだ。「わたしはただの家政婦ですよ。サイラスには権力があった。法から身を守るだけの力が。誰もわたしの話なんて信じてくれません。残念ですけれど」ドリーが立ちあがり、手袋をはめた。

エドウィナも立ちあがって、ドリーの腕に手をかけた。「来てくださってありがとう、ドリー。お話を聞いて、いろんな疑問が解けました」

「ええ、そのためにうかがったんです」

「よろしかったら、ヘンリー叔父様に会っていかれない？　もうすぐ戻ると思いますから。昨夜、きちんとご紹介できなかったし」

「ご遠慮しておきます。わたしは仕事があるので戻りませんと。それとね、エドウィナ」ドリーが意味ありげな視線を送った。「昨夜あなたの叔父様はわたしがコヴェントガーデン一の悪名高い女だとご存じなかったんです。でも、きっともうおわかりだわ。立派な紳士は、わたしなんかを紹介されてもお喜びにならない。慌てて退散なさるのが落ちですよ」

二、三日のうちにハリエットに会いに行くからと告げるエドウィナに背を向けながら、ドリーは内心ほほ笑んでいた。とはいえ、館の常連客はそういう立派な紳士ばかり。奥方たちは売春宿など、品のない平民の男が行く場所だと思っているのだろうけれど。夫が低俗な女を求め、その接待に金銭を払っていることなど彼女たちは思いもよらない。

エドウィナは素直にドリーを見送った。確かにそのとおりだと思ったから。でもドリーが考えているほどエドウィナは世間知らずではなかった。セントジャイルズで過ごす間に、地位の高い紳士が淫らな欲求を叶(かな)えるために売春婦を求める場面を幾度も見てきた。ヘンリーのような男性も例外ではないのだ。

一週間後、アダムとエドウィナは結婚した。どちらも盛大な挙式は好まなかったが、それでも準備は大変だった。急な結婚を知らせても、叔父もテンプルトン夫妻も手放しで喜んでくれた。とりわけテンプルトン夫妻はエドウィナを自分たちの屋敷から嫁にやれると大喜びだった。

挙式までの間、エドウィナがアダムと会ったのは二回きりだ。寂しかったが、準備の慌ただしさで気を紛らせた。彼は密(ひそ)かにジャック・ピアスを捜し始めていて、その進捗具合は下僕に託す短い手紙で知らせてくれていた。けれどジャックは穴に潜った狐(きつね)のごとく、どこにも見つからなかった。

挙式当日、エドウィナはクリーム色のサテンに真珠を散らしたウエディングドレスを身にまとい、爆発したような巻き毛をきれいにまとめ、ストランド街のセントクレメントデインズ教会で夫に会った。その長身を赤紫色のベルベットに包んだアダムは、光り輝く花嫁を誇らしげに迎えた。「きれいだよ」エドウィナにだけ聞こえる声でささやく。幸せが、肌の艶や髪の光沢や澄んだ緑の瞳にあふれていた。アダムはエドウィナの手を取り、祭壇へと導いた。

窓から注ぐ日差しを浴びながら、ふたりは祈りの椅子にひざまずいた。司祭が前に立ち、祈りの言葉と慣例の問いかけを行い、新郎新婦が答える。やがて夫と妻だという宣告を受け、アダムは花嫁にキスをする権利を公に主張した。

そのあとテンプルトン夫妻の優雅な応接間に移動し、エドウィナはアダムの隣で来客を迎えた。何もかもが現実とはほど遠く感じられた。そんな気持ちに気づいたのか、アダムはいつになく優しく、それがエドウィナにはありがたかった。

会食後ふたりきりになった瞬間を見計らって、アダムはエドウィナの手を取り、部屋の隅へと引っ張っていった。緑色の瞳を見つめ、浅い呼吸に気づいて、ようやく彼女が怯えているのを察した。

「どうした?」アダムは尋ねた。彼女の腕から震えも伝わってくる。「何を怯えている?」

エドウィナはアダムを見上げ、震える笑みを浮かべた。「怯えているんじゃないの。自分でもばかみたいなのだけど、どきどきしてたまらないの。このあとのことを思うと」エドウィナは打ち明けた。たくましい夫を目の前にすると、興奮と切なさと不安で体が震える。「初めてでもないのに、どうしてこうなるのかわからない。お腹に子供もいるのに」この件だけは誰にも聞かれないように声をひそめる。

アダムは優しい顔で、青ざめた頬にそっと指を走らせると、唇にキスをした。ほのかに漂う香水の香りに官能が目覚める。今夜また彼女が自分のものになる。そう思うと熱く血がたぎった。「心配しなくていい」そうつぶやいた。「すぐに抜けだそう」

「わたしも逃げだしたくてうずうずしていたの」

アダムは所有欲のこもる熱い目でエドウィナを見つめたまま手を唇に近づけ、教会で自分がはめた金の指輪にキスをした。「僕からは逃げだせないよ。君はもう僕のものだ。絶対に離さない」

「あなたからは逃げたくならないわ、永遠に」

「君はすばらしい伯爵夫人になるよ」

「そうかしら」そのときアダムの目に、おそらくこれがロンドン中の半数の女性を引きつけたのだろうと思う光が宿っているのに気づき、エドウィナは首を傾げた。「何を考えているの？」

ゆっくりと唇に笑みが広がる。「伯爵夫人にふさわしいルビーやダイヤモンドで飾った君を想像してみたんだよ――他には何も身につけずにね」

「アダム・ライクロフトったら！」エドウィナは笑い声にむせ返りながら咎めた。「あなたには恥じらいってものがないの？」

「ないね」アダムは豪語した。「伯爵夫人を抱くのは初めてだ。わくわくするよ」


一時間後、アダムははやる気持ちを抑えつつ、扉にタップロー伯爵家の紋章がついた豪華な黒乗りの馬車にエドウィナを乗せ、目と鼻の先にあるメイフェアの屋敷へと急いだ。

## 16

ほのかな朝日に重いまどろみから揺り起こされ、エドウィナは巨大なベッドで体を伸ばした。隣の夫に体をすり寄せ、その温もりを肌で味わうと、この上ない満足感と安らぎに包まれる。昨夜は人生最高に官能的な夜だった。このすてきな悪魔に悔しいほどいたぶられて、意のままにされて。考えられないほど情熱を煽られて、彼の欲望が中で炸裂したときには、叫び声さえあげていた。

アダムが目を覚まし、輝く髪にそっとキスをしてエドウィナの背中に腕を回した。腰からヒップにかけての滑らかな肌の曲線に指を這わせる。エドウィナはまだうっすらと目を閉じたまま、アダムに笑みを向けた。満ち足りた妻の笑み。けれどアダムはベッドの天蓋を見つめていた。

「どうしたの？」エドウィナは身をよじり、広い胸を覆う黒っぽい毛に軽くキスをした。「物思いにふけって」説明のつかない不安を覚えて吐息をつき、顔を上げる。アダムの顔は険しかった。情熱は曇り、瞳もすっかり冷えて、唇も引き結ばれている。さらに空いている手で首の筋肉をほぐしだすと、彼女は内心ひやりとした。「アダム、何を考えているの？」

彼はすぐには答えなかった。感情を抑えるように深呼吸して吐きだした声は穏やかなものの、まるで氷に刻まれたようだった。「ジャック・ピアス」

甘い幸福感がいっきに砕け、エドウィナは吐息をついた。「何も今、考えなくても……」

ジャック・ピアスの居場所をいまだ突き止められない憤りと苛立ちがアダムの全身に滲んだ。「やつを捜しだしてトビーを見つけるまで、他のことは考えられない。あの悪党、いったいどこへ消えたのか。ロンドンのどこかだと思ったのに」

「きっとセントジャイルズだわ」

「そうかもしれない。しかし確かなことは何もわからない。ひょっとするとタップローコートに押し入る計画を捨てて、トビーを解放してくれる気かも」

「ジャックは腹をくくっているわ、アダム。今は時機をうかがっているだけ。わたしたちがタップローに戻ったら、手の内を明かしてくると思うわ」

「それなら三日後に発つと触れ回るか」アダムは苛立たしげにベッドを打ちつけた。「もう一週間だぞ。慎重に尋ね回った。脅しも約束も賄賂も使った。似たような悪党も雇った。それでもなんの手がかりもない。セントジャイルズ界隈の路地は入り組んでいる。まさに悪党が隠れるための場所だ」

おそらくアダムは慎重に聞き回っただろう。それはエドウィナもわかっている。それでも声に出して反対したのはこれが初めてではない。エドウィナはうつ伏せになって肘をつき、アダムを見つめた。彼の眉間に皺が寄る。それでも怯まなかった。「あなたが捜していることをジャックに知られたら終わりよ。苦しむのは、あなたではなくトビーだわ」

「わかっている。ジャック・ピアスがまだ監視しているのは確かだ。君をロンドンまでつけてきたのと同じ男かどうかわからないが、毎日のように男が屋敷のようすをうかがっている。最初はその男と対決しようかとも思ったんだが、ピアスに知られてはまずい。何も気づいていないふりをしているよ。だがなんとしてでもピアスは捕まえる。それにしても、いったいどこに隠れているんだ？　どこかにアジトはあるはずだ。宝石や煙草入れの類いは出所が知れないよう、売却前に加工する必要がある」

「アジトはあるわ。でも場所がわからない。大きな仕事にまでは引きこまれなかったから。統率の取れた組織よ。しかも天才的な。捕まるすれすれを楽しんでいた。ジャックを見つけるのは、ジャックと同じように犯罪の巣窟に精通していないと無理ね」

「ああ。調べるうちに、ジャックが裏の社会でかなり恐れられている人間なのはわかった。しかし信用して任せられる者がいるかな？　疑われることなく、隠れ家にいるやつを見つけられる人物が」

「エドなら可能だわ」

　その言葉が岩のようにアダムを打ちつけた。最初はただ愕然としていたが、やがて身を起こし、仰向けになったエドウィナに雲のごとくのしかかった。愛らしい顎がつんと上向き、挑む目の奥に決意が光る。反抗的な顔。エドウィナがこの表情を浮かべたときは、要注意だ。

「それはだめだ」告げるアダムの目は怖いほど無表情だった。声も冷たく、どきりとするほど脅威に満ちている。

それほどあり得ない話かしら。エドウィナは不安を覚えた。

「詳細を聞くまでもない。忘れろ。エドはもう存在しない。いいな？」

「でも、わたしは本気よ、アダム」

「わかっている。だから不安なんだ。ばかげているだけじゃなく、危険だ」考えるだけでも耐えがたいと言わんばかりに、アダムが睨みつけた。

「わたしはトビーを見つけるためならなんだってやるわ。話を聞くだけ聞いて」

「無駄だ。返事は聞く前から決まっている」

エドウィナはかわいい鼻を自信たっぷりに上げた。

「わたしはセントジャイルズ界隈をよく知っているわ。ジャックの手下たちが住んでいる家も。わたしなら、彼を見つけられる」

「君のその能力は疑っていない」アダムは皮肉まじりに言った。「だが僕の気持ちは変わらない。もし見つかったら君がどんな目に遭うか、考えるだけでぞっとする。セントジャイルズがどれだけ危険か、わかっているだろう。君は僕の妻なんだぞ。そして、もうすぐ僕の子の母親になる。言うことを聞けないなら、出産まで部屋に閉じこめる」

「あなたは、そんなことはしないわ」

「僕の忍耐を試すようなまねはするな。いいから誓うんだ――危険なことはしないと」

意外にも、エドウィナは頬が熱くなった。アダムの憤りを鎮めようと、無意識に子供っぽく腕を首に巻きつけて顔を引き寄せる。「嫌よ、アダム。誓えないわ。わたしを信用して」

「信用する？」アダムは問い返した。エドウィナの唇が間近にあり、肌の温もりが伝わってくる。柔らかさも、挑発的に胸をくすぐる指の動きも。

今のエドウィナの返事に満足しているわけではなく、このままにするつもりもなかったが、彼女のなだめるような愛撫(あいぶ)に欲望が目を覚ましていた。無視して憤りにしがみつこうとしたが、体が裏切り、鎮まったとばかり思っていた前夜の炎がゆっくりと蘇(よみがえ)る。だが同時にその結末の愚かさも自覚できていた。

「エドウィナ、君には常識を外れやすい無鉄砲さがある。それが僕は不安なんだ」

美しい唇にほんのりと柔らかな笑みが浮かんだ。

「大丈夫」エドウィナはさらに体を押しつけ、アダムの頬に手を当てた。その目はもはや冷たくもなければ怒ってもいなかった。温かく愛情にあふれ、唇には物憂げな笑みが浮かんでいる。「機嫌を直して、アダム。今日は、共に人生を歩みだした初日よ。お風呂に入って食事をしたら、気分はよくなるかも」

アダムの体から力が抜け始め、彼の勢いは弱まった。「いいね」エドウィナから目が離せない。「そのあとは?」

「そのときになればわかるわ」エドウィナはかすれた声で意味ありげに言うと、頭をわずかに上げてアダムの唇にキスをした。短く軽い、思わせぶりなキス。そしてベッドを離れようと、形のよい脚としなやかな若い体をあらわにする。

アダムは低くうなって手を伸ばし、彼女を引き戻した。「まだだ」声が欲望にかすれている。「もう少し」

エドウィナはその表情に気づいて、ふっと笑った。「それじゃあ、もう少しだけね」

アダムは再度エドウィナを組み敷くと、唇を重ね、胸を愛撫しながら激しく貪った。やがて唇を首筋に移して頬に熱い息を浴びせ、耳を軽く噛(か)み、甘美な快感を全身に走らせる。エドウィナは甘い吐息をもらして頭をのけぞらせ、体をさらに押しつけた。

「愛しているわ」息も絶え絶えにささやく。「心から愛しているわ、アダム」

「わかっている」アダムは再び唇を合わせると、瞼を伏せて長く深いキスをした。エドウィナが体を弓なりに反らした。その動きがアダムの思考を奪い、さらに甘い吐息が媚薬となって作用する。アダムは手と体で彼女を奪った。自分でも信じられなかった。この愛おしい若妻の情熱も、欲望も、自らの体が彼女を求める荒々しさも。完璧な女性だ。美しく、官能的で、しかもわざとらしくない奔放さもある。

　翌日アダムが友人たちに会うためにアカデミーに出かけると、エドウィナは裏口からそっと屋敷を抜けだし、正面で見張るジャックの手下の目をすり抜けて夕闇に紛れた。

　厩舎番の少年が馬の世話で忙しい隙に、戻ったら詫びるつもりで拝借したズボンとブーツと古い上着で、少年の格好をしていた。髪はまた短く切りこみ、煤や獣の脂で光沢を鈍らせている。さらには顔や服もそれをたっぷりと塗りつけて汚した。自分でもうんざりしたが、この変装は欠かせなかった。

　できるだけ物陰に身を潜めながら、エドウィナはひたすらセントジャイルズを目指した。そして、できれば二度と足を踏み入れたくなかった悪しき世界に着く頃には、周囲は暗く、沈んだ太陽の薄い明かりが黄昏の空を照らすだけとなっていた。セントジャイルズは煤や煙に覆われていて、視界にも健康にも危険なほどに空気が悪かった。見覚えのある場所が近づくと、混沌とした、腐敗した世界が、悪臭がエドウィナに襲いかかった。

　街は記憶と変わりなかった。道端で寝そべったり、壁に寄りかかったりする酔っ払いたち。身なりのまともな男女や露天商の間に、物乞いや汚らしい少年、さらにはドレスを大きく開いて商売道具を誇示する娼婦の姿がまじる。荷を山積みにした手押し車が転倒し、こぼれ落ちた荷に足を止める人々。どよめきと叫び声。〝泥棒！〟の叫び声に、誰もがいっせいにポケットを確認する。発砲音がしたが、すでに悪党の姿はない。

嫌悪感と不安に身震いしながら、エドウィナはセントジャイルズの奥へと足を進め、ジャックの手下を捜した。物陰から物乞いたちが現れた。ほとんどが裸足でぼろをまとっている。三十分後、エドウィナは足を止めて筋向かいに目をやった。若者がひとり、酒場の壁に寄りかかって獲物を物色している。

エドウィナはその姿に内心ほほ笑んだ。ジョナサン・ワード――エドウィナより早くからジャックの元で働いている少年だ。年は十五歳ほどだろう。口数が少なく、年齢のわりには小柄でご多分にもれず汚れている。細い肩に羽織っただぶだぶの上着がやせ細った脚でひらひらしていた。裏張りにいくつものポケットがついた、盗品を隠すのに最適な服だ。

エドウィナは両手をポケットに入れ、そっとにじり寄った。

「よう、エド」ジョナサンが声をかけた。「驚いたな。戻ったのか。おまえが消えて、ジャックはひでえ頭にきてたんだぜ。どこに行っていた？」

エドウィナは肩をすくめ、隣で壁に寄りかかった。

「あちこち。サザークとか」

「稼げた？」

エドウィナは首を横に振った。「あんまり。だからジャックに戻れるかどうか頼んでみようと思って。どこにいる？」

「さあ」ジョナサンはさりげなく通行人に目を配りながら答えた。「捕まったらやばいぜ」ジョナサンは指で首を切るまねをした。

エドウィナは笑ってみせた。「覚悟の上だよ」

「ねぐらは？」

「ないんだ、金も」

「プラチェット婆(ばあ)さんのところならいけるんじゃないかな。ジャックのところに戻るならだけど。来いよ」ジョナサンが壁から離れた。「今夜はしけてるから、連れてってやる」

エドウィナはプラチェット婆さんについての情報を思いだしながら、あとを追った。

ジョナサンはクロウ小路の小さな囲い地に入った。狭い場所に雑然とつめこまれたあばら屋やごみの山に、震えが走る。ここはジャックの手下が住まわせられている場所だ。時には日の光が当たる屋根裏に、ではない。換気も悪く日も当たらない家の奥深くや湿った地下の倉庫に、だ。豚や鶏や害虫と共に、悪臭を孕(はら)む空気の中に押しこめられている。

エドウィナはジョナサンについて狭い石の階段を下りた。そこはまさに、失われた魂の巣窟だった。ジャックの少年たちが藁(わら)を敷いた床に所狭しと横になっている。少年同士の間隔などないも同然だ。あまりに悲惨な光景に胸を締めつけられながら、エドウィナはびくりともしない幼い少年たちを見つめた。胎児のように丸まっている子もいた。大人びた空気を漂わせ、空虚な目を向けてくる子もいた。

セントジャイルズの大人は、強いてこうした子供たちから目を背けている。そうでなければ自分が生きていけないのだ。エドウィナも当時は自分より弱い子供たちの状況は考えないように心を鬼にしていた。それでもやはり、こうして彼らを目の当たりにすると哀れさとやるせなさで胸が締めつけられる。

蝋燭(ろうそく)の火が力なく周囲を照らし、溶けた蝋が周辺に飛び散っていた。鈍い暖炉の前に置かれた大きなテーブルには、汚れた皿や蒸留酒の瓶が山積みで、しかも脚が一本だけ短いのか、全体がおかしな具合に歪(ゆが)んでいる。吊(つ)り下げられた、煤けた鉄鍋では何かしらぶくぶくと煮えていて、プラチェット婆さんがかき混ぜるたびに不気味な液体が飛び散っていた。

不潔な体と新鮮でない食べ物と排泄物の強烈な悪臭がエドウィナの鼻と頭に襲いかかった。唇をどんなにきつく結んでも、吐き気がこみあげる。アダムや快適なメイフェアの屋敷が遠い世界に思えた。

プラチェット婆さんは予想どおり、いや、それ以上だった。細くなった灰色の髪を持つ、むっつり顔の巨大な老女で、大きなお尻の重みで体全体が沈んでいる。老女はジョナサンを見ると、大釜を離れてのしのしと近づいてきた。エドウィナの正体には気づかず、頭上に蝋燭を掲げて眺める。まるで野獣のような顔だ。肌の皺やたるみや灰色の目の周りにさえも土埃が食いこんでいる。彼女はエドウィナを食い入るように眺めた。

「どうした?」

「もうひとり頼むよ」ジョナサンが言った。「名前はエド。前にもジャックのところで働いてたから、ようすはわかってる。ねぐらがないんだ。だから、ここに連れてきた」

ジョナサンが通りから新しい少年を連れてくるのはよくあることなのか、プラチェット婆さんもとり立てて驚いてはいなかった。彼女はエドウィナの脇腹を指で突いた。「他の子と違うね。誰かに食わせてもらっていたか」不機嫌そうにぶつぶつ言うと蝋燭をテーブルに置いて巨大な腰に手を当て、牛を品定めするように上から下までエドウィナを眺めた。

「ジャックのところの坊主じゃしょうがない。あっちで寝な」部屋の隅の空いた床をしぶしぶ指さし、顔をエドウィナに向かって突きだした。「だけど、いいかい。ここは静かな家だ、面倒はごめんだよ」

「わかってるよ」エドウィナは乱暴に答えると、プラチェット婆さんの酒臭い息と、居心地の悪い射るような視線から後ずさった。ジャックが闇から姿を現さないかと不安げに周囲を見回す。だが、いつもどおりなら今頃はどこかの酒場にいて、夜明けまでは顔を出さないはずだ。

「俺は行くけど」ジョナサンが出ていきかけた。「一緒に来るか？」

エドウィナは首を振った。「僕は寝るよ」この中にトビーを見かけた子がいないだろうかと、エドウィナは眠る少年たちを見回した。

「好きにしな」ジョナサンはそう言うと扉に向かい、口笛を吹きながら粋がって出ていった。

エドウィナは地面に直接敷かれた悪臭の漂う藁に横たわりながら、眠ったふりをしてプラチェット婆さんが、暖炉の前に座ってジンの瓶を取りだすのを見ていた。あのようすでは、すぐに酔いつぶれそうだ。エドウィナはできるだけジャックを思い浮かべないようにして、じっと周囲をうかがった。帰宅して自分がいないことに気づいたら、きっとひどく心配するだろう。ふたりで交わした会話を思いだして、正しい結論にたどり着いてくれるといいけれど。

待っている時間が永遠にも思えた。体がむずむずして猛烈にかきむしりたくなる。どうやらかつての敵――蚤に襲われたらしい。そうしている間にようやくプラチェット婆さんが頭をだらりと椅子の背に寄りかけ、大きないびきをかき始めた。エドウィナは、まだ起きている子がいれば話を聞こうと周囲を見回した。けれど、どの子もみな、目を閉じていた。

ため息をついて、体の向きを変えた。そこで、他の子と少し離れて横たわる少年のそばの壁に小さな杖に似たものが立てかけてあるのに気づいた。目が釘付けになる。エドウィナは即座に身を起こし、その持ち主を見つめた。小柄で痩せた少年、くしゃくしゃの脂っぽい黒髪。

心臓が大きな音をたて始めた。眠る子供たちの間をそっと抜け、脚の悪い少年に近づくと、そばにひざまずく。身を屈め、間近で顔を見つめた。少年は長く濃いまつげを青白い頬に落とし、眠っている。

この子がトビーってことは？　まさか、こんなに簡単なはずがない。脚の悪い少年なんて、ロンドンにはごまんといる。それにジャックは前々からこういう子に人々の注意を引かせて、その隙に他の子にスリをやらせる手法を使っていた。ジャックが、身の代金のかかった少年をプラチェット婆さんの元に置いていくようなてぬるいまねをするだろうか。でも、ひょっとしたら？

エドウィナは少年の腕に触れた。「トビー？」小声で呼んでみた。反応がないので、そっと揺すってみる。「トビー？」少年がわずかに体を動かし、目を開けた。茶色。アダムから聞いていた色だ。

「何？」幼い声だ。少年は手の甲で目をこすった。

エドウィナは我慢できずに尋ねた。「あなたの名前はトビー？　トビー・クリフォード？」

少年は仰向けになって、エドウィナの目を見た。

「そうだけど。誰？」

エドウィナは安堵（あんど）で胸がいっぱいになった。「味方よ。あなたをここから連れだしに来たの」

「どこにも行けないよ。ジャックが怒る」

「ここから逃げたいでしょう、トビー？」

少年はうなずいて、目をこすった。

「だったら今のうち。プラチェット婆さんは眠っている。信じて、トビー。わたしはあなたを助けに来たの」

アダムが帰宅した時間は遅かった。幅広のネクタイ（クラバット）を緩めながら、階段を上がってエドウィナとの寝室に向かう。疲れて、苛立っていた。アカデミーでの用事が長引いて、思いの外長く新妻から引き離されたのだ。着替え室に入り、同じくくたびれている従者を下がらせた。エドウィナが隣の部屋で待っていると思うと、苛立ちも和らぐ。キスで起こしてやろうと思うと頬が緩んだ。さらに気持ちが浮き立つ。

アダムはシャツのボタンを外しながら、続き部屋への扉を開けた。メイドがカーテンを引いておらず、月明かりが床やベッドを照らしている。

アダムの足が止まった。ベッドが空っぽだ。眠った形跡もない。

エドウィナはどこにいる？　アダムは化粧台の蝋燭で周囲を照らして部屋を見回した。どこにもいない。立ち去りかけたところで、ふとヘアブラシの脇にある明るいものが目を引いた。赤みがかった金色の巻き毛――エドウィナの髪だ。アダムは目を凝らした。ゆっくりと持ち上げ、指の間から落とす。ふと見ると、化粧台脇のゴミ箱にはさらに多くの髪が入っていた。そこで昨日の朝の会話が蘇った。暗い、不吉な予感が形をなし始める。エドウィナが髪を切るとすればそれしかない。

アダムは着替え部屋に引き返し、呼び鈴を引いて従者を呼び戻した。数分後に現れた従者にアダムは顔をしかめた。「妻を見たか？」

険しい顔の主人におののきながら、従者は首を横に振った。「いいえ、旦那様。午後からは一度も」

アダムのしかめ面がさらに不安も帯びた。「すぐにメイドを呼んでくれ」

アダムはクラバットを締め直し、着替え部屋をうろうろしながらあれこれ悶々と考えた。数分後、ローブ姿で眠そうな目をしたエドウィナの若いメイドのアメリアが現れた。

「それが、旦那様」アダムの問いにアメリアは答えた。「わたしは奥様に言われて早々に下がらせていただいたんです。今夜はひとりで大丈夫だからと。そのときは変だと思ったんですけれど」

これまでにない行動だ。アダムはすぐに従者に、屋敷中の者を叩き起こして広間に集めるよう命じた。その命令が実行されるのをじりじりと待つ。そして使用人たちが集まったところで、妻を見た者がいないかどうか淡々と尋ねた。誰も見ていないとわかると、馬の世話係に馬車をすぐに用意するように命じて、彼らを解放した。

こうなると、行き先はセントジャイルズしか考えられない。アダムは怒りを抑えることができなかった。エドウィナがまさか自分に逆らってこんな大胆なことをするとは。まったく何をしでかすかわからない女性だ。

アダムは黒っぽい髪を指でかきあげた。疑念が怒りに、これまで感じたことのないほどの強い憤りに変わる。アダムは上着に腕を通すと、荒々しく毒づきながら大股で屋敷をあとにした。この無謀な行動の罰として妻にどんなことをしてやろうか――それを考えることでわずかに溜飲を下げながら。

一方セントジャイルズの奥では、エドウィナとトビーは迷路のように入り組んだ路地を苦心して進んでいた。プラチェット婆さんのところを離れるときも、トビーは何も言わなかった。たとえエドウィナのことを何も知らなくても信用したのか、ただ黙々と従ってくれた。行く手を照らす明かりはほとんどない。夜は騒々しく、空気は冷たくて吐く息が白く濁る。エドウィナはひたすら前を向いていた。脅威の潜む暗がりに目をやるのは怖かった。それでもトビーが後れると、振り返った。

トビーは申し訳なさそうな目を向けた。杖の先が敷石の間にはまっている。「ごめんなさい。杖のせいで急げなくて」

「いいのよ。手を貸すわ」

エドウィナは杖を敷石の間から外した。そしてシャツ一枚で震えるトビーに、上着を脱いで着せてやった。トビーは感謝の笑みを浮かべ、再び歩きだした。ときどき足を止めてトビーを休ませるため、進み具合は遅々としていて、エドウィナは常に見つかる恐怖に気を張りつめていた。もしジャックが今夜は酒場ではなく、プラチェット婆さんのところに行ったとしたら？　こみあげる動揺を必死に封じた。急がなければ。トビーがいなくなったと知ったらジャックは必ず追ってくる。プラチェット婆さんから、エドという名の少年もいなくなったと聞いたら、特に。ジャックがエドを忘れるはずがない。どこまでも執念深い男だ。屋敷に着いたら、アダムにも説明しないと。きっと怒っているだろう。でも、こちらにはトビーがいる。彼の存在はどんな言い訳よりも効果的なはず。

薄汚いセントジャイルズを抜ける頃には、空も白み始めていた。気づくと鳥のさえずりが聞こえ、空気もすがすがしさを増していた。

## 17

屋敷の前に来ると、トビーは足を止めて見上げた。一歩後ずさり、壁に寄りかかって首を横に振る。

「ここには入れない」

トビーが不安を見せたのは、これが初めてだった。

「トビー、どうしたの？」

トビーは恐怖で大きく見開いた目をエドウィナに向けた。「サイラス伯父さんが住んでいるでしょ？」

それで納得がいき、エドウィナはすぐに不安を和らげた。「いいえ。サイラス伯父さんは亡くなったの。ここはアダムの屋敷よ。あなたのお母さんとアダムはいとこ同士なの。そのつながりで、アダムがあなたの伯父さんから称号と領地を相続したのよ」

トビーがはっとした。「タップローコート？」

「そう。きっとアダムを好きになるわ、トビー。彼はずっとあなたを捜していたのよ」

黒っぽい目に希望が宿る。「ほんとに？」トビーは首を傾げて、うなずく相手をまじまじと見つめた。救いだしてくれたこの人は絶対にまだ少年だ。背丈だって大して変わらない。だけど話し方は女性みたいだ。「あなたは誰？」

エドウィナはにっこりと笑った。煤けた顔に白い歯が輝く。「わたしはエドウィナよ。アダムはわたしの夫なの」

驚きで目を見開いて、トビーは上から下までまじまじとエドウィナを眺めた。「女の人なの？」

エドウィナは軽く笑った。「この格好ではそう見えないわね。でも、そうよ」

「どうしてそんな格好をしているの？」

「長くなるから、あとで話すわ。さあ、あなたの新しい家に入りましょう」

中に入ると、ふたりの下僕が目を向けた。ぎょっとした表情が明らかな狼狽へと変わる。ちょうど台所からハリソン夫人が出てきた。

「お待ちなさい」広間に入ろうとしたエドウィナたちを呼び止める。

ふたりは立ち止まり、いたずらっ子が叱責に構えるようにハリソン夫人を待った。ハリソン夫人はふたりの顔を順に眺めてから、再び背の高いほうに驚愕の視線を戻した。埃まみれの少年の外観に女主人の姿を認めながらも、そのあまりの汚らしさに後ずさり、セントジャイルズの悪臭が鼻に届いたときには嫌悪感もあらわに鼻に皺を寄せる。

「まあ、奥様！　なんてこと！」

エドウィナは汚れた顔でにやりと笑った。「驚かせてごめんなさい、ハリソン夫人。でも、この変装が必要だったの」

「まあ、奥様がそうおっしゃるなら。でも、ご無事でよかったですわ」

エドウィナはトビーの手を取って前に出した。

「この子がトビーよ、ハリソン夫人。トビー・クリフォード――アダムがずっと捜していた少年」

不自由な脚をもう片方の脚に向けて屈め、杖を支えに立つ少年を見て、ハリソン夫人の表情が和らいだ。目が涙で潤みだす。「まあ、やっとお会いできたんですね。どんな目に遭われているかと、アダム様はそれはもう心配なさっていましたから。あらゆる通りや路地を捜し回られて」

「アダムはまだベッドに？」エドウィナはおそるおそる尋ねた。

「とんでもない。あなたがいらっしゃらないことに気づかれて、捜しに出られましたよ。そのときの旦那様の取り乱しようときたら、癇癪玉も炸裂寸前でした」最後の言葉は、目の前の若妻に、いずれ夫が戻って来たときに備えさせるための警告だ。

アダムと対峙することを思うと、不安と恐怖でエドウィナの心臓の鼓動は速まった。「戻る頃にはアダムの癇癪玉も落ち着いているかも。それはそうと、トビーに部屋を用意して。きっとお腹も空いているはずよ」エドウィナは少年にほほ笑んだ。「それから、お風呂――これはわたしたちふたりともね。今からハリソン夫人がお世話をしてくれるわ、トビー。あとで会いましょう」

アダムにこんな姿を見られたくなくて、エドウィナは大急ぎで階段を駆けあがった。アメリアにお風呂を用意してもらい、汚い服を脱ぎ捨てる。そして湯気の上がる温かな香りのよい湯に体を浸けると、その心地よさに自ずと長い吐息がもれた。縁に頭を預け、温かな湯に包まれて目を閉じると、疲労が溶けてけだるさに変わっていく。

髪を洗おうと石鹸に手を伸ばしかけたとき、扉がばたんと開いて夫がつかつかと入ってきた。その嵐のような表情を見てエドウィナは思わず湯に救いを求め、顔以外は泡の下に沈めた。

アダムはすぐさま暖炉の前の真鍮のバスタブと、かろうじて見えるエドウィナのどろどろの髪に目を留めた。そして怒りを雄弁に物語る速さでバスタブに歩み寄った。そこにいたのは愛おしい若妻とは似ても似つかない、汚らしい少年だった。

そばで身を硬くしているメイドに、アダムは不機嫌な顔を向けた。「ふたりだけにしてくれ」

その切り捨てるような口調にアメリアがびくりと目を見開き、思わずエドウィナは抗議の声をあげていた。「アダム、わたしにはアメリアが――」

「ふたりだけにしてくれ」アダムは口調を和らげて繰り返し、顔で扉を示した。

エドウィナはメイドに目をやった。「いいわ、アメリア。言うとおりにして。あとで戻ってきて」

バスタブに近づいたアダムの足が脱ぎ捨てられた服を蹴った。それが何かに気づいて、またかっとなる。「待て」アダムは脱兎のごとく扉に向かいかけたアメリアに怒鳴った。服を指さす。「これを持っていって燃やせ。一つ残らずだ」

アメリアは慌てて駆け寄り、服とブーツを抱えると、足に火がついたように飛びだしていった。

ふたりきりになると、アダムは全注意力を妻に注いだ。アダムの感情は大きな安堵感と憤りの間をめまぐるしく行き来していた。殺してやりたいと思うと、次の瞬間には抱きしめたくなる。

「君がエドに戻って、無謀なまねをすることぐらいは念頭に置いておくべきだった」

エドウィナはその冷たい怒りを前に怯んだ。夫が肩をいからせ、顎を強ばらせ、抑えた力と権力を全身からあふれさせている。アダムがまるで獲物に襲いかかる鷹のように身を乗りだした。エドウィナは彼の中に、発散させなければ自分を傷つけかねない破壊的な力があるのに気づいた。

別のときなら、この恐ろしい青い瞳を見ただけで泡の下に消えてしまいたくなっただろう。けれど今はセントジャイルズで得た成果に気分が高揚していて、とぼけた声を出すだけの余裕があった。「嫌だわ、何か苛つくことでもあったの？」

アダムの細めた目が氷の欠片のように光った。

「苛つくこと？　ふざけるんじゃない！　君の首を絞めたいくらいだ」エドウィナの悔いるそぶりもない態度に、アダムはますます報復に燃えた。「君がそういう態度に出るなら、僕にも考えがある。今度こんなまねをしてみろ、僕は――」

「どうするの？」エドウィナは、彼の苛立ちをとことん煽るように遮った。「本当に首を絞める？」

「そうだ」

エドウィナは悲しげにため息をついた。「せっかく無傷でセントジャイルズから戻ったのに」

「だからよせと言っているんだ」アダムは興奮した。「ひと晩中、セントジャイルズのあの薄汚い路地を捜し回っていたんだぞ」

「ごめんなさい、アダム」エドウィナは泡を腕にこすりつけながら、甘い声で言った。「まだジャックは見つからなかった？」

「僕が捜していたのは妻だ」アダムの苛立ちはいっこうに収まらなかった。憤懣やるかたない状態で、木から鶏をおびきだそうとする狐のようにバスタブの周りをうろうろと歩きだす。「ポケットの中のものをくすねられたんだぞ。自分の〝女〟に色目を使ったと酔っ払いにも絡まれた。おまけにセントジャイルズの売春婦にはことごとく声をかけられて」

エドウィナの頭に浮かんだ映像は滑稽に近かった。笑みを湛えて唇がひくひくする。そしてきらりと目を光らせた。「だからなのね――ごみたいな臭いがするのは。そのうちのひとりとベッドを共にしてきた？」彼女はからかってみた。アダムは前日王立アカデミーに着ていったのと同じ格好だ。たぶん戻ってすぐに捜しに出たのだろう。「わたしはもうすぐ上がるから、よかったらこのお風呂に入る？」

アダムが睨みつけた。我慢にも限界がある。「風呂に入るなら、新しい湯にする——清潔な湯に」

エドウィナは肩をすくめた。「お好きなように」

アダムの頬が強ばって痙攣した。「エドウィナ！　いい加減にしないか」目の中の火山が突如噴火し、苛立たしげに手が振りあげられる。「自分がどれだけ危険なことをしたのか、わかっているのか？　いったいどういうつもりだ？」

「怒鳴るのをやめてくれたら、話すわ」落ち着いた声で告げる。

「怒鳴ってなどいない」

「いいえ、怒鳴っているわ。そのようすじゃ、ハリソン夫人とも誰ともまだ話していないんでしょう」

「下僕のひとりから君が戻ったと聞いただけだ。ハリソン夫人は見かけなかった」

エドウィナは静かにほほ笑み、形のいい脚を泡の上に上げて泡で洗い始めた。「きっとトビーをお風呂に入れていたのね」夫を唖然とさせるつもりで言ったのだとしたら、まさに大成功だった。

「トビー？」アダムが奇妙な表情を浮かべた。憤りが消え、複雑な顔だ。「トビーを見つけたのか？」張りつめた声だった。「連れて帰ったのか？」

「案外難しくなかったわ。詳しくはあとで話すわね。でも、その前に顔を見てきたら？」

アダムはたっぷり一分はエドウィナを見つめたあと、無言で、しかも急いで踵を返して出ていった。

エドウィナは明るく笑って夫を見送ると、頭をいったん湯にくぐらせてから髪を洗い始めた。

プラチェット婆さんのところを出たとき、ジャック・ピアスの頭の中では嵐が吹き荒れていた。何も目に入らず、何も聞こえなかった。トビーが前夜、エドという少年と消えたと聞かされたのだ。痛いほど手を拳を握りしめ、目に憎しみを燃やす。考えれば考えるほど、怒りの嵐は大きくなった。

叩きのめしてやる。殺すか？　いや、それでは短絡的すぎる。もっと痛めつけたい。やがて激しい憤りがくすぶる怒りに姿を変える頃、ジャックに理性的な思考が戻った。このお返しは、連中がタップローコートに戻ってからだ。〝エド〟とアダム・ライクロフトに、俺様の恐ろしさを思い知らせてやろうじゃないか。頭にさまざまな手段が浮かびだす。

そして新たな原動力を得ると、ジャックは唇の端を上げ、短く冷たい笑い声をあげた。目にものを見せてやるぜ。ジャック・ピアスを出し抜こうなんてやつは許せねえ。焼き殺してやる。

アダムが部屋に入ったとき、トビーは風呂と食事を終えてベッドに入っていた。ハリソン夫人がしばらく眠るように言い残して、着るものを探しに向かったのだ。扉はいまだ空いていた。アダムは大きなベッドに横たわる小さな少年の姿を幻覚か光のトリックかと思い、目を凝らしたが、やがて現実だと実感した。エドウィナは本当にトビーを見つけて、連れ戻ったのだ。アダムは感謝と安堵で胸がつまった。

時間稼ぎに扉を閉め、ゆっくりとベッドに近づく。何カ月も捜してきて、いざこうして向き合うと言葉がなかった。青白い顔を見ていると、どんどん感情の亀裂が深まる。トビーが自ら沈黙を破ってくれたときにはほっとした。

「こんにちは。あなたがアダム？」少年らしい、澄んだ声だった。

アダムは喉のつかえをぐっとのみ下した。「ああ。

君がトビーだね」父親譲りの漆黒の髪と高い額にもかかわらず、トビーは母親によく似ていた。瞳が茶色で、肌が透き通っている。「最後に君のお母さんに会ったのは数年前だが、本当によく似ている」少年を怯えさせたくなくて、アダムは上着を脱ぎ、目の高さが同じになるようベッドに腰かけた。「お母さんが亡くなってから、ずっと捜していたんだ、トビー。いろいろと辛い思いをしただろうね」

「うん」トビーは率直なまなざしを向けた。「サイラス伯父さんを知っている？」

「ああ。僕よりずっと年上だったけれどね。僕は両親を亡くしてからタップローコートに住んだ」

「僕のお父さんのことは？」

「知っているよ。ジョセフ・タイク――タップローコートの馬の世話係頭だった。よく覚えている」

「好きだった？」

「とてもね。よく僕の遠乗りに付き合ってくれた」

「サイラス伯父さんに殺されたんだよ」トビーは突如声を張りあげた。「知っていた？」

アダムはたじろいだ。「どうしてそれを？」

「お祖父ちゃんとお祖母ちゃんが言っていた。いつもママに向かって。ママはそれを聞くたびに泣いていた。厳しくて、キリストの教えを守って嘘をつかない人たちだったから、きっとほんとのことだと思う。そんなお祖父ちゃんとお祖母ちゃんが立て続けに亡くなって、ママは家を出るしかなくなった」

「知っている」母親の苦境に深く胸を痛めた少年の悲しみがその目からアダムにも感じられた。

「他に行くところがなくて、しかも体も弱くて、ママは仕方なくサイラス伯父さんのところに戻ったんだ」トビーの目が曇り、どこか遠い目になった。

「伯父さんは僕が嫌いだった。〝タイクの出来損ない〟だって」トビーは静かな口調で言うと、アダムに目を向けた。「ママはどうしてあなたのところに行かなかったんだろう？」

「僕はタップローコートにいなかったんだよ。お祖父さんとお祖母さんが亡くなったとき、お母さんから手紙をもらったんだけどね。僕はその頃フランスにいて、手紙を受け取ったときには、もうお母さんは亡くなっていたんだ」そのときの衝撃と悲しみを思い出し、アダムはうなだれた。あの優しくて思いやりのある女性に居場所がない世界など、いまだに想像もできない。「サイラスが君を放りだしたと知って、捜したよ。ずっと捜し続けていた。話せるかな。何があった？　どんなふうに扱われた？」

トビーは一瞬言葉につまった。どんなふうに？荒くれ男が言うことを聞かない犬を扱うみたいに？トビーの目に炎が燃えた。「クインシーさん夫婦には働かされた。熊もいたよ。熊とは仲良しだったんだ。僕に懐いてくれて。稼ぎが悪いと殴られた。食べるものもなくて。クインシーさんたちの分はあるけど、僕の分は……。太った子に、誰もお金は恵んでくれないから。あちこち移動したよ。祭りとか市場とか、とにかく人がたくさん集まるところに」

「ロンドンで？」

トビーは首を横に振った。「最初はケントとかサセックスとか。ロンドンに来たのは冬になってから」

「だから見つからなかったのか。逃げだそうとしたことはないのかい？」

「一度殴られるのにうんざりして。でも僕はあまり速く動けないから。その頃ワッピングに住んでいたんだ。杖を取られて、地下に押しこめられた。くれるのはパンと水だけ。あのときは最悪だった。鼠との戦いなんだ。毎晩怖い夢を見て目が覚めた。出してもらえるのは、物乞いをさせられるときだけ」

アダムは上掛けの襞を握りしめて胸の痛みと闘った。顔がぐっと強ばる。この心優しい賢い少年が食事も満足にとれず、来る日も来る日も地下に閉じこめられていたかと思うと喉が塞がれた。状況が頭に浮かぶようだった。音、臭い、鼠、奪われた自由と尊厳。少年の苦難を防げなかった自分のふがいなさに、別の新たな怒りもこみあげる。

「辛い思いをしたね。そんな経験をしたのに、こんなにまっすぐ育ってくれてよかった。だが、それももう過去のことだ。いつまでも苦しんじゃいけないよ。でないと、心まで蝕(むしば)まれる」

トビーは困惑して、眉をひそめた。「うん。だけどなんだか経験したみたいな言い方だね」

「ある意味ね。昔、僕も子供の頃に似たような経験をしたんだ。腹が立って、世の中を憎んで、誰もに憎まれていると思っていた。だが年月が僕に、寛容さを教えてくれたんだよ。そうでなければ今頃は世間の笑いものになっていた」アダムはほほ笑むと、重い空気を払いのけるようにトビーの髪をくしゃくしゃと撫(な)でた。「それで、ジャック・ピアスとはどんなふうに会った?」

「クインシーさんから僕を買って、セントジャイルズに連れていかれた。ぞっとするようなお婆さんがずっと見張っていた。外に出るなと脅されていたんだ。そうしたらエドウィナが来た」トビーが突如ほほ笑んだ。重力から解放されたような笑みだ。白い歯が母親の面影をさらに色濃くする。「すごいんだよ。僕、てっきり男の子だと思ったんだ」

アダムは顔をしかめたものの、こみあげる笑みは抑えきれなかった。「無理もない。昨夜(ゆうべ)は勝手にセントジャイルズに乗りこんでいったんだよ。あんなに腹の立つ女性はいないと思うこともあるんだけど、いいところもある人だ」

トビーはアダムの目をまっすぐ見つめた。「ジャック・ピアスに見つからなくてよかった。あの男は大嫌いだ」語気を強める。「二度と戻りたくない」

「戻らなくていいんだよ。やっと会えたんだから」

アダムは安心させるようにトビーの腕を握りしめた。この子にはどこか達観した空気がある。幼いのに、表情がこんなにも厳しい。この厳しさはこれからさらに増すだろう。少年の顔ではない。真剣で、大人びていて、悲しすぎる。サイラスの責任がどれだけ大きいか。「エドウィナも僕も君と一緒に暮らしたいと思っている。僕たちは家族だ。君は家族の一員なんだ。一緒に住んでくれるかい？」

トビーの胸に温かなものが広がった。なんだかくすぐったい気分だ。トビーははにかみながら言った。

「うん。そうしたい」

「よし、決まりだ。数日後にタップローコートに戻るよ」トビーの顔が強ばったのに気づいて、アダムは眉間に皺を寄せた。「嫌かな？」

「嫌ってほどじゃない。サイラス伯父さんがまだいるなら行かないけど。もういないし。だけど、伯父さんはどうして僕のお父さんを殺したの？」

「それには答えられないんだ。僕はその場にいなかったから」トビーの憎悪は強い。そしてアダムにはその憎悪の出所が理解できた。「君の苦々しさはわかるよ。伯父さんをいまいましく思う理由も。僕自身もそうだったから」

「叱らないの？　子供がそんな大人みたいな感情を持つんじゃないって」

「誰がそんなことを？」

「ママ」

アダムは眉間の皺をできるだけ緩めて言った。

「君の苦さはもっと大人になれば和らぐと思う」

トビーはほほ笑んだ。「そうかも。いつかあなたのエドウィナみたいな女性を見つけたら」

アダムの目がきらめいた。「どうかな、エドウィナみたいな女性はめったにいないぞ」トビーが手で口を覆ってあくびを押し隠した。アダムはほほ笑んだ。「風呂とハリソン夫人の食事が効いてきたかな。もう行くよ。眠りなさい」アダムは立ちあがりながら、上着を拾いあげた。もう一度少年に目をやる。年齢のわりに大人びた顔に。「いずれ見つかるさ。君にはうんと幸せになってほしい」

幸せ？　トビーは甘い香りのする上掛けを顔に引きあげた。そういえば幸せだと思ったことがあった。トビーの心は否応なく最愛の母に向かった。

アダムが戻ったとき、エドウィナはローブ姿で化粧台の鏡の前に座っていた。彼の機嫌を静かに推しはかりながら、はつらつと近づく姿を鏡越しに眺める。白いローン地のシャツの襟をはだけ、袖を二の腕までまくりあげていた。焦げ茶色の髪は乱れ、目の周りにうっすらと隈も浮いている。疲れて見えた。無理もない。ひと晩中セントジャイルズの路地を捜し回ってくれていたのだから。

アダムは背後に立ち、鏡越しにエドウィナを見つめた。その潤んだ瞳に心がとろけそうになる。いまだ湿った短い髪が顔に張りつき、まるではかない妖精のようだ。アダムは無言で身を屈めると、軽く弧を描く首筋にそっと唇を押し当て、ゆっくりと目を上げて再度鏡の中の彼女を見つめた。

「もしまた昨夜のようなことをしたら――」

「首を絞めてやる」エドウィナはささやいた。涙が喉の奥を塞いで、目が熱くなる。

「ひと言、話してほしかった」

「今度また何か思いついたときはそうするわ」

鏡の中のアダムの目がほほ笑むように大きく広がり、その笑みが硬い唇にまで浮かんだ。「君の身のためにも頼むよ。咎めはしたが、君の大胆さには脱帽だ。礼を言うよ、トビーの分も」アダムはこみあげる思いを頑なな自尊心の陰に隠しきれなくなり、エドウィナの首筋に鼻をこすりつけた。「言ったかな、君を愛していると」

　エドウィナの胸が喜びで弾けそうになった。「いろんなことを言ってくれたけれど、それはまだね」

「それじゃあ、遅ればせながら」アダムはエドウィナの手を取って立ちあがらせ、優しい真摯なまなざしでその瞳を見つめた。「君を愛している、エドウィナ。誰にもこの言葉は使ったことがない。ドリーには使ったが、意味が違う。心から愛している。たとえ君が誰よりも行動が予測不能な女性でも」

「予測できるよりいいでしょう。退屈しないもの」

「まったく、君と出会ってから予測できないことだらけだ。君ほど頑固で強情な女性は初めてだよ」アダムは堪えきれず、エドウィナをきつく抱きしめた。瞼を閉じ、唇を開き、長く切実にキスを求める。エドウィナも求めた。首に腕を回してすがりつき、ようやく聞けた愛しているの言葉に酔いしれて。

　エドウィナはようやくドリーから聞いた彼の心の壁を崩せた気がした。あとはその奥に潜む優しさを発見するだけだ。少年の頃の彼の、大人になった彼の優しさを見つけるだけ。

　アダムの抱擁が強まった。キスが性急になり、両手が背筋からヒップへとうごめく。彼は唇を離し、熱い目で見つめた。「君がほしい、エドウィナ」

　エドウィナはほほ笑んだ。頬の紅潮が同じ思いを伝えている。それでも彼女は鼻の頭に皺を寄せて、身を引いた。「いいわ。でもセントジャイルズの悪臭を洗い流すまでは、キス止まりよ」

「わかった。従者にすぐに風呂を用意させる」アダムが手でそっと頬を撫でてから、短く切りこんだ髪に触れた。「髪は切るしかなかったのかい？」

「説得力を持たせたくて」

「どうやってトビーを見つけたんだい？」

「意外とすんなりいったの」エドウィナはジョナサン・ワードと会ったことからプラチェット婆さんの

ところに行ってトビーを見つけたことをかいつまんで話した。「できれば、あんなところには二度と行きたくないわ。トビーはどんなようすだった?」

「まだ幼いのに、どれだけの試練をくぐり抜けてきたことか。辛い経験をしたのに、けなげな子だよ。心の傷は消えないかもしれないが、それを口に出せるだけまだ希望がある気がしている」

「それに、気持ちを分かち合えるあなたもいる」

アダムが眉を吊りあげた。

「展示会のあとドリーが会いに来てくれたの」エドウィナは慌てて説明した。「タップローコートでの辛い子供時代の話を聞いたわ——サイラスとのことを」アダムがわずかに身を引いたのがわかった。

「そうか」彼の声は強ばっていた。

エドウィナはアダムの手を取ると、爪先立ちになって唇に軽くキスをした。「今は新たな始まりのときだと思わない? サイラスは死んだわ。もう誰も傷つけられない。今大切なのは、あなたとトビーとわたしたちの子供よ」

アダムがエドウィナの肩に手を置いて目をのぞきこんだ。「それと君だ」切ないかすれた声で告げる。「僕にとって君ほど大切なものはない」

エドウィナの目に涙が光った。「あなたを必ず幸せにするわ、アダム。大切なのは未来よ」

「ああ。僕はもう君なしでは生きられない」

「さあ、お風呂に入って着替えてきて。ぐずぐずしていたら馬の飼い葉桶の中に放り入れるわよ。使用人たちはきっと大喜びだわ」

アダムはわざとらしく顔をしかめて踵を返した。扉の前でふっと笑って振り返る。「言っていいかな。なんだか口うるさい奥さんみたいだぞ」

エドウィナは目を輝かせて、小さくほほ笑んだ。

「わたしは口うるさい奥さんよ。間違いなくね」

# 18

タップローコートが見えてくると、エドウィナの不安は強まった。黒と灰色の、庭を三面で取り囲むように建てられた、薄気味悪い館だ。小さな枠で仕切られた窓は黒くて透明感もなく、目のたくさんついた獣が屋敷に入ろうとする者を凝視しているようにすら見える。鉄鋲(てつびょう)がちりばめられた扉へと続く浅い階段の両脇に鎮座するのは、グロテスクな石のライオンだ。扉前の大きな石の門には、小鬼や蛇が、角や先の尖(とが)った尾を持つあらゆる獣とはしゃぐ、訪れる者を不快にさせる図柄が彫られていた。

大きな玄関広間に足を踏み入れた瞬間、ここは嫌だとエドウィナは思った。ここでは幸せに暮らせない。息がつまるようだ。広い屋敷は静まり返り、どこも古くてかび臭い。じめじめして冷たく、しかも陰気。やはりそうだ。ここはサイラス・クリフォードの屋敷。たとえ彼が死んでも、サイラスの魂が部屋にも廊下にも、壁にまで、姿なき幽霊のようにしみついている。まるで自らの毒で空気を汚染してから逝ったように。

その不安にアダムは気づいていたとしても、何も言わなかった。トビーも同じものを感じているのは本能的にわかっていた。そびえるような広間を無表情に眺めていたが、トビーがぶるりと身震いしたのをエドウィナは確かに見ていた。

それから数日、エドウィナは新しい使用人たちと一緒に屋敷に生活感をもたらそうとがんばった。陶磁器とグラスを洗い、家具もぴかぴかに磨いた。アダムは領地のことでやることが多く、手が空いたときに少しずつ屋根裏のアトリエに手を入れた。

エドウィナは屋敷への不安を拭いきれずにいた。華美な階段にも、柱にも、とにかく何もかもに以前の所有者の影を感じるのだ。静寂も怖かった。空気の振動が自分につきまとってくるようだった。聞き耳を立て、息を殺して。首の後ろがざわつくときもあった。今、隅の暗がりで影が動いた？

エドウィナは一瞬目を閉じ、深呼吸して心を落ち着かせた。静寂が錯覚を起こさせているだけ。エドウィナは陰気な思いを振り払った。それでも暗い部屋や廊下に入るたびに、影が動く気がした。

アダムはそんなエドウィナに心を痛めていた。顔が痩せ、ひどく疲れて見えていた。奥の広い居間にエドウィナを見かけたとき、アダムはドア口で足を止めた。冬の低い太陽が窓から差しこみ、床に温かな光の模様を描いていた。

窓は庭に面していた。右手に厩舎（きゅうしゃ）、馬車小屋、管理事務所、塀で囲まれた蘭（らん）とバラの庭。タップローコートで、エドウィナが唯一気に入っている風景だ。彼女は窓辺に立ち、庭の奥の広場を見ていた。そこではトビーがアダムの贈った栗色（くり）の馬に乗っていた。トビーは今や乗馬に夢中で、上達も早かった。

アダムは妻の背後に近づき、肩に手を置いた。緊張が手に伝わり、首筋を指でほぐしてやる。

しだいに強（こわ）ばりがほぐれるのを感じて、エドウィナは吐息をついた。背後から抱かれ、その温（ぬく）もりと安らぎにそっと背を寄りかける。

アダムはエドウィナの視線を追い、トビーが馬で巧みに難しい障害物を乗り越えるのを見て、頬を緩めた。幼い顔に広がっているであろう満面の笑みが目に見えるようだ。「馬がお気に入りだな」

「ええ」トビーに夢中になれるものがあってよかった。鬱積する思いを少しでも発散できる。

「しかも馬術のセンスがある。あれは父親譲りだな。

すばらしい乗り手だった」アダムが腕に力をこめた。

「あの子は君もずいぶん気に入っている」

「うれしいわ。かわいい子だもの。いつまでもあんな経験を引きずってほしくない」

アダムが柔らかく笑った。「あの子が子供でなかったら、きっと嫉妬していたよ」

エドウィナはほほ笑んだ。

アダムはそっと彼女の頬に唇を寄せた。「疲れた顔だね。少しはゆっくりしたらどうだい？」

「大丈夫よ、忙しいほうがいいわ」

その口調がわずかに引っかかり、アダムは顔を曇らせた。「この屋敷のことを考えてしまうから？　僕の目は節穴じゃないよ。それに鈍い男でもない。いったいどうした？　疲労とお腹の子のことだけじゃないだろう。この屋敷が嫌なんだろう？」

嘘をつけず、エドウィナはうなずいた。「気にしないようにはしているんだけど」

「でも、気になるんだね」

「ええ」エドウィナはぽつりと言った。「空気が。重くて、陰気で、寒気がするの。気温とは関係なく。あなたは？　あなたは何も感じないの？」

「冷たさは感じる」口にはしないが、胸のざわつきも。誰かが暗がりから自分に視線を向けているような、聞き耳を立てているような気配も。けれど不安を煽りたくなくて、アダムは何も言わなかった。

「サイラスよ」エドウィナは続けた。「ばかみたいだとはわかっている。でも、どの部屋にいても彼の視線を感じるの。夜もよ、あなたと——」

「よせ」アダムはきつい口調で止めると、エドウィナを振り向かせた。「幽霊だとでもいうのか？　サイラスの幽霊だとでも」眉を吊りあげて見つめる。

エドウィナは青い顔で神経質な笑い声をあげた。

「まさか、幽霊なんて信じていないわ」

「それならよかった。確かにここは寒くて湿っている。だが数えきれないほど蝋燭をともしているし、使用人も大勢いる。怖がることは何もない」

「怖がってなんていないわ。ただ落ち着かないだけ」エドウィナはふっと吐息をつき、アダムの胸に頬を預けた。「ごめんなさい。わたしのことは気にしないで。ちょっと変なのよ。ひょっとすると妊娠のせいかも。それで想像力が豊かになったとか」

「記憶が蘇って、神経が参ったんだよ。ここへ来るのはたやすいことじゃなかっただろう」

「あなたとトビーにとってもね」

「ああ。だが苦しみや諍いはもうたくさんだ。過去は忘れて、未来を見つめたい。やがて子供も生まれるんだから。それにしても疲れた顔だ、エドウィナ。少しゆっくりしたほうがいい」

「ええ、そうするわ」とはいえ、エドウィナはゆっくりなどしたくなかった。そんなことをしたら、この墓場のような静寂がもっと恐ろしくなる。静寂の闇から分離した影が迫りくるように感じてしまう。

アダムは身を震わせたエドウィナをぐっと抱きしめた。「君には何か気晴らしが必要だな——来客とか。そうだ、舞踏会はどうだい？　しばらくロンドンに戻るというのは？」

エドウィナは気分が高まった。顔を上げ、自分を見つめる彼の心配そうな表情を見て喉が塞がる。

「ええ、すてきだわ」エドウィナの視線がふとアダムから窓の外へと向かった。明るい冬の太陽がすでに雲の陰に隠れ、窓の外が急速にどんよりと冷たい風景に変わっていた。

夜更け、中庭に出たアダムは東棟の一階の窓に何かしら動くものが見えた気がした。東棟は今は住居として使っておらず、わざわざ足を踏み入れる者がいるとも思えない。アダムは気になって、軋む扉から中に入り、そこで足を止めた。頭上で足音がする。

狭い階段の下に立ち、手すりの親柱に手をかけた。階上は真っ暗だ。しかもひどく寒々としている。サイラスが亡くなってから、この棟では火もともしておらず、冬の冷気が壁の奥までしみこんでいた。目を凝らすと、何かが動いた。誰かがいる気がした。階上の、闇の中に。アダムは眉を曇らせ、ゆっくりと階段を上り始めた。足元がぎしぎしと鳴った。突風が屋敷全体を揺らすほど強く吹きつけた。

階段を上りきると、そこからずらりと廊下に面して並ぶ扉に目を凝らした。今しがた聞こえたのが足音かどうかは自信がなくとも、確実に何かの存在を感じた。武器を持参すればよかった。アダムは部屋を一つずつ見ていった。誰もいない。立ち止まり、煙突の低くうなる音に耳を澄ませる。風があらゆる方向から吹きつけていた。誰かが押し入ろうとしているように窓ががたがたと鳴る。

アダムは再び廊下に出ると、階段に向かった。途中まで下りたところで、背後から何か聞こえた気がした。振り返って、闇に目を凝らす。何もいない。一瞬引き返そうかと思ったが、空耳だろうと判断してやめた。おそらく風のいたずらだろう。アダムは再び階段を下りた。大きな戸棚の陰からじっと自分を見つめる暗い人影には気づかずに。

東棟から出火したのは、その夜遅くのことだった。アダムは妙な胸騒ぎを覚えて目を覚ました。起きあがると、煙の臭いがした。すぐさま窓辺に近づくと、激しく火花が散り、燃えかすが風に煽られて舞っていた。炎は東棟内部から燃えあがり、すでに煙が屋根をすっぽりと覆っていた。アダムはすぐにベッドに引き返し、エドウィナを揺り起こした。

「どうしたの？」乱暴に起こされたエドウィナが不機嫌そうにつぶやいた。

「すぐに服を着るんだ、エドウィナ」アダムは妻をせき立てながら、急いで服を着た。「火事だ。かなり大きい。火元は東棟だ。風が収まらなければ広がる。トビーと使用人たちを起こして、外に逃げろ。僕はようすを見てくる」

庭に出ると、屋敷の使用人や領地の労働者たちがすでに集まって大騒ぎしていた。バケツリレーで火に水を浴びせる者たちもいれば、屋敷から運べるものは運びだそうとしている者たちもいた。

バケツを運んでいる中に管財人のウィリアム・ヒューイットを見かけ、アダムは歩み寄った。「いったいどうなっているんだ、ウィル？」炎と風の轟音(ごうおん)に負けじと声を張りあげた。

「わかりません。風で火の回りが早くて。中に人がいるのを見たって者もいるんですが、このようすじゃ、とても外に出てこられない」

アダムは燃える建物を見つめた。やはりさっき捜しに入ったときも、中に誰かいたのかもしれない。

エドウィナは杖(つえ)で精いっぱい急ぐトビーを連れて屋敷から出ると、アダムの元に向かった。ウィルと一緒にいる彼が、服に火が移らないように水を浴びたのを見て、慌ててスカートを持ちあげて駆け寄る。

「アダム！　何をする気？」

アダムの声は切迫していた。「中に人がいるらしい。助けださないと」

「だめよ。あなたが死んでしまう」エドウィナの目に涙がこみあげた。「お願い、アダム。よして」

「心配しなくていい。十分に気をつけるから。必ず戻るよ。約束する」

目を大きく見開くエドウィナを残し、アダムは煙を大きく噴きあげて燃える屋敷に飛びこんだ。

中は猛烈に熱かった。床も梁(はり)も炎が激しい勢いで舐(な)め尽くしている。一つの部屋の前でアダムの足が止まった。ちらりと大きな人影が見えたのだ。煙がしみる目を拭って、目を凝らす。そばに大きく膨らんだ袋も見えた。アダムは目を疑った。間違いない、ジャック・ピアスだ。やつが重い銀の燭台（しょくだい）を手にしている。すべてこの男の仕業か。

「ピアス、ここで何をしている？」煙が一瞬男の姿を覆い隠し、アダムは叫んだ。

ジャック・ピアスがぎくりとドア口を振り返った。燭台を握ったまま、うなり声をあげて突進する。

ピアスの顔は怒りで真っ赤だった。目にはわけのわからない光が燃えている。燭台を振りかざして突進するピアスを慌てて避（よ）け、アダムはよろめいた。その隙にピアスが逃げだす。アダムは頭痛と視界の悪さに耐え、うっかり火の勢いが激しいほうへと向かったピアスを追った。

オレンジ色の炎が急速に広がり、黒煙が白い漆喰（しっくい）の天井に渦巻いていた。ピアスが突如よろめき、そこへ半分焼けた梁が落ちて彼の頭を直撃した。梁の下敷きになり、まばらな髪に火が燃え移って、ピアスは狂ったように腕を振り回した。脚は奇妙な形に曲がっている。アダムは助けようと駆け寄りかけたものの、炎に押し戻された。猛烈な熱さと生きたまま焼かれる危険と、咳（せき）と息苦しさに背中を押され、アダムは扉に向かって駆けだした。吸いこんだ煙で、肺が焼けている気がした。

激しい炎は今や窓から外に向かってその舌を伸ばしていた。背後で木材が砕け、梁が落下する音がした。外に出て振り返ると、東棟のその部分はすでに焼け落ちかけていた。風に煽られた炎は制御不能で、中央の棟にまで手を伸ばしかけている。もう止められない。アダムはそう思った。この屋敷は炎に弱い。やがてすべて燃え尽きるだろう。

夜空いっぱいに木材の破片や赤い灰が舞い広がり、アダムは落下する残骸から身をかわしながら進んだ。そしてバケツの水で体を冷やしてから、低い壁に両手をついて呼吸を整えた。

　エドウィナはトビーの肩を抱き、離れた位置から夫の消えた扉を呆然と見つめていた。そして彼がひとりで出てきたのを目にするとすぐに駆け寄った。

「無事だったのね！　よかった。あなたを失ったかと思ったわ」顔は今にも泣きそうだったが、声は大きな安堵と喜びに満ちていた。

　アダムは体を起こすと妻を強く抱きしめ、髪に顔を埋めた。胸がいっぱいで、すぐに声が出ない。

「中に人がいたの？」たっぷり一分たったあと、エドウィナは尋ねた。

　アダムは背筋を伸ばし、妻を見下ろした。「ああ」

「だ――誰？　知っている人？」エドウィナがためらいがちに尋ねた。「亡くなったの？」アダムの目がうなずいていた。「その人が火をつけたの？」

「ああ。ジャック・ピアスらしいやり口だ」

　エドウィナは愕然とした。

「そう、ジャック・ピアスだった。すでに金目のものは運びだしていた」

「脅しを実行したわけね」

「就寝中の僕たちを焼き殺すつもりだったんだろう。だが結局、自分が逃げ遅れた」

　ウィルがやってきてアダムの言葉を裏付けた。同行している馬の世話係が、手首を縄で縛りあげた男を引き連れている。うなだれてはいても、見るからに下卑た男だった。

「火の手が上がったとき、屋敷から逃げだしてきたのを捕まえたんです。どうやらジャック・ピアスって男とぐるになって、ここに盗みに入っていたようですね。裏手の森に荷馬車がつないでありました。この男は見張りで、ピアスが盗品を運びだすのを手伝う手はずだったとか。しかし中に入ろうとしたときにピアスが早々に火を放ったもので、怖じ気づいて逃げだしたんだそうです。ピアスは盗品を残しておくのが惜しかったのか、追ってこなかった。それで、この男もわざわざ危険を冒してまで助けに戻らなかったんです」

「つまり、そこまで強欲でも短気でもなければ、計画を遂行できていたってことか。しかも風のせいでここまで火の回りが早くなければ。だが、ピアスはもう出てこない」アダムはピアスの仲間に目をやった。「この男を連れていけ、ウィル。明日の朝、治安官が到着するまで見張っておいてくれ」

エドウィナの強ばった表情に気づいて、アダムは腰に手を回して抱き寄せた。

「安心しろ。もう二度とピアスに煩わされることはない」

「予測しておくべきだったわ。トビーが消えて、エドが連れだしたと知ったら仕返しに来ると」

複雑な気持ちを抱え、ふたりは無言で燃えあがる屋敷を見つめていた。屋根がめくれあがってはじけ飛ぶ。まるで生物が咆哮をあげているようだ。妨げるもののなくなった炎はさらに高く、轟音をあげて燃えあがる。

「手の施しようがないか」その声に振り返ると、そばにヘンリー・マーチャントが立っていた。「炎が見えたので駆けつけてきた。みんなが無事でよかったよ。わたしにできることがあれば言ってほしい」

「エドウィナとトビーを連れてオークウッドホールに戻っていてください。僕もあとから行きます。ここでできることはもうない」アダムは、戻ってきたウィルに目を向けた。「みんなを止めてくれ、ウィル。無駄だ。もう手の施しようがない」

夜明けの光が差しこむ頃、エドウィナはオークウッドホールの外で夫を出迎えた。アダムが疲れたようすで馬を降りると、馬の世話係が手綱を受け取って馬を引いていった。エドウィナはアダムに抱かれて彼を見上げた。焼け焦げた髪が、血の跡がついた顔に垂れ下がっている。ベストもズボンもぼろぼろだ。かつては白かったシャツの袖は二の腕もあらわにめくれあがり、衣服からも肌からも煙の臭いがする。それでも彼は最高にハンサムな夫だ。

　もう離れたくない。エドウィナはぎゅっと強く抱きしめた。このすばらしい夫が生きている、それだけで喜びと幸せで胸がいっぱいになった。腰に回った彼の腕に力がこもり、エドウィナはそれに応えて煤(すす)けた顔にキスをした。「無事でよかった」顔をのけぞらせて、見上げる。

　アダムは腕の中の女性を見つめた。これほどの惨事の最中だというのに、どこか晴れ晴れとしたものを感じていた。これですべてに踏んぎりがついた。抱きしめながらアダムは柔らかな笑い声をあげた。その振動が胸からエドウィナに伝わる。「そうだね。無事で、自由だ」

　エドウィナは目を輝かせながらも、驚いたふりをして眉を吊りあげた。「そんなことを言って。屋敷が焼け落ちて喜んでいるみたいじゃないの」

「残念には思わない。醜い館だった。あれはサイラスの屋敷だ。僕たちのじゃない」

「これからどうするの？」

「幸せになる。気づいたんだよ、僕には美しくすばらしい領地がある。この領地をいずれは僕の息子たちに、さらにはその息子たちにと受け継がせていかなければならない。重い責務だ。だが、そばに君がいてくれれば、必ずやり遂げられる。新しい屋敷を建てよう。場所も変えて、そうだな、西側の丘の上がいい。僕たちの屋敷だ。君と僕の、僕たちの子供たちの、そしてトビーの。愛する女性と、力を注ぐ仕事があれば、他には何も必要ない」

　タップローコートはあらゆる面で昔の屋敷とは異なっていた。そもそも場所からして違う。そこは樫(かし)

とブナの森を上った先にあった。屋敷がようやく視界に入ったぐらいでは、その立地のよさはわからない。植えられたばかりのライムの木がずらりと並ぶ先に見える、感じのよい屋敷ぐらいの印象だろう。反対側まで回りこんで初めて、この落ち着いた赤煉瓦の邸宅の前にはすばらしい眺望が開け、なだらかな起伏の芝地がはるか遠くまで大きく広がっていることに気づく。

アダムの描いたエドウィナの肖像画は、発表後にセンセーションを巻き起こした。人々はひと目見ようと王立アカデミーに殺到した。画家がその絵を売らず、自身の屋敷に飾ると発表しても人々の関心は冷めなかった。

アダムはそれを好機ととらえ、版権を野心的な版画店主に売り、彼はそこからかなりの利益を得た。新聞はこぞって画家の才能を褒めちぎり、もはや謎の女性ではないタップロー伯爵夫人をロンドン一の美女と称えた。社交界は、タップロー伯爵がその妻をお披露目の機会もなく早々に郊外の領地に連れ帰ったことを嘆いた。

あずまやの外、輝く緑の月桂樹とシャクナゲの木陰で、エドウィナは芝生に寝そべるアダムの隣に座っていた。真夏の風は暖かく穏やかで、霞がかった青い空に太陽が輝いている。

ふたりは二歳になる息子トーマスがおぼつかない足取りで子犬を追いかけているのをほほ笑ましく眺めていた。突如トーマスがつまずいて尻餅をついた。子犬が脇に腰を下ろし、耳を下げて期待たっぷりに尾を振り、まるまるとした小さな体をすり寄せるようにしてトーマスの顔を舐めだす。

トーマスが歓声をあげて袖で顔を拭くと、子犬は仰向けになった。トーマスが青い瞳を両親に向け、満面の笑みでうれしそうに笑った。エドウィナは愛しさと誇らしさで胸がつまった。この美しい子が自分とアダムの子供だということにいつもながら驚かされる。本当にきれいな子だ。父親そっくりの息をのむほど魅力的な笑顔。

蹄(ひづめ)の音が聞こえてきたかと思うと、トビーが馬にまたがって現れた。手を振り、高い生け垣を軽やかに跳び越えて近づいてくる。誰もがはっとし、その見事な馬術に見とれた。馬との主従関係が築けていなければ、危険な行為だ。けれど、トビーとその気高い動物との間にはなんの問題もなかった。

物乞いの悲惨な日々から解放されても、トビーはすぐには立ち直れなかった。アダムとエドウィナはそんな彼を愛と思いやりで支え、励まし続けた。元々柔軟な性質なのか、トビーはたちまち本来の自分を取り戻し、母親が亡くなってからエドウィナが見つけるまでの悲惨な日々の記憶をしだいに遠くへ追いやった。

それでも悲しいことに、トビーの脚はロンドンの著名な医者たちに診せてもどうすることもできなかった。それでもトビーはその事実を果敢に受け止め、泣き言一つ言わなかった。甘やかされることを拒否し、哀れみを嫌い、自分の障害に楽しみを奪われまいと、冒険を邪魔されまいと固く心に誓っていた。

あこがれのトビーの登場に、トーマスは立ちあがると両手を掲げ、大喜びで駆け寄った。トビーは馬を降りて膝を折り、トーマスをくすぐって大笑いさせてから、草地に腰を下ろして膝にのせ、髪をくしゃくしゃと撫(な)でた。

アダムは身を起こして片方の膝を引き寄せ、腕をかけた。けだるい満足感に吐息がもれる。黙って隣の妻に目をやると、愛情が潮のように押し寄せた。はしゃぐ息子とトビーを見守るその顔は、晴れやかそのものだ。

「気持ちのいい午後だね、エドウィナ。こういう時間をもっと持たないといけないな」

エドウィナが子供たちから夫へと視線を移し、そばにすり寄った。「そうね」

「トーマスを産んでくれて、感謝してもしきれないよ」アダムの手がいつものように、膨らみかけたお腹に忍び寄った。「しかも、またも授かった」アダムが顔を寄せ、唇に軽くキスをした。「愛しているよ、エドウィナ。すてきな伯爵夫人だ」

エドウィナの意識から、アダムのたくましさと力強さと滑らかな頬とかすかな白檀の香り以外はすべて消えた。古い屋敷の焼失や息子の出産を経て、ふたりの絆はさらに強まった。新しい屋敷は共に計画し、共に建築を見守った。以前からは信じられないほど幸福で満ち足りていた。人生に幻滅して叔父から逃げだして、悲惨な目に遭った娘だったのに。

「あなた、わたしを薄汚い少年って呼んだのよ。伯爵夫人からはほど遠いわね」温かな緑色の瞳が笑みを孕んできらめく。

「あの垢だらけの少年が、まさかこんなにすてきな女性だとは思わなかったからね」

「それで？」

「あの日、セントジャイルズの路地裏でエドに出会って本当によかった。君が少年のズボンを捨てて女性になってくれたときはうれしかった」

「わたしもよ」エドウィナはつぶやいた。

「どうして泣いているんだい？」彼女の頬に光る涙を見て、アダムが尋ねた。

エドウィナが濃いまつげを上げた。明るさの和らいだ瞳は夫への愛にあふれていた。「幸せだからよ。幸せがついに過去を消したから。あなたもわたしも、やっと過去から逃れられたんだと思って」

アダムの腕がエドウィナを抱き寄せた。その腕の力強さこそ、愛だった。

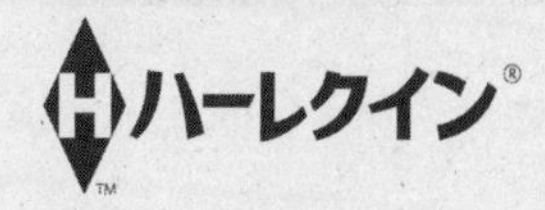


ハーレクイン・ヒストリカル・スペシャル　2015年10月刊（PHS-120）

# 伯爵に拾われた娘

2024年8月5日発行

| | |
|---|---|
| 著　　者 | ヘレン・ディクソン |
| 訳　　者 | 杉本ユミ（すぎもと　ゆみ） |
| 発 行 人 | 鈴木幸辰 |
| 発 行 所 | 株式会社ハーパーコリンズ・ジャパン<br>東京都千代田区大手町1-5-1<br>電話 04-2951-2000（注文）<br>0570-008091（読者ｻｰﾋﾞｽ係） |
| 印刷・製本 | 大日本印刷株式会社<br>東京都新宿区市谷加賀町1-1-1 |
| 装 丁 者 | 橋本清香［caro design］ |

ISBN978-4-596-63917-2 C0297

## ◆◆◆◆ ハーレクイン・シリーズ 8月5日刊 発売中

### ハーレクイン・ロマンス
愛の激しさを知る

| | | |
|---|---|---|
| コウノトリが来ない結婚 | ダニー・コリンズ／久保奈緒実 訳 | R-3893 |
| ホテル王と秘密のメイド<br>《純潔のシンデレラ》 | ハイディ・ライス／加納亜依 訳 | R-3894 |
| ときめきの丘で<br>《伝説の名作選》 | ベティ・ニールズ／駒月雅子 訳 | R-3895 |
| 脅迫された花嫁<br>《伝説の名作選》 | ジャクリーン・バード／漆原　麗 訳 | R-3896 |

### ハーレクイン・イマージュ
ピュアな思いに満たされる

| | | |
|---|---|---|
| 愛し子がつなぐ再会愛 | ルイーザ・ジョージ／神鳥奈穂子 訳 | I-2813 |
| 絆のプリンセス<br>《至福の名作選》 | メリッサ・マクローン／山野紗織 訳 | I-2814 |

### ハーレクイン・マスターピース
世界に愛された作家たち
〜永久不滅の銘作コレクション〜

| | | |
|---|---|---|
| 心まで奪われて<br>《特選ペニー・ジョーダン》 | ペニー・ジョーダン／茅野久枝 訳 | MP-99 |

### ハーレクイン・ヒストリカル・スペシャル
華やかなりし時代へ誘う

| | | |
|---|---|---|
| ハイランダーの秘密の跡継ぎ | ジェニーン・エングラート／琴葉かいら 訳 | PHS-332 |
| 伯爵に拾われた娘 | ヘレン・ディクソン／杉本ユミ 訳 | PHS-333 |

### ハーレクイン・プレゼンツ作家シリーズ別冊
魅惑のテーマが光る
極上セレクション

| | | |
|---|---|---|
| 炎のメモリー | シャロン・サラ／小川孝江 訳 | PB-390 |

※予告なく発売日・刊行タイトルが変更になる場合がございます。ご了承ください。